Sabine Richling

Verlieben ist Chefsache

AF216115

Sabine Richling

Verlieben ist Chefsache

*Bibliografische Information der Deutschen National-
bibliothek:
Die Deutsche Nationalbibliothek verzeichnet diese
Publikation in der Deutschen Nationalbibliografie;
detaillierte bibliografische Daten sind im Internet
über http://dnb.dnb.de abrufbar.*

*Herstellung und Verlag: BoD – Books on Demand,
Norderstedt*

ISBN: 978-3-7460-1724-2

Das Ende ist immer ein neuer Anfang

„Wir sollten uns trennen", sagt Ullrich und sieht mich danach an, als wären es meine Worte gewesen. Hab ich gerade was von Trennung gehört? Ich habe den ganzen Tag schon so ein Pfeifen in den Ohren, daher bin ich mir nicht sicher, ob ich es richtig verstanden habe. Als ich jedoch genauer in Ullrichs Gesicht sehe, fällt mir diese steife Mimik auf. Würde er sich einen Scherz erlauben, sähe er sicher nicht so angespannt und spröde aus. Beinahe bröselig. Warum muss ich jetzt an das vertrocknete Brötchen denken, das ich heute Morgen in der Küche vergessen habe? Ich wollte es wegschmeißen. Ist das nun ein Wink mit dem Zaunpfahl von oben?

„Warum?", frage ich. „Willst du alles hinschmeißen, einfach so?"

Ich habe mit allem gerechnet, aber nicht mit diesem Satz. Wir sollten diese Szene wiederholen, damit ich besser vorbereitet bin. Ich komme also zur Tür herein und beginne mit den Worten: Hallo Schatz, da bin ich wieder! Den Rest können wir uns dann gerne schenken. Der passt nicht in meine Zukunftspläne.

„Selbstverständlich werde ich dir bei der Wohnungssuche helfen."

Er meint es wirklich ernst!

Wie kommt er darauf, dass ich ausziehe? Ich wohne hier schließlich ebenfalls. Und daran wird sich auch nichts ändern! Da kann er sich auf den Kopf stellen!

„Du willst mich vor die Tür setzen?"

„Es ist besser so, glaube mir."

Seine Stirnfalten bilden tiefe Furchen. Soll das ein nachdenklicher Blick sein? Er erstarrt in dieser Haltung und ich überlege einen Augenblick, ob Ullrich sich zu einem antiken Ölgemälde verwandelt hat, dessen Farben allerdings mit der Zeit verblasst sind. Am liebsten würde ich sofort einen Pinsel zücken und mit den Ausbesserungsarbeiten an ihm beginnen. Doch als ich nichts weiter auf seinen letzten Satz erwidere, bewegt er sich plötzlich wieder. Er zieht sich seinen Mantel über und verlässt die Wohnung. Deprimiert schaue ich ihm nach, als hätte ich gerade erfahren, dass ich den Rest meines Lebens kein Nutella mehr essen darf. Dabei muss ich nur ohne Ullrich auskommen. Das lässt sich sicher bewerkstelligen. Oder nicht? Ich vergrabe mein Gesicht in den Händen und lasse meinen Tränen freien Lauf.

Gerade noch bin ich freudestrahlend nach Hause gekommen und habe Ullrich von dem geplanten Wochenende mit dem Astronomie-Verein berichtet. Mitte April würden die Lyriden ihr Maximum erreichen. Rund zwanzig bis dreißig Meteore könnten dann pro Stunde aufleuchten. Auf keinen Fall darf ich mir das entgehen lassen. Das muss er doch verstehen.

Ullrich und ich wurden vor über zwei Jahren ein Paar. Also gut, wir galten nicht gerade als Traumpaar, aber das Gerede der anderen war mir schon immer egal. Ich war verliebt bis über beide Ohren und absolut sicher, dass Ullrich die Liebe meines Lebens sei. Und nun will er sich nach mehr als zwei Jahren von mir trennen. Einfach so. Bis vor Kurzem träumte ich noch von einer gemeinsamen Zukunft und einer Heirat ganz in Weiß.

Natürlich fochten wir den einen oder anderen Streit miteinander aus. Das kommt doch in den besten Familien vor. Ja gut, wir sind recht verschieden, stimmen in einigen Ansichten nicht ganz überein, möglicherweise auch gar nicht, aber unsere Interessen ... na ja, die sind wohl unvereinbar. Wir arbeiten daran.

Ullrich ist technischer Zeichner und in seiner Freizeit beschäftigt er sich gern mit Fußball und Billard. Nun bin ich die Sorte Frau, die Fußball eher als eine chronische Krankheit ansieht. Wenn er sich mit seinen Freunden bei uns trifft, um seine Mannschaft im Fernsehen anzufeuern, nehme ich Reißaus und beschäftige mich mit meinem eigenen Hobby: der Astronomie. Ich bin Mitglied in einem kleinen Verein, der sich zu regelmäßigen Exkursionen ins Umland verabredet und mit Vereinsteleskopen oder eigenen Fernrohren ein gemeinschaftliches Sternen-Seeing veranstaltet. Darin gehe ich voll auf. Ich liebe es, mir die Nacht mit dem Sternenhimmel um die Ohren zu schlagen und den Jupiter, den Mars oder den beringten Saturn mit dem Okular meines Teleskops einzufangen, genieße den Anblick des mit Kratern übersäten Mondes oder das Beobachten des Orionnebels. Ja, das ist meine Welt. Leider nicht Ullrichs. Mit dem Sternenhimmel kann er rein gar nichts anfangen. Zuerst versuchte ich noch inbrünstig, ihm das Himmelszelt nahezubringen, indem ich ihn während unserer abendlichen Spaziergänge verschiedene Sternenkonstellationen oder einzelne Sterne erklärte.

„Schau mal, da ist Sirius ... ganz im Süden, siehst du ... da hinten, sieh doch mal hin. Er ist der Hauptstern im Sternbild „Großer Hund" und gleichzeitig der hellste Stern, der von der Erde aus beobachtet werden kann. Er ist nur 8,7 Lichtjahre von uns entfernt. Toll nicht? Und siehst du dieses Sternbild da? – Da ... das ist der Orion. So leicht rechts von Sirius, etwas höher, der mit den drei gleich hellen Gürtelsternen in der Mitte. Hast du's entdeckt? Kannst du's sehen?"

„Ja, ja, sehr interessant. Komm etwas schneller, mir ist kalt, ich möchte zurück."

Ich weiß nicht mehr genau, wann ich es endgültig aufgab. Es dauerte eine Weile, bis ich einsah, dass ihn die Himmelskunde nicht wirklich interessierte.

Trennt er sich etwa deshalb von mir?

Ich schlüpfe in meine Puschen, gehe ins Bad und beäuge argwöhnisch mein tränenverschmiertes Gesicht. Wie hässlich man mit einem verheulten Gesicht aussieht. Ich bin erst zweiunddreißig und fühle mich, als stünde ich kurz vor der Rente. Vielleicht bin ich ihm nicht mehr hübsch genug. Zwei Kilo habe ich zugelegt. Eines in jedem Jahr. Ich bin zu dick. Und meine Haare! Braune, strähnige Spaghetti bis zu den Hüften. Schon mein ganzes Leben trage ich meine Haare lang. Niemals wäre ich auf die Idee gekommen, mir eine andere Frisur zuzulegen. Ich hätte mich auch von mir getrennt, wenn ich mit mir zusammen gewesen wäre. Ja, ich kann Ullrich sogar verstehen.

Erneut kullern ein paar Tränen hinab. Aber abgesehen von der kleinen Tatsache, dass ich um den Kopf herum immer gleich aussehe, bin ich doch recht ansehnlich. Na ja, die Männer liegen mir nicht unbedingt reihenweise zu Füßen, aber den einen oder anderen bewundernden Blick schnappe ich mitunter im Vorbeigehen auf.

Ullrich mochte es nicht, wenn andere Männer mit mir flirteten. Nicht, weil er eifersüchtig gewesen wäre. Er sah nur immerzu in mir eine drohende Konkurrenz. Er glaubte, neben mir seinen Glanz zu verlieren.

Nicht, dass er mir das so direkt gesagt hätte, aber als Frau spürt man solche Dinge. Wir Frauen haben dieses gewisse Fingerspitzengefühl, Einfühlungsvermögen, den sechsten Sinn. All diese guten Eigenschaften, die den meisten Männern fehlen.

Somit entging mir nicht, dass er immer diesen übersteigerten Drang hatte, in allem besser zu sein als ich. Anfänglich bemerkte ich es nicht. Wenn ich ihn mit einem üppigen 3-Gänge-Menü verwöhnte, einfach nur, um ihm eine Freude zu bereiten, kredenzte er mir am nächsten Tag ein 4-Gänge-Menü, das meines in Aufwand und Umfang bei Weitem übertraf.

Ich müsste lange überlegen, bis mir ein Kompliment einfallen würde, das mir Ullrich ohne vorherige Androhung der Todesstrafe freiwillig gemacht hätte. Daher liebe ich diese bewundernden Blicke anderer Männer. Sie sind eine Art Ersatz für den fehlenden Zuspruch.

Wenn wir irgendwo gemeinsam auftauchten, übertrug sich nach einiger Zeit die Aufmerksamkeit der Anwesenden unvermeidlich auf mich. Denn Ullrich saß wie eine Schlaftablette neben mir und übergab mir gleichgültig das Wort, was zur Folge hatte, dass ihn am Ende kein Mensch mehr bemerkte. Meist neigte er dann zu übertriebenen Gähnattacken und trommelte ununterbrochen mit den Fingern auf dem Tisch herum. Da seine bockigen Gesten zusehends meine Nerven strapazierten, gab ich, früher als mir lieb war, das Signal zum Aufbruch. Er konnte einem alles vermiesen. Wieso hab ich mich eigentlich nicht vom ihm getrennt? Das hätte ich wenigstens verstehen können.

Ich arbeite in einem Versicherungsunternehmen als Chef-Assistentin. Kurz nachdem wir uns kennengelernt hatten, wurde mir in meiner Firma dieser Posten angeboten. Ullrich war mit einer Sachbearbeiterin als Freundin zufrieden. Er gehört zu dieser Gattung Mann, die mit der Emanzipation der Frau nicht viel anfangen kann. Wenn es nach ihm gegangen wäre, hätte ich meinen Beruf an den Nagel gehängt und wäre seine ganz persönliche, billige Haushälterin geworden. Stattdessen wurde ich zur Chefsekretärin ernannt. Stolz erzählte ich Ullrich von meinem kaum zu fassenden Glück. Seine Antwort kam zögerlich und unwirsch.

„Schön. Aber du warst doch mit deinem Sachbearbeiterposten zufrieden. Muss das denn sein?"

„Stell dir vor, ich werde bald viel mehr Geld verdienen als bisher. Ich muss natürlich mehr arbeiten, das ist schon klar, allerdings ist es eine große Chance für mich. Ist das nicht großartig?"

„Ja, prima."

Ich glaube, seine Freude war damals etwas verhalten. Bin mir nicht sicher, ob es ihm möglicherweise nicht so gefiel, dass mein Gehalt seines mit einem Mal überstieg. Wie gesagt, mit Erfolgsfrauen hat er wenig am Hut, obwohl ich mich beileibe nicht als solche ansehe. Schließlich gehörte für mich damals auch eine Menge Glück dazu, befördert zu werden.

Mein Weg mit Ullrich füllte mich im Grunde nie wirklich aus, aber ich ging ihn weiter, ohne etwas zu ändern. So bin ich nun mal. Ich kann nicht eben so aus meinem gewohnten Leben springen und nach einem neuen greifen. Ich liebe Altbewährtes. Somit hielt ich auch verbissen an dieser Beziehung fest. Und das hätte ich noch bis ans Ende aller Tage getan, wenn er mir nicht mit seiner Trennungsabsicht einen Strich durch die Rechnung gemacht hätte.

Es ist Samstag und nicht mal siebzehn Uhr. Mit viel Glück erreiche ich Sandra zu Hause. Ich muss unbedingt mit jemandem sprechen.

Sandra ist meine beste Freundin und am Wochenende so gut wie nie in ihrer Wohnung anzutreffen. Entweder, weil sie zum Wochenenddienst eingeteilt ist (Sandra jobbt als Serviererin) oder weil ihr Terminkalender zu platzen droht. Ich entscheide mich, gleich die Nummer ihres Handys zu wählen. So erhöht sich meine Chance, sie zu erwischen. Die Mailbox schaltet sich ein. Wo steckt sie denn nur wieder?

„Hier ist Claudia. Bitte melde dich bei mir, so schnell du kannst!"

Ich hoffe, dass meine Nachricht dramatisch genug klingt. Schließlich geht es hier um Leben und Tod.

Zehn Minuten später klingelt mein Telefon. Sandra lässt die Floskeln der Begrüßung gleich weg und kommt sofort zum Wesentlichen.

„Mensch, Claudi, es ist doch hoffentlich nichts passiert!"

„Ullrich will sich von mir trennen", schluchze ich in den Hörer hinein.

Sandra lacht und fängt sich nur mühsam ein. Wie kann sie in dieser Situation lachen? Das ist nicht nett.

„Oh, wie bedauerlich." Sie macht eine kurze Pause. „Nein, wohl eher nicht."

Sagenhaft dieses Feingefühl. Hätte ich diesen Formfehler eher an ihr entdeckt, hätte ich sie nicht zu meiner besten Freundin erklärt.

„Mir ist nicht nach Scherzen zumute. Er will mich aus der Wohnung haben. Unsere gemeinsame Wohnung, die ich in mühevoller Kleinarbeit eingerichtet habe."

„Hör zu, ich will nicht lange um den heißen Brei reden", sagt sie und ich bekomme das Gefühl, dass mir ihre folgenden Worte nicht gefallen werden: „Ich finde, eine Trennung war längst überfällig. Ihr seid viel zu verschieden."

„Nun übertreib mal nicht", verteidige ich mich, lenke jedoch sogleich wieder ein: „Na ja, womöglich ein wenig." Ich kann förmlich Sandras zustimmendes Nicken durchs Telefon spüren. „Also schön, wir sind verschieden", gestehe ich grimmig, „aber deswegen muss er sich doch nicht gleich von mir trennen!"

„Pack ein paar Sachen zusammen und komm zu mir. Wir werden später eine neue Bleibe für dich finden."

„Aber ich will keine neue Wohnung, sondern diese hier, und zwar mit Ullrich – gemeinsam", wimmere ich.

„Ja, sicher willst du das. Doch glaube mir, wenn du erst mal erkannt hast, dass Ullrich ein Fehler war, willst du genau das Gegenteil. So, und jetzt kommst du auf direktem Wege zu mir, klar?"

Sandra kann so überzeugend wirken. Nach unserem Telefonat suche ich mir eine Tasche und packe ein paar Utensilien ein, die für eine Frau unerlässlich sind. Obenauf stopfe ich ein paar Klamotten und gehe zur Tür. Als ich zum Schlüssel greife, blinkt mein Ring am Finger auf. Ullrich hat ihn mir vor zwei Monaten zum Geburtstag geschenkt. Ein wunderschöner Goldring mit einem kleinen Diamanten. Leider passt er nicht an meinen Ringfinger, daher stecke ich ihn mir immer an den Mittelfinger. Diese Tatsache hätte mich eigentlich bereits damals Verdacht schöpfen lassen müssen. Wenn der Ring nicht passt, kann der Mann auch nicht der Passende sein. Das ist doch logisch. Ich sehe mich noch einmal in der Wohnung um. Von jetzt an beginnt mein neues Leben. Ich werde mich wieder verlieben und diesen brandneuen Entschluss erkläre ich zur Chefsache! Optimistisch lege ich den Ring auf der Anrichte ab und gehe.

Der Beginn meines neuen Lebens

„Was machen wir zwei Hübschen denn heute Abend?", fragt mich Sandra allen Ernstes, als wir zusammen auf ihrer Couch sitzen. „Ich würde vorschlagen, wir lassen heute so richtig die Puppen tanzen."

Die wird sie wohl ohne mich tanzen lassen müssen.

„Ehrlich gesagt ist mir da überhaupt nicht nach."

„Nix da! Heute wird kein Trübsal geblasen. Du kommst mit! Ich werde dafür sorgen, dass du Ullrich schnell vergisst."

Ich hätte lieber bei meinen Eltern Unterschlupf suchen sollen. Sandra könnte sich als anstrengend erweisen. Ich rolle mich auf der Couch zusammen und ziehe mir die Decke über den Kopf, in die ich mich zuvor eingemummelt habe.

„Ich bin heute keine Stimmungskanone", bemerke ich, in Selbstmitleid ertrinkend.

„Vermutlich erkennst du es jetzt noch nicht. Aber du bist ohne Ullrich besser dran."

Sandra greift zum Telefon und verabredet sich mit ein paar Freunden. Sie wollen sich im „Conrad" treffen, einer Szene-Kneipe in Berlin, die am Wochenende immer gut besucht ist. Als sie die Wohnung verlässt, überfällt mich eine bedrückende Einsamkeit. Ich hätte sie begleiten sollen. Ein wenig Ablenkung täte mir gut, denn ich kann an nichts anderes denken als an Ullrich. Das ist schlimmer als Folter. Die wäre mir unter den gegebenen Umständen fast lieber. Ich greife zur Fernbedienung und schalte ein paar Mal hintereinander alle Fernsehprogramme durch. So ist es mir natürlich kaum möglich zu erfassen, was da gerade ausgestrahlt wird. Trotzdem bin ich mir danach absolut sicher, dass es nichts im Fernsehen gibt. Ich erhebe mich vom Sofa und laufe im Zimmer auf und ab. Diese quälenden Gedanken an Ullrich lassen mich nicht los.

Ich erwäge, ihn anzurufen, verwerfe diesen Gedanken aber im selben Augenblick wieder. Schließlich soll er nicht denken, dass ich ihm hinterherlaufe. Obwohl ich zugeben muss, dass ich beinahe bereit wäre, meinen Stolz über Bord zu werfen. Aber nur beinahe. Also nehme ich mir von nun an fest vor, nicht mehr an ihn zu denken. In der Küche schenke ich mir ein Glas Wein ein und kehre mit einem Buch zurück zum Sofa. Die ersten Seiten lese ich immer nur den Namen „Ullrich". Die nächsten Seiten lese ich schon das Wort „Trennung". Bis ich auf Seite fünfzig (oder ist es Seite sechzig?) erneut bei Ullrich anfange. Ich muss raus hier, sonst werde ich noch verrückt. Entschlossen klappe ich das Buch zu, ziehe mir eine Jacke über und mache mich auf den Weg ins „Conrad".

Sandra umarmt mich hocherfreut und drückt mich mit einer Intensität an ihre Brust, als hätten wir uns seit Wochen nicht gesehen. Natürlich hat sie bereits zwei junge Männer an der Angel, dessen dümmliche Blicke mir jetzt schon gehörig auf die Nerven fallen.

„Oh Sandra, bitte verschone mich. Mir ist nicht danach, mich mit zwei Volltrotteln zu unterhalten."

Leider reagiert Sandra nicht auf meinen Einwand und begibt sich zu ihnen an die Bar. Ihr Lachen dringt zu mir durch. Sie gibt mir aufgeregte Zeichen und wedelt fieberhaft mit ihren Händen herum. Entnervt mache ich mich auf den Weg zu ihnen. Dann fällt mir plötzlich ein, dass ich meine Handtasche im Auto liegen gelassen habe. Erschrocken drehe ich mich etwas zu stürmisch herum. Ein junger Mann, der sich gerade mit einem Getränk in der Hand von einem der Barhocker erhebt, stößt mit mir zusammen. Dabei ergießt sich der kostbare Inhalt seines Glases über sein Oberhemd. Der Fleck ergibt ein durchaus freundliches Muster auf seinem sonst so farblosen Hemd. Unglücklicherweise verliere ich auch noch die Balance. Um nicht nach hinten zu kippen, halte ich mich an seinem Arm fest und mache einen Schritt nach vorn. Mit meinem Absatz bohre ich mich tief in seinen Schuh und vernehme im gleichen Augenblick einen im Hals stecken gebliebenen Aufschrei. Auch er verliert nun seinen Halt und greift nach dem Barhocker, denn mein gesamtes Gewicht drückt gegen ihn. Doch der Barhocker kann uns nicht halten und wir fallen mit ihm gemeinsam zu Boden. Ich liege verstört auf einem Mann, dessen Hemd mit teurem Whiskey benetzt ist und der in seiner linken Hand immer noch das leere Glas hält. Erstaunlich. Einige Sekunden bin ich wie betäubt und bewege mich keinen Millimeter. Meine Ohren beginnen zu glühen und mein Gesicht nimmt die Farbe einer reifen Rispentomate an. Mal wieder hoffe ich, zu Stein zu erstarren. Unsere Nasen berühren sich und ich vernehme den angenehmen Duft seines Rasierwassers. Seine Augen leuchten so blau wie ein Martinshorn. Eventuell reißt er sie aber auch nur so weit auf, weil mein Gewicht ziemlich einseitig auf ihm lastet. Da bin ich mir jetzt nicht sicher. Auf einmal bewegen sich seine Lippen und er spricht zu mir: „Magst du dich nicht mal von mir erheben?"

„Es tut mir wirklich leid. Ehrlich", ist meine Antwort.

Ich liege immer noch auf ihm.

„Also schön, dann haben wir das schon mal geklärt, aber findest du nicht auch, dass wir beide hier 'ne komische Figur abgeben?"

„Oh, natürlich, entschuldige."

Wir erheben uns und mir fällt auf, dass das gesamte Lokal seine Aufmerksamkeit in unsere Richtung verlagert hat. Ich wäre gern auf der Stelle tot umgefallen, doch das muss ich wohl auf ein andermal verschieben. Auf Kommando klappt das mit dem Sterben schlecht. Wir stehen uns gegenüber und ich sehe wie gelähmt zu ihm hinauf. Er trägt sein dunkles Haar so kurz, dass ein Kamm wohl nicht mehr nötig ist und sein Zahnpastalächeln trifft mich mitten ins Herz.

„Du siehst etwas mitgenommen aus", sagt er zu mir und wischt sich die Kleidung sauber. „Ist alles in Ordnung mit dir?"

„Ja, alles bestens."

Glaube ich. Könnte aber sein, dass ich mich irre. Nur solch schwere Fragen lassen sich im Augenblick nicht zweifelsfrei beantworten. Vermutlich sollte er mir diese Frage später noch einmal stellen. Jetzt könnte ich erst mal einen Drink gebrauchen. Ich räuspere mich.

„Du hast dir hoffentlich auch nichts getan", bemerke ich mit belegter Stimme.

„Ich bin zäh, keine Angst."

„Na fein, dann könntest du mich jetzt doch zu einem Glas Wein einladen." Was habe ich da gerade gesagt? Um Gottes willen, wie bin ich denn drauf? Er schmunzelt und fragt mich, ob ich denn öfter im „Conrad" anzutreffen sei.

„Eigentlich selten, und du?"

„Ich bin heute das erste Mal hier. Mit einer Freundin. Sie wartet dort drüben an dem Tisch hinter dem Pfeiler auf mich."

Eine Freundin! Hinterm Pfeiler. Verstehe.

„Ach so, dann will ich dich natürlich nicht länger aufhalten. Also, ich bitte vielmals um Entschuldigung. Es war meine Schuld. Tut mir echt leid." Ja, ist ja gut, Claudia, nun hast du dich wirklich genug entschuldigt. Der Kerl hat eine

Freundin und du keinen Freund. Er müsste sich bei dir entschuldigen. Halt also deine Klappe!

„Vielleicht sehen wir uns hier mal wieder, wäre schön", sagt er mit einem Cowboylächeln und steuert auf seinen Pfeiler zu. Na schön, ich hab sowieso anderes zu tun, als mir um diesen Typen und seine Freundin Gedanken zu machen. Ich bin schließlich schwer damit beschäftigt, um Ullrich zu trauern. Plötzlich taucht Sandra wie aus dem Nichts auf und nimmt mich beiseite.

„Interessante Masche, einen Mann anzusprechen. Du hast Fantasie, das muss ich dir lassen."

Was redet Sandra da? Ich muss mich erst mal sammeln. Amors Pfeil hat mich gerade getroffen. Aber dieser Mann hat eine Freundin. Amor muss einen Fehler gemacht haben.

„Hast du wenigstens seine Nummer oder war diese ganze Vorstellung jetzt umsonst?"

„Was? Nein, er hat eine Freundin. Keine Chance. Außerdem habe ich noch an der Trennung zu knabbern. Ich kann mich jetzt nicht in ein neues Abenteuer stürzen."

„Aber sicher kannst du das. Schau mal, du darfst dir dein Abenteuer auch aussuchen." Sie zeigt schamlos auf die beiden Herren an der Bar, die ihr ins Netz gegangen sind und uns gut gelaunt zuprosten.

„Du und deine Kuppelversuche. Such lieber selbst nach dem Richtigen."

Sie packt mich am Ärmel und schleift mich ans andere Ende der Bar. Doch ich wehre sie ab

22

und mache ihr klar, dass ich zuvor meine Handtasche aus dem Wagen holen muss, die ich am liebsten als Ausrede benutzt hätte, mich gänzlich aus dem Staub zu machen.

Der Abend dauert lang, aber immerhin verfliegen meine düsteren Gedanken an Ullrich. Denn ich bin immerzu damit beschäftigt, einen Blick zu erhaschen zum Tisch hinterm Pfeiler. Seine Freundin ist klein und hager. Sie sieht aus wie eine Maus. Eine tiefgraue. Total unscheinbar! Was findet er nur an ihr? Sandra stößt mir mit ihrem Ellenbogen in die Seite.

„Hey, hier spielt die Musik."

Ja, das weiß ich. Aber die Musik hier ist absolut öde. Hinterm Pfeiler spielen sich viel interessantere Dinge ab. Kann Sandra mich nicht in Ruhe meine Detektivarbeit machen lassen? Nun stehen der Typ und sein „Fehlgriff" auf. Er hilft ihr in die Jacke. Ich möchte jetzt gern diese graue Maus sein. Verträumt schaue ich in ihre Richtung. Unerwartet dreht er sich noch einmal um und sieht lächelnd in meine Richtung. Fein, und nun komm wieder her gib mir deine Telefonnummer oder wenigstens deinen Namen, irgendetwas. Mein Gott, er kann doch nicht einfach so gehen! Er geht. Schlagartig vergeht mir die Lust und ich will auch aufbrechen. Ich rutsche vom Hocker herunter und greife nach meiner Jacke.

„Hör mal, Sandra, ich möchte gerne gehen."

„Was, jetzt schon? Kommt nicht infrage, du bleibst!"

Sie zerrt mich am Arm zurück und hält mich fest.

„Du brauchst noch ein paar Gläser Wein, um etwas lockerer zu werden."

Sie winkt den Barkeeper heran und gibt die Bestellung auf.

Am nächsten Morgen habe ich einen Kopf, der sich anfühlt, als wäre ich von einer Dampfwalze überrollt worden. Ich suche die ganze Wohnung nach Sandra ab, aber sie ist nicht da. Auf dem Küchentisch finde ich einen Zettel neben zwei Aspirintabletten liegen.

Guten Morgen, du Schnapsleiche. Du hast gestern Abend schmutzige Lieder gesungen. Stefan war begeistert von dir. Falls du mich vermissen solltest, ich bin bei Henry. Du weißt ja, wo alles steht. Gruß Sandra.

Bei Henry? Wer ist das? Und wer ist Stefan? Unglücklicherweise kann ich mich an nichts mehr erinnern. Hoffentlich bin ich nicht unangenehm aufgefallen. Ich fülle mir ein Glas mit etwas Wasser und löse die Aspirintabletten darin auf. Das war also der Beginn meines Singlelebens. Es kann nur besser werden.

Ich glaub mich laust der Affe

Am nächsten Morgen sitze ich im Büro, als wäre nichts gewesen. Im Grunde ist auch nichts gewesen, außer einer unruhigen Nacht, der Trennung von Ullrich und Dutzender Aspirintabletten, die meinen donnernden Kopfschmerz im Zaum halten sollten. Leider haben die Tabletten mir nur zu einer heftigen Übelkeit verholfen. Jetzt brüte ich über meiner Arbeit und bringe nichts Sinnvolles zustande. Herr Ruhland, mein Chef, ist an diesem Morgen auffallend lästig. Er schüttet mich mit Arbeit zu und stolziert alle Viertelstunde in mein Büro. Das macht es außerordentlich schwer, in Ruhe vor mich hinzusinnieren. Dieser Tag verspricht Überstunden, soviel ist klar.

Gegen neunzehn Uhr haben meine Kollegen längst den Feierabend eingeläutet. Nur Herr Ruhland und ich verweilen noch im Büro. Ich bin auch selbst schuld. Schließlich bin ich krank, äußerst liebeskrank. Ich habe mal gelesen, dass mit Liebeskummer nicht zu spaßen ist und dass man sich unbedingt eine kurze Auszeit gönnen sollte, wenn man sich in diesem schwermütigen Zustand befindet. Eine halbe Stunde später entschließe ich mich endlich zu dieser kleinen Auszeit und packe meine Sachen zusammen. Doch Herr Ruhland tritt in meinen Raum, als hätte er geahnt, dass ich aufbrechen möchte.

25

„Wollen Sie schon gehen, Frau Sander?"

Schon? Der hat wohl die Zeit aus den Augen verloren.

„Es ist fast halb acht", bemerke ich leicht angepiekt. „Ich denke, ich habe meinen Feierabend verdient."

„Ist denn der Petersen-Fall erledigt?"

„Ja, Herr Ruhland, der liegt längst auf Ihrem Tisch."

„Und die Kahrmann-Akte?"

„Ebenfalls."

„Gute Arbeit, Frau Sander. Dann machen Sie mal Feierabend. Ich brauche Sie jedoch morgen wieder früh im Büro. Hoffentlich können Sie das einrichten."

Was bildet der sich eigentlich ein, so über meine Zeit zu verfügen?

„Haben Sie schon gegessen?", fragt er mich plötzlich. „Hätten Sie Lust, mit mir beim Italiener um die Ecke zu speisen?"

Er sieht mich erwartungsvoll an und mir bleibt die Spucke weg.

Ich hab mich wohl verhört? Also gut, Herr Ruhland sieht nicht schlecht aus, ist eine gute Partie so um die vierzig, Single und hat Augen, in denen man versinken kann. Aber er ist mein Chef. Und damit ist ja wohl alles geklärt. Auf keinen Fall werde ich mit ihm essen gehen.

„Ich sehe, Sie sind etwas irritiert. Wenn ich Sie mit meiner Frage aus der Fassung gebracht habe, bedauere ich das außerordentlich. Ich betrachte dies als Geschäftsessen. Wir hätten das Nützliche mit dem Praktischen verbinden und beim Essen nochmals ein paar Akten durchsprechen können."

„Vielen Dank für Ihr freundliches Angebot, aber ich habe heute Abend noch etwas vor", antworte ich kühl. „Der Astro-Verein, dessen Mitglied ich bin, plant ein verlängertes Wochenende in den Bergen. Wir treffen uns heute zur Besprechung wichtiger Details."

„Ich sehe ein, dass dies nicht verschoben werden kann. Dann vielleicht ein andermal."

„Ja, vielen Dank, sehr gerne."

Schnell greife ich nach meiner Tasche und will mich verabschieden, doch mit dem Ärmel bleibe ich am Köcher hängen, der randvoll mit Büroklammern ist. Er fällt polternd zu Boden und sein gesamter Inhalt verteilt sich in alle Richtungen. Eine Büroklammer verirrt sich auf Herrn Ruhlands Schuh. Eine zweite platziert sich daneben. Meine Ohren brennen wie Feuer.

„Oh, wie ungeschickt", sage ich und verstumme sogleich wieder. Dann betrachte ich das Durcheinander. Herr Ruhland lächelt nachsichtig und ich möchte nicht wissen, was er gerade von mir denkt. Wahrscheinlich das Gleiche wie ich. Ich bin ein Tollpatsch, wie er im Buche steht. Aber dieses Buch möchte ich lieber nicht lesen. Da könnten alle meine Charakterschwächen aufgelistet sein und davon habe ich leider viel zu viele. Ich stelle meine Tasche zurück auf den

Tisch und will mich tatkräftig ans Werk machen. Unglücklicherweise hat Herr Ruhland dieselbe Idee. Wir bücken uns gleichzeitig und stoßen mit unseren Köpfen zusammen. Ich schreie leise auf und sacke in mich zusammen. Das hat gesessen!

„Um Himmels willen, ist Ihnen was geschehen?", fragt er besorgt und greift sich ebenfalls an die Schläfe. Der Aufprall dürfte für ihn nicht minder schmerzhaft gewesen sein.

„Nein, nein, es geht schon wieder." Nur mein Kopfschmerz meldet sich gerade zurück. Ich glaube, eine neue Packung Aspirin könnte jetzt recht nützlich sein. Er kniet vor mir und untersucht meinen Kopf. Wie seltsam, so nah bin ich Herrn Ruhland noch nie gewesen. Dabei fühlt es sich ganz angenehm an.

„Sie haben Glück, ich kann keine Platzwunde entdecken", stellt er fest und rührt dabei mit seinem Finger in meinem Haar herum. Warum kribbelt es nun in meinem Bauch? Stumm nehme ich seine Berührungen zur Kenntnis und überlege, weshalb ich meinen Chef nie wahrgenommen habe. Ich meine als Mann. Gemeinsam sammeln wir die Büroklammern vom Boden auf.

„Jetzt gehen Sie aber schnell, bevor wir noch größeren Schaden nehmen", bemerkt er schmunzelnd und stellt den gefüllten Köcher wieder auf meinen Tisch.

„Ich hoffe, ich habe Ihnen keine Umstände gemacht. Mir passieren ständig solche dummen Sachen. Das ist mir wirklich unangenehm", gebe ich zu und reibe mir über meine anwachsende Beule am Schädel.

„Machen Sie sich mal keine Gedanken", antwortet er bloß und geht aus dem Zimmer.

Ich fahre auf direktem Wege zu den Vereinsräumen. Im Auto denke ich ununterbrochen an dieses verrückte Geschehen mit Herrn Ruhland. Bilde ich mir das ein oder war da was? Es fühlte sich so an, als wäre zwischen uns Strom geflossen. Ich muss diesen Vorfall unbedingt vergessen. Er wühlt mich viel zu sehr auf. Das kann ich in meinem desolaten Zustand nicht gebrauchen. Die Fahrt führt mich durch eine belebte Einkaufsstraße. Es ist dunkel, aber die Straße wird durch die vielen Straßenlaternen und Neonlichter hell erleuchtet. Gedankenverloren schaue ich auf die Menschenmassen und überraschend entdecke ich unter all den Gesichtern Ullrichs Visage. Erschrocken drossle ich die Geschwindigkeit. An seiner Seite erspähe ich eine junge dunkelhaarige Frau, mit der er eng umschlungen an den Geschäften vorbeibummelt. Mein Fuß geht vom Gas und wechselt brutal auf die Bremse. Die Reifen opfern Profil und zeichnen zwei dunkle Streifen auf den Straßenbelag. Der Fahrer des Wagens hinter mir kommt gerade noch rechtzeitig zum Stehen. Wütend gestikuliert er mir zu, während er mich überholt. Hinter mir reihen sich die Fahrzeuge zu einer Wagenkolonne auf. Meine Hände krallen sich so fest um das Lenkrad, dass meine Sehnen fast herausspringen. Ohnmächtig vor Schmerz schaue ich in Ullrichs Richtung. Dieser verdammte Mistkerl! Er betrügt mich! Darum wollte er die Trennung. Um sich mit dieser Schlampe in Ruhe vergnügen zu können. Ich dreh der Tussi den Hals um!

Sie biegen um die Ecke und verschwinden aus meinem Gesichtsfeld. Hinter mir höre ich ein lautes Hupkonzert. Ach, haltet doch eure Klappe! Ich muss schnell irgendwohin. Bloß weg von hier! Ich lege den ersten Gang ein und fahre weiter.

Sandra schlägt die Hände über ihrem Kopf zusammen und lacht, als ich ihr von meinem Kummer berichte.

„Das ist überhaupt nicht komisch. Weißt du eigentlich, wie sehr mich das kränkt, Ullrich mit einer anderen Frau zu sehen?", greife ich Sandra schluchzend an.

Sandra rutscht auf dem Sofa zu mir heran und nimmt mich in den Arm.

„Ich hätte nur niemals gedacht, dass dieser Langweiler noch mal eine abkriegt. Man sollte diese Frau vor ihm warnen."

Ich schnaube laut trompetend in ein Taschentuch. Um mich herum türmen sich die weißen Papierknäuel.

„Ich fühle mich hintergangen und betrogen. Das ist alles so gemein", quake ich verheult. „Ich hasse ihn und wünsche ihm die Pest an den Hals."

„So ist es fein, lass deinen ganzen Frust mal raus. Jetzt wird dir hoffentlich klar, was für ein Kuckucksei da in deinem Nest lag."

„Ja, zum Kuckuck mit ihm!"

Mit einem unguten Gefühl sitze ich am nächsten Morgen brav um acht Uhr im Büro. Herr Ruhland ist noch nicht da, aber ich erwarte ihn jeden Augenblick. Meine Konzentration lässt mal wieder zu wünschen übrig, denn meine Gedanken schweifen ständig ab. Schwungvoll wird meine Bürotür aufgestoßen und Herr Ruhland kommt gut gelaunt zu mir an den Schreibtisch.

„Guten Morgen, Frau Sander. Was macht Ihr Kopf?"

Der dröhnt ununterbrochen vor sich hin.

„Danke, alles okay", antworte ich knapp.

„Und wie verlief Ihre kleine Reisebesprechung? Haben Sie alles organisiert?"

Das habe ich ja vollkommen vergessen! Nachdem ich Ullrich in der Einkaufsstraße mit dieser anderen Frau zusammen gesehen habe, bin auf der Stelle nach Hause gefahren, um mich bei Sandra auszuweinen.

„Frau Sander? Sind Sie noch auf der Erde?"

Ich zucke zusammen.

„Was haben Sie gerade gefragt?"

Verwundert kneift er seine Augen zusammen.

„Sie hatten diese Nacht wohl zu wenig Schlaf", stellt er richtig fest.

„Ja, etwas. Aber das geht schon."

Natürlich geht es nicht, doch das muss ich ihm ja nicht auf die Nase binden. Offenbar durchschaut er mich auch so viel zu gut.

„Schön. Ich wollte Sie nämlich darum bitten, mir heute Abend beim Essen Gesellschaft zu leisten. Lässt es Ihr Terminkalender zu?"

Die Spitze meines Bleistifts, die ich so krampfhaft auf den Notizblock drücke, bricht plötzlich ab. Wie in Trance greife ich nach dem Anspitzer und drehe den Bleistift langsam herum, während ich Herrn Ruhland in die Augen blicke.

„Gern, Herr Ruhland", höre ich mich antworten und bin mir nicht sicher, weshalb. Eigentlich hatte ich mir fest vorgenommen, in meinem Chef nur einen Chef zu sehen, aber das gelingt mir unter diesen Umständen nicht so recht. Möglicherweise wäre es mir gelungen, wenn er nicht wiederholt eine Essenseinladung ausgesprochen hätte, aber so … Was soll ich machen? Ich kann ja schlecht ablehnen. Ich meine, wie sieht das aus? „Allerdings habe ich zuvor noch etwas Dringendes zu erledigen. Darum würde ich Sie darum bitten, um sechzehn Uhr gehen zu dürfen."

Kritisch beäugt er mich.

„Also gut. Auch wenn ich Sie nur ungern entbehre. Ich sehe Sie dann heute Abend um zwanzig Uhr."

Als er mein Büro verlässt, falle ich in meinem Stuhl zurück. Wow, was für ein Morgen!

Rache ist honigsüß

Pünktlich um sechzehn Uhr breche ich auf. Ich plane, unangemeldet bei Ullrich vorbeizufahren, unter dem Vorwand, mir noch ein paar Sachen holen zu wollen. Ich hoffe auf mehr Beweise, die Ullrichs Untreue aufdecken könnten. Am liebsten hätte ich ihn in Flagranti erwischt, um einen Grund zu haben, ihm das scheußliche Geschirr an den Kopf zu werfen, das seine Mutter uns schenkte. Viel lieber aber würde ich ihn zwingen, sein hässliches Lieblingsteekännchen vor meinen Augen zu zerscheppern und ihn fesseln, knebeln und auf der Streckbank verlängern oder ihn mit nackten Füßen über glühende Kohlen gehen lassen.

Ullrich ist nicht da, als ich die Wohnung betrete. Neugierig sehe ich mich um. Der Ring, den ich am Tag meines Auszuges auf die kleine Anrichte neben der Tür gelegt habe, ist verschwunden. Ullrich muss ihn wieder an sich genommen haben. In der Küche stehen benutzte Pfannen und Töpfe und zwei Weingläser. Offensichtlich hat er für seine Angebetete gekocht. In meiner Wohnung! Was erlaubt er sich! Kaum hat er mich vor die Tür gesetzt, schleppt er seine neue Flamme mit hierher. Wie pietätlos. Wutschnaubend packe ich alle Sachen zusammen, die ich tragen kann, unter anderem ein paar Dinge, die eigentlich Ullrich gehören. Ein Queue, das ich ihm zu seinem letzten Geburtstag geschenkt habe, und seine Lieblings-CD, ebenfalls ein Geschenk von mir, wandern in meine Tasche. Darauf hast du jetzt kein Anrecht mehr! Ich gehe zum Vitrinenschrank, in dem das hässliche Teekännchen steht, das Ullrich wie einen Schatz hütet. Andächtig nehme ich es heraus und schaue es eine Weile nur so an. Dann werfe ich es von einer Hand in die andere. Natürlich wäre es eine Genugtuung, das Kännchen einfach kraftvoll auf den Boden zu werfen. Doch ich möchte auf keinen Fall, dass er mich mit dem Tod der Kanne in Verbindung bringt. Also stelle ich sie an den Rand des Tisches, sodass sie lediglich mit einer Hälfte auf der Platte steht. Dann öffne ich das Fenster, schnappe mir meine Sachen und tapse zur Tür. Der Durchzug bläst mir mein Haar ins Gesicht, als ich aus der Wohnung trete. Sachte lasse ich die Tür zufallen und drehe den Schlüssel herum. Von einigem Ballast befreit, fahre ich weiter in Sandras Wohnung, um mich für das Abendessen mit meinem Chef umzuziehen.

Sandra ist nicht da und somit habe ich alle Zeit der Welt, das Badezimmer ausgiebig lange zu besetzen. Als ich meine Reisetasche nach etwas Passendem zum Anziehen durchwühle, finde ich nichts, was diesem Anlass hätte gerecht werden können. Also grabe ich in Sandras Schrank herum und stoße auf ein schwarzes, tief ausgeschnittenes Kleid. Schnell ziehe ich es über und grüble vorm Spiegel, ob ich nicht etwas zu aufgedonnert aussehe. Ich zupfe an meinem Dekolleté herum und schaue auf die Uhr an der Wand. Auwei, nach halb acht. Wie ein aufgescheuchtes Huhn hüpfe ich auf nur einem Schuh zur Tür. Den anderen halte ich in der Hand und versuche, ihn mir während des Laufens über den Fuß zu stülpen. Ein letzter Check-up im Spiegel, ein zügiger Griff nach meiner Handtasche und schon renne ich die Treppen hinunter, drücke die Haustür auf und eile zu meinem Wagen. Unterm Scheibenwischer klemmt ein Strafzettel. Schöne Bescherung! Das ist wohl die Strafe für meine kriminellen Machenschaften in Ullrichs Wohnung. Meiner Wohnung. Ach, egal! Ich schaffe die Strecke zum Lokal in absoluter Rekordzeit. Um zehn nach acht betrete ich das Restaurant. Der Kellner führt mich zu einem Tisch, an dem Herr Ruhland bereits auf mich wartet. Mein Gott, er sieht mich so seltsam an. Vermutlich habe ich mit dem Kleid die falsche Wahl getroffen. Er erhebt sich von seinem Stuhl und begrüßt mich mit einem erstaunten Blick.

Ich hätte in Jeans kommen sollen.

„Sie sehen umwerfend aus, Frau Sander."

„Vielen Dank."

Er mustert mich schweigsam, nachdem wir unsere Plätze eingenommen haben. Diese Stille zwischen uns ist mir unangenehm. Kann er nicht irgendetwas sagen? Ich lächle ihn verkrampft an und suche nach einem Gesprächsthema. Natürlich fällt mir nichts ein, daher kommt es mir sehr gelegen, dass der Kellner eine Schale mit Oliven zwischen uns stellt. Da hab ich doch gleich etwas, woran ich mich festhalten kann. Herr Ruhland gibt die Bestellung auf, ohne mich vorher zu fragen, wonach mir der Sinn steht. In der Regel hasse ich es, wenn ein Mann bestimmt, was ich esse, aber in diesem Moment bin ich Herrn Ruhland sehr dankbar dafür. Meine Aufregung hindert mich sicher daran, mich für ein Essen zu entscheiden.

„Ich hoffe, Sie sind mit meiner Wahl einverstanden", sagt er endlich.

„Sicher, ich liebe Fisch. Da kann man bei mir nichts falsch machen. Woher wussten Sie das?"

„Nun ja, ich habe geraten."

Abermals verstummen wir und sehen uns in die Augen. Das heißt, ich schaue ihm in die Augen, könnte sein, dass sein Blick gelegentlich abdriftet – in meinen Ausschnitt. Ich habe das Falsche an. Das nächste Mal engagiere ich vorher eine Typ-Beraterin, die mich präzise abgestimmt für solch einen Abend einkleidet.

„Sie wirken seit ein paar Tagen ein wenig unkonzentriert bei der Arbeit", bemerkt er mit einem Mal. „Möchten Sie darüber reden?"

Mir bleibt die Olive im Hals stecken. Schnell greife ich nach der Serviette und huste hinein. Herr Ruhland lässt mir ein Glas Wasser bringen und klopft mir unterdessen auf den Rücken.

„Wird es jetzt besser?", fragt er besorgt.

Die Olive sucht sich ihren richtigen Weg in die Speiseröhre und der Hustenanfall geht vorüber.

„Ja, alles wieder gut, danke."

Träume ich oder hat mir mein Chef tatsächlich gerade angeboten, mich bei ihm auszusprechen? Wie kommt er nur darauf, dass ich mich ihm anvertrauen möchte?

„Das ist sehr nett von Ihnen, Herr Ruhland, aber da gibt es nichts, worüber ich reden könnte. Es ist alles okay."

„Also schön, wenn Sie es sich anders überlegen, dann können Sie jederzeit zu mir kommen."

Verwundert reibe ich mein Ohr. Ist es möglich, dass ich mich in der Adresse geirrt habe und mein wahrer Chef noch in einem anderen Lokal auf mich wartet? Dieser hier hat eine verblüffende Ähnlichkeit mit ihm, dennoch habe ich große Zweifel an seiner Echtheit.

Den Rest des Abends sprechen wir über Geschäftliches und ich bin mir bald nicht mehr sicher, ob die erste Viertelstunde auch wirklich so ablief. Jetzt wirkt er wieder ganz wie der Alte. Aber möglicherweise ist es auch reine Fassade. Er verbirgt doch etwas vor mir. Kann es sein, dass mein Chef mich mag und mir das nie aufgefallen ist? Angestrengt denke ich nach und versuche, mich an Situationen in der Vergangenheit mit ihm zu erinnern. Irgendwelche Erlebnisse, die meine Annahme bestätigen könnten. Aber mir fällt nichts ein. Das muss allerdings nichts heißen, denn ich war ja viel zu sehr auf Ullrich fixiert.

„Frau Sander, wo sind Sie mit Ihren Gedanken?", wundert er sich.

„Äh, was haben Sie gerade gesagt?"

„Das bin ich von Ihnen überhaupt nicht gewohnt. Sie sind sonst immer mit ganzem Eifer bei Ihrer Arbeit. Dieser Mangel an Konzentration muss doch eine Ursache haben."

„Entschuldigen Sie bitte, Herr Ruhland. Ich habe nur ein bisschen viel um die Ohren in letzter Zeit. Das ist alles."

„Ich weiß, dass ich Ihnen einiges abverlange. Womöglich erwarte ich auch zu viel. Sie sollten sich ein paar Tage Urlaub gönnen, bis es Ihnen besser geht."

Erstaunt schaue ich auf und bin mir nicht sicher, ob mir dieser Vorschlag in meiner derzeitigen Lage gefällt. Schließlich gibt es zurzeit nur eines, was mir über meinen Trennungsschmerz hinweghilft. Ablenkung. Und Urlaub wäre gerade absolut kontraproduktiv.

„Nein, nein, auf keinen Fall! Ich möchte keinen Urlaub nehmen. Bloß keinen Urlaub! Bitte verlangen Sie nicht von mir, dass ich mir frei nehme. Das geht nicht!"

Überraschend rollen ein paar Tränen über meine Wangen. Wieso heule ich denn jetzt? Das nächste Mal möchte ich bitte vorgewarnt werden, ich verliere ja völlig die Kontrolle über mich. Wie peinlich!

„Was ist bloß mit Ihnen, Frau Sander?", fragt er verblüfft und greift nach meiner Hand.

Mir wird warm, als sein Daumen über meine Finger streicht.

„Oh, nichts. Wirklich."

Sag ihm doch, dass dein Freund dich verlassen hat und du gerade im Begriff bist, dich in deinen Chef zu verlieben. Quatsch! Irgendwie bin ich komplett von der Rolle.

„Nun, sagen Sie schon, was los ist, Claudia. Ich verspreche Ihnen, es bleibt alles unter uns."

Er hat mich gerade mit meinem Vornamen angesprochen. Ja, das hab ich genau gehört. An den Ohren habe ich noch nichts. Da bin ich mir sicher. Plötzlich platzt es aus mir heraus. Ich erzähle ihm alles von Ullrich und mir, dass er sich von mir getrennt hat, ich daraufhin zu Sandra gezogen bin und ihn gestern mit seiner neuen Errungenschaft gesehen habe. Mein gesamter Kummer fließt förmlich aus meinem Mund heraus und ich kann es nicht stoppen. Ich fühle mich so wohl in seiner Gegenwart und habe auf einmal das Gefühl, ich könnte ihm mein ganzes Leben anvertrauen. Meinen Tränen lasse ich dabei freien Lauf. Sie machen ohnehin, was sie wollen. Er hält die ganze Zeit meine Hand und ich genieße diese kleine Geste der Intimität.

„Da machen Sie im Moment wahrlich viel durch. Wenn Sie Hilfe bei der Wohnungssuche benötigen, bin ich Ihnen gerne behilflich. Ich habe einige gute Kontakte."

Ich schüttle ablehnend mit dem Kopf.

„Auf keinen Fall. Das schaffe ich allein. Trotzdem, vielen Dank."

„Natürlich schaffen Sie das auch allein, daran habe ich keinen Zweifel. Wenn Sie aber doch mal etwas Unterstützung brauchen, dann sprechen Sie mich ruhig an."

Ich nicke dankbar und könnte ihm für sein liebenswertes Angebot um den Hals fallen. Es fällt mir schwer, dies nicht zu tun.

Als Herr Ruhland und ich uns zu später Stunde verabschieden, kann ich kaum glauben, wie sehr es mir widerstrebt, den Abend zu beenden. Am liebsten hätte ich die ganze Nacht mit ihm geredet. Allerdings habe ich nicht viel von ihm erfahren. Wir haben tatsächlich nur über mich gesprochen. Das fällt mir gerade auf und ich bringe es sofort zur Sprache, als wir uns die Hand zum Abschied reichen.

„Aber das nächste Mal reden wir über Sie, Herr Ruhland. Sie kennen jetzt mein halbes Leben, da wäre es nur gerecht, wenn ich etwas mehr über Sie erfahre."

Er lächelt zurückhaltend und mit einem Mal befürchte ich, dass ich mit dieser Bemerkung einen Schritt zu viel gewagt habe.

„Gern. Ich würde mich über ein nächstes Mal freuen."

Beruhigt nehme ich seine Antwort zur Kenntnis. Ich hätte ihm jetzt gern einen Kuss aufgedrückt, aber das könnte er möglicherweise

falsch verstehen, denn es wäre aus reiner Dank-
barkeit.

Ertappt

Ich weiß nicht, warum, aber ich fahre noch ins „Conrad". Fürs Bett bin ich viel zu aufgekratzt. Es ist wie immer furchtbar laut und die Luft hätte man mit einer Schere zerschneiden können. Ich steuere auf einen leeren Platz zu, doch auf einmal tippt mir jemand von hinten auf die Schulter. Als ich mich umdrehe, sehe ich in Stefans erfreutes Gesicht. Wie gut, dass ich ihn gleich erkannt habe, er wäre sicher zutiefst gekränkt gewesen, wenn nicht. Als Sandra und ich ihn und seinen Freund Henry letzten Samstagabend kennenlernten, hätte ich nicht gedacht, dass ich mich später noch einmal an ihn erinnern würde. Schließlich war ich an diesem Tag mit meinen Gedanken bei Ullrich gewesen und später bei diesem jungen Mann, der mich quasi zu Boden warf. Oder ich ihn. Jedenfalls hat Sandra mich gnadenlos abgefüllt. Ich hatte völlig die Übersicht über meinen Alkoholkonsum verloren, weil sie mir immerzu heimlich das Glas auffüllte. Sie und Henry scheinen sich nähergekommen zu sein, jedenfalls ist sie seit jenem Abend ununterbrochen mit ihm zusammen. Stefan und ich hingegen wollten absolut nichts voneinander wissen. Das war uns beiden von der ersten Sekunde an klar. Trotzdem freue ich mich, ihn zu treffen. Mir ist gerade nach Gesellschaft zumute. Egal, wer diese Lücke ausfüllt, Hauptsache, ich bin jetzt nicht allein. Diese Grübelei macht mich sonst noch wirr. Stefan ist mit ein paar Freunden da und fragt mich, ob ich nicht Lust hätte, mich mit an ihren Tisch zu gesellen. Eigentlich habe ich keine Lust, aber ich lasse mich überreden. Schnell stellt sich heraus, dass es die falsche Entscheidung war. Die Themen in dieser Runde interessieren mich nicht im Geringsten und außerdem ist mir überhaupt nicht nach Reden zumute.

„Es ist wohl besser, wenn ich gehe", sage ich kurze Zeit später zu Stefan.

„Möchtest du woanders hin? Wir könnten Billard spielen gehen, wenn du magst", schlägt er vor. Ich wundere mich, warum er heute so anhänglich ist. Schließlich waren wir uns doch auf unausgesprochene Weise einig, dass wir kein Interesse aneinander hegen.

„Ich weiß nicht", antworte ich unentschlossen.

„Hier um die Ecke gibt es einen kleinen Billardsalon. Lass uns da zusammen hingehen."

Er sieht mich mit diesem Dackelblick an. Ich mag diesen Blick nicht. Man kann ihm so schlecht etwas abschlagen. Also lasse ich mich ein zweites Mal von Stefan zu etwas überreden, wonach mir nicht ist. Stefan ist hochgewachsen, viel zu schlank und hat eine etwas zu lang geratene Nase in seinem Gesicht. Aber sie passt zu ihm. Er besitzt eine gewisse Attraktivität, trotzdem ist er absolut nicht mein Typ. Seine feminine Seite ist mir zu ausgeprägt.

44

Wir betreten den gut besuchten Billardsalon und Stefan nimmt sofort Kurs auf einen freien Tisch. Verträumt schlendere ich ihm hinterher. Bis auf einmal Ullrich in mein Blickfeld gerät. Wie angewurzelt bleibe ich stehen und sehe in seine Richtung. Seine neue Eroberung hat er dabei. Sie beugt sich gerade über den Tisch und visiert mit dem Queue den Spielball an. Ihr Queue wackelt in alle Richtungen und es ist nicht zu übersehen, dass sie zum ersten Mal einen in der Hand hält. Ullrich steht neben ihr und erklärt ihr inbrünstig das Spiel. Sie stößt zu und rutscht ungeschickt ab. Klar, war ja nicht anders zu erwarten. Als sie vom Tisch zurücktritt, kichert sie wie ein Gibbon-Äffchen. Er amüsiert sich über ihr dämliches Gegacker, nimmt sie in den Arm und küsst sie auf den Mund. Das hat er mit mir nie gemacht! Ullrich mochte es nicht, in der Öffentlichkeit Zärtlichkeiten auszutauschen.

Stefan sieht sich nach mir um und sagt irgendwas, was ich nicht verstehe. Immer noch stehe ich wie versteinert da und blicke in dieselbe Richtung. Der Schmerz in mir wird unerträglich groß, sodass ich alles andere um mich herum vergesse. Das Atmen fällt mir schwer, ich bin wie paralysiert. Dann sehe ich an ihrem Ringfinger etwas aufblitzen. Sie trägt den Ring – meinen Ring! Darum lag er nicht mehr auf dem Tisch. Ullrich hat ihn einfach weiterverschenkt. An diese glucksende Henne. Was spielst du nur für ein mieses Spiel, du Verbrecher?

Übermächtige Wut staut sich in mir auf. Mein Körper zittert und gerät in Wallung. Dann bin ich nicht mehr zu stoppen. Aufs Töten programmiert, gehe ich zielsicher auf Ullrich zu. Er wird auf mich aufmerksam und macht ein Gesicht, als hätte er gerade ein Ufo gesehen.

„Claudia? Was machst du denn hier?"

Ich reagiere nicht auf seine Frage und setze meinen Weg in seine Richtung fort. Seine Henne verstummt und schaut mich erschrocken an. Als ich ihnen gegenüber stehen bleibe, ergreife ich das Wort: „Wie schön, dass mein Ring so schnell eine neue Besitzerin gefunden hat. Du mieses, verlogenes Schwein!"

Ich hole mit aller Kraft aus und verpasse ihm die Ohrfeige seines Lebens. Es schallt durch den gesamten Saal. Danach kehre ich Ullrich den Rücken und gehe, ohne mich um Stefan oder den Tumult, den mein Auftritt verursacht hat, zu scheren. Auf der Straße halte ich mich mit einer Hand an einer Laterne fest und schnappe nach Luft. Stefan ist mir gefolgt und legt seinen Arm um mich.

„Was war denn da drin eben los?"

Mein Blut rast mit überhöhter Geschwindigkeit durch meine Venen. Nur langsam erhole ich mich von dem Schock und bin noch benommen. Stefan streichelt mir tröstend über den Kopf.

„Kannst du mich bitte nach Hause bringen? Mir ist nicht mehr nach Billard."

„Du kommst erst mal mit zu mir", wehrt Stefan meine Bitte ab. „Ich wohne hier gleich um die Ecke. Dann mache ich dir einen starken Kaffee."

Froh, in dieser Situation nicht allein sein zu müssen, stimme ich zu.

Stefans Wohnung ist klein und spartanisch eingerichtet. Sofort lasse ich mich auf die Couch fallen, während er in die Küche verschwindet. Mit zwei Tassen Kaffee kommt er zurück und setzt sich zu mir.

„Nun erzähl doch mal, was da vorgefallen ist. War der Kerl zudringlich oder warum hast du ihn geschlagen?"

Ich lächle über seine abwegige Vermutung und erzähle ihm alles. Mein Kopf liegt auf Stefans Schoß und er streichelt über mein Haar.

„Und dieser plattbusige Hungerhaken war seine neue Freundin? Mit dir überhaupt kein Vergleich", lästert Stefan. Seine Bemerkung bringt mich zum Lachen. „Der Ring war bestimmt vom Grabbeltisch. Freu dich, dass du diesen Kerl los bist. Er war es nicht wert, eine Frau wie dich zur Freundin zu haben."

Ich genieße Stefans Worte. Seine Gesellschaft fühlt sich so selbstverständlich an, als wären wir ewig befreundet. Dabei kennen wir uns kaum.

Nach einer guten Stunde läute ich zum Aufbruch.

„Vielen Dank für deine Aufbauhilfe. Das hat mir gut getan."

„Hey, jederzeit wieder. Wenn du mich brauchst, ruf mich an."

Wir tauschen unsere Telefonnummern aus. Wer weiß, wozu man sie mal benötigt.

Der Wochenend-Trip

Samstag früh weckt mich mein Handy um zehn Uhr. Sandra ruft an und teilt mir mit, dass ich mir keine Sorgen um sie zu machen brauche. Sie sei die Nacht bei Henry, ihrem Medizinstudenten, gewesen und bliebe vorerst bei ihm. Na fein, dann ist wenigstens eine von uns unter der Haube. Nach dem Gespräch mit Sandra rufe ich beim Frisör an. Ich bin reif für eine neue Frisur. Zum Glück ist gleich heute ein Termin frei, denn länger hätte ich keinesfalls warten wollen. Wenn ich mich erst mal zu etwas entschlossen habe, dann muss es sofort passieren. Ich schlüpfe in meine Klamotten und schenke mir einen Kaffee ein, als das Handy ein zweites Mal nach mir schreit. Es ist Anja. Sie ist eine beherzte Quasselstrippe und mir ist gerade nicht danach, mich von jemandem zutexten zu lassen.

„Hi Anja, sei mir nicht böse, ich hab's eilig. Bitte mach's kurz."

„Wir haben dich am Donnerstag vermisst. Wo warst du?", fragt sie mich vorwurfsvoll.

Anja ist ebenfalls Mitglied im Astro-Verein und im Grunde nett, aber ihre Tratscherei geht mir auf den Keks. Daher werde ich mich hüten, ihr den wahren Grund meines Fernbleibens zu erzählen.

„Ich wollte wirklich kommen, aber dann ist mir kurzfristig noch was dazwischengekommen.

Habt ihr euch auf ein Ziel einigen können? Habe ich was versäumt?", frage ich interessiert.

„Also um ehrlich zu sein, hast du durchaus was verpasst."

Ich werde hellhörig.

„Wir haben nämlich seit drei Wochen zwei neue Mitglieder, Veronica und Kalle."

„Das weiß ich doch längst", kommentiere ich gelangweilt ihre Aussage.

„Und hast du sie kennengelernt?", fragt Anja provozierend.

„Nein, habe ich nicht. Das werde ich bestimmt am nächsten Wochenende. Worauf willst du hinaus, Anja?"

„Das wirst du dann sehen, wenn du Kalle kennenlernst. Für ihn würdest du nämlich glatt deinen Ullrich sausen lassen, glaub mir." Schon passiert. „Jedenfalls hat Kalle das Management unseres Wochenendes verantwortungsvoll in seine Hände genommen. Wir fahren in die Berge auf eine Skihütte, die seinem Cousin gehört. Von dort aus hat man einen freien Blick auf das gesamte Himmelszelt und ist von jeglicher Zivilisation abgeschirmt. Keine Lichtverschmutzungen. Was sagst du dazu?"

„Klingt gut. Und wie und wo treffen wir uns? Wer fährt mit wem?", erkundige ich mich.

„Das arbeiten wir noch aus. Wenn alles feststeht, sage ich dir Bescheid."

„Fein, ich muss jetzt aber wirklich los. Am Wochenende können wir noch genug von Kalle schwärmen. Also bis nächsten Freitag."

„Ja, mach's gut."

Endlich sitze ich auf dem Frisörstuhl und Marina, meine Lieblingsfrisörin, kämmt mir durchs Haar. Sie schlägt vor, meinen Schopf dramatisch zu kürzen. Ängstlich höre ich, was sie sagt. Sie findet, dass mir schulterlanges Haar sehr gut stehen würde. Leicht durchgestuft und mit ein paar lustigen Korkenzieherlocken wäre es perfekt. Dann mal los. Perfekt wollte ich immer aussehen. Die gesamte Prozedur dauert drei Stunden. Als ich danach in den Spiegel schaue, bin ich fasziniert.

„Das gefällt mir", staune ich. „Ich kann kaum glauben, dass ich das bin. Hab ich mehr Haare bekommen?"

Marina lacht.

„Das macht die Dauerwelle. Dadurch bekommt dein Haar mehr Volumen."

„Marina, du bist spitze. Danke."

Auf dem Nachhauseweg kommt es mir vor, als sähe alle Welt mich an. Was so eine neue Frisur doch ausmacht.

Als ich zu Hause ankomme, klingelt mein Smartphone. Ich weiß nicht, wieso ich mir einbilde, es könnte mein Chef sein. Schließlich hat er bisher nie versucht, mich auf dem Handy zu erreichen, schon gar nicht am Wochenende. Dabei würde es mir gerade vorzüglich in den Kram passen. Es ist Samstag, ich sehe umwerfend aus und habe noch keine Verabredung.

„Hallo, Claudia, Stefan hier."

Eine leichte Enttäuschung macht sich in mir breit.

„Hi, Stefan. Ich hätte nicht gedacht, dass ich so schnell wieder von dir höre."

Was will er bloß von mir? Wir wollen nichts voneinander, das war von Anfang an klar. Er wäre bestenfalls ein guter Freund für mich und ich bin mir ziemlich sicher, dass er das genauso sieht.

„Hättest du Lust, zum Frühstück bei mir vorbeizuschauen?", fragt er mich schüchtern.

Also schön, wo ist hier der Haken? Erst zeigt er nicht das geringste Interesse an mir und nun reißt er sich seit gestern förmlich darum, seine Zeit mit mir zu verbringen. Ich sollte dieser Sache auf den Grund gehen.

„Ich hätte gern ein Sechs-Minuten-Ei. Und hast du Nutella im Haus?"

Als Stefan und ich uns am reich gedeckten Frühstückstisch gegenübersitzen, beobachte ich ihn neugierig. Warum nur habe ich das Gefühl, dass gleich eine Bombe platzt? Seine Hände spielen nervös mit der Gabel und bislang hat er kaum ein Wort gesprochen. Alles deutet darauf hin, dass ihm etwas auf der Seele liegt, er aber noch nach den passenden Worten sucht.

„Sieht ja alles richtig lecker aus, was du hier aufgetischt hast", versuche ich die verkrampfte Stimmung aufzulockern. Stefan lächelt verunsichert und wischt sich mit dem Ärmel über die Stirn, um ein paar Schweißtropfen abzustreifen, die sich in seinem gesamten Gesicht bilden.

„Du siehst klasse aus. Die Locken stehen dir gut."

Geschmeichelt senke ich meinen Blick und erschrecke. Auf meinem Teller liegt ein Ring.

„Stefan, was hat das zu bedeuten?"

„Das darfst du bitte nicht falsch verstehen, ich wollte dir nur eine kleine Freude damit machen, nach dem, was du gestern erlebt hast."

Um Gottes willen, er will mir hoffentlich keinen Heiratsantrag machen. Wäre ich bloß nicht gekommen.

„Stefan, ich weiß nicht, was ich sagen soll."

„Probier ihn doch mal auf."

Ich nehme den Ring in die Hand. Was mach ich hier bloß? Er ist sehr hübsch und mit vier Brillanten bestückt. Als ich ihn aufsetze, stelle ich fest, dass er nicht passt. Er ist zu groß. Schnell ziehe ich ihn wieder vom Finger und lege ihn zurück auf den Teller.

„Stefan, bitte versteh mich nicht falsch, aber ich möchte keinen Ring von dir."

Enttäuscht sieht Stefan mich an.

„Gefällt er dir nicht?"

„Das hat damit nichts zu tun. Er passt nicht. Ich meine, was ich damit sagen will, ist, wir kennen uns doch kaum. Du bist wirklich nett und sympathisch, aber mehr kann ich mir beim besten Willen nicht vorstellen."

Zu meiner Verwunderung lächelt Stefan und winkt ab.

„Hör mal, Claudia, der Grund, weshalb ich den Kontakt zu dir gesucht habe, ist sicher nicht der, den du annimmst." Warum beruhigt mich das nicht? „Ich habe lange nach der passenden Partnerin gesucht. Dann sind wir uns gestern ein zweites Mal über den Weg gelaufen und irgendwie hatte ich das Gefühl, dass bei uns die Chemie stimmt." Oh Gott, ein Geistesgestörter! „Ich brauche deine Hilfe, Claudia."

„Also ehrlich, ich fühle mich ein bisschen überrumpelt. Was immer du auch von mir willst, es geht nicht. Ich bin nicht in dich verliebt."

Stefan zieht verunsichert die Ärmel seines Pullis hoch und reibt sich nachdenklich über die Arme. Zückt er gleich ein Messer und sticht damit verbittert auf mich ein? Vielleicht hätte ich aus taktischen Gründen erst mal allem zustimmen sollen, bis ich der Gefahrenzone entkommen bin. Ich Dussel!

„Nein, ich bin auch nicht in dich verliebt, außerdem ist das nicht zwingend nötig." Er will Sex! „Um es auf den Punkt zu bringen: Ich brauche eine Frau."

Fassungslos lasse ich mich in meinem Sitz zurückfallen. So direkt hat mir noch nie jemand gesagt, dass er lediglich mit mir ins Bett will. Ich

54

könnte Stefan natürlich jetzt dankbar sein, dass er die Katze aus dem Sack gelassen hat. Denn nun weiß ich, woran ich bin. Andererseits möchte ich ihm gern für seine unverblümten Worte einen Tritt in seine Fortpflanzungsorgane verpassen.

„Na, du scheinst es ja dringend nötig zu haben", bemerke ich abfällig. „Du hast doch zwei gesunde Hände. Warum benutzt du die nicht?"

„Nein, so meine ich das nicht. Du verstehst es ganz falsch." Was gibt's daran falsch zu verstehen? War doch eindeutig. „Ich möchte dich darum bitten, für ein Wochenende meine Freundin zu spielen." Neugierig horche ich auf. „Meine Eltern wünschen sich an meiner Seite eine Frau. Ich bringe es nicht fertig, ihnen die Wahrheit zu sagen. Vor einem Jahr habe ich dann eine Frau erfunden. Leider war das ein Fehler, denn seitdem besteht mein Vater darauf, sie kennenzulernen.

„Bist du etwa schwul?", frage ich mit einer etwas zu schrill klingenden Stimme.

Stefan schaut mich verblüfft an, fängt sich aber sofort wieder.

„Ich würde die Bezeichnung ‚homosexuell' bevorzugen."

„Jetzt bin ich aber platt. Warum hast du das nicht gleich gesagt? Du hast mir einen Riesenschreck eingejagt. Ich dachte schon, du wärst aus einer Gummizelle entkommen."

Wir lachen und endlich löst sich die angespannte Stimmung zwischen uns auf.

„Ich wusste nicht, wie ich es dir am besten sagen soll. Kannst du dir vorstellen, das für mich zu tun?"

„Nun ja, warum auch nicht? Zufällig bin ich gerade solo und ich glaube, so ein kleines Theaterspiel könnte lustig sein. An welches Wochenende hattest du denn gedacht?"

Stefan dreht betreten seinen Kopf in eine andere Richtung und schweigt. Hat er seine Stimme verloren? Da ist doch noch was im Busch.

„Stefan, es wäre schön, wenn du die Karten auf den Tisch legst. Ich muss mich immerhin auf irgendetwas einstellen können, wenn ich dir helfen soll."

„Ich befürchte nur, dass du mir dein Frühstücksei an den Kopf schmeißen wirst, wenn du erfährst, dass ich längst alles hinter deinem Rücken organisiert habe." Meine Hände umkrallen die Lehnen meines Sitzes und ich bereite mich auf eine Hiobsbotschaft vor. „Meine Eltern erwarten uns heute. Ich habe uns zwei Flüge nach München reserviert in der Hoffnung, dass du zustimmst."

Wo ist denn sein Problem? Da habe ich doch noch unendlich viel Zeit, in Ruhe eine Entscheidung zu treffen.

Mit aufgerissenen Augen schaue ich Stefan an und stelle mir die nicht ganz unberechtigte Frage, was er sich dabei gedacht haben mag und wie sein Plan B aussieht, für den Fall, dass ich ablehne.

„Wahrscheinlich denkst du jetzt, dass ich ein kompletter Vollidiot bin." Ja, das könnte man sagen. „Du ahnst ja nicht, unter welchem Druck ich stehe. Mein Vater ist ein erfolgreicher Bauunternehmer und erwartet von mir, dass ich seine Firma eines Tages übernehme. Dabei steht meinem Bruder eigentlich alles zu. Er ist zwar nur mein Halbbruder, aber er ist auch der Ältere und engagiert sich viel mehr in der Firma als ich. Ich will sie im Grunde nicht haben. Letzte Woche erlitt mein Vater einen schweren Herzinfarkt. Meine Mutter erwartet, dass ich komme und meine Freundin mitbringe. In dieser Situation kann ich ihm unmöglich beichten, dass sein einziger leiblicher Sohn homosexuell ist." Da ist was dran. „Bitte, Claudia, hilf mir und begleite mich nach München. Es wäre auch nur für eine Nacht. Bestimmt gefällt es dir sogar, meine Eltern haben ein sehr schönes Haus mitten im Grünen. Es wird dir an Nichts fehlen, das verspreche ich dir."

Nach München wollte ich immer mal. Ich könnte diesen kleinen Ausflug mit einem ausgiebigen Einkaufsbummel in der Innenstadt verbinden. Warum eigentlich nicht? Auch wenn ich Stefan für seine Eigenmächtigkeit am liebsten am Kragen gepackt hätte. Andererseits tut mir der arme Tropf ein wenig leid.

„Also schön. Ich mach's!"

Der Zufall ist ein Eichhörnchen

Als ich zu Sandras Wohnung fahre, um ein paar Sachen zu packen, kommen mir Zweifel an der Richtigkeit dieser Aktion. Was würden seine Eltern von mir denken, wenn sie erführen, dass ich nichts weiter als eine Alibifrau bin und sie mit Stefan nach Strich und Faden belüge? Ich versuche, nicht weiter daran zu denken, und male mir einen schönen Tag in München aus. Die Eltern sähe ich danach nie wieder. Ich schreibe Sandra eine WhatsApp, um sie über meine Ausflugspläne zu informieren. Ein Anruf wäre zu zeitraubend gewesen und hätte mich in Erklärungsnöte gebracht. Mir bleibt aber keine Zeit, Sandra alles genauestens zu erläutern, denn ich bin mit Stefan in einer Stunde am Flughafen verabredet.

Im Flugzeug gehen wir unser gemeinsames imaginäres Jahr durch: wie wir zueinanderfanden und wo wir uns das erste Mal trafen.

Als wir im Taxi zu seinem Elternhaus fahren, ist mir mulmig zumute.

„Stefan, ich weiß nicht, ob das richtig ist, was wir hier tun. Ich bin schrecklich nervös. Wenn mich deine Mutter anspricht, fasele ich bestimmt nur dummes Zeug."

Stefan streichelt mir die Wange.

„Du brauchst dich nicht zu fürchten. Es wird alles gut gehen. Morgen Abend fliegen wir zurück und meine Eltern werden dich nie mehr sehen. Zerbrich dir darüber nicht den Kopf."

Das Taxi fährt durch ein mächtiges Tor über holpriges Kopfsteinpflaster. Hinter den Weiden offenbart sich ein Blick auf eine prächtige Villa, die so groß ist, dass ich sie nicht mit einem Blick erfassen kann. Zwei Türmchen auf beiden Seiten umrahmen das Gebäude und geben dem Betrachter das Gefühl, hier würde es sich um ein kleines Schloss handeln. In der Mitte des Hofes plätschert ein steinerner Springbrunnen. Stefan zeigt auf seine Mutter und eine Angestellte, die uns bereits auf den Stufen des Hauses erwarten. Ich rutsche nervös auf dem Sitz hin und her.

„Bitte lass uns umdrehen. Ich glaub, ich kann das nicht."

„Keine Angst, du machst das schon, das weiß ich."

Wir steigen aus dem Taxi und ein junger Angestellter schnappt sich ungefragt unser Gepäck. Stefans Mutter schreitet beinahe bewegungslos wie eine Bronzeskulptur auf uns zu.

„Ich hoffe, ihr hattet eine angenehme Anreise", spricht sie in einem leicht gekünstelten Ton. „Sie müssen wohl Stefans Freundin sein. Wir kennen nicht mal Ihren Namen."

Auffordernd sieht sie mich an.

„Ich heiße Claudia Sander."

Freundlich reiche ich ihr meine Hand, die sie geflissentlich übersieht. Sie dreht sich einfach um und geht vor uns die Treppen hinauf ins Haus. Ein herzlicher Empfang sieht anders aus.

„Mach dir nichts draus", flüstert Stefan mir ins Ohr. „So ist sie halt. Das hat nichts mit dir zu tun."

Das sehe ich aber anders. Schließlich nehme ich ihr den Sohn weg.

Als wir ins Haus treten, überwältigt mich der Anblick einer monströsen Treppe, die zu den oberen Räumen führt.

„Ich erwarte euch dann um zwanzig Uhr zum Abendessen", sagt sie in einem herrischen Ton. „Du wirst Frau Sander erst einmal ihr Zimmer zeigen, danach erwartet dich dein Vater in der Bibliothek." Wow, die Dame ist ja ordentlich auf Zack. Es bleibt einem gar nichts übrig, als diesen diktatorischen Worten zu folgen.

Genervt begleitet mich Stefan nach oben.

„Warum weist mir deine Mutter ein anderes Zimmer zu als dir? Also nicht, dass ich mich darum reißen würde, mir mit dir eins zu teilen. Aber ungewöhnlich finde ich das schon."

Stefan legt seinen Arm um meine Hüfte.

„Also bitte, Claudia", erwidert er belustigt. „Wir sind doch noch nicht verheiratet. Wo denkst du hin?"

Ich grinse und lege meinen Arm ebenfalls um Stefans Hüfte.

Bis zum Abendessen ist noch eine knappe halbe Stunde Zeit. Ich beschließe, einen Spaziergang im großen Garten zu machen. Er ist gut beleuchtet, somit kann ich mir trotz der einsetzenden Dämmerung alles bewundernd ansehen. Es ist eine sehr gepflegte und akkurat angelegte Grünanlage. In der Mitte ist ein hübscher Teich, umwachsen von Büschen und einigen Obstbäumen. Es sieht sehr romantisch aus. Ich schlendere auf die kleine Bank am Teich zu und setze mich verträumt darauf. Das Plätschern des Wassers und die angenehme Stille hypnotisieren mich und so bekomme ich nicht mit, wie sich mir eine Person nähert und neben mir stehen bleibt. Mit einem Stöckchen wühle ich im Kies herum, als ich plötzlich auf dunkle Schuhe blicke. Erschrocken schieße ich hoch.

„Tut mir leid, ich wollte Sie nicht erschrecken", sagt eine mir bekannte männliche Stimme. Die Dunkelheit verdeckt sein Gesicht und ich bin mir nicht sicher, wo ich diese Stimme jüngst gehört habe.

„Ich nehme an, Sie sind Stefans Freundin?"

Mein Mund ist wie verklebt. Ich bringe nur ein Piepsen hervor.

„Ich muss mich entschuldigen, dass ich Sie derartig verschreckt habe. Kommen Sie, wir sollten ins Haus gehen, es ist schon dunkel."

Langsam gehen wir voran und bleiben unter einer Laterne stehen. Nun erkenne ich ihn. Er ist der Typ aus dem „Conrad". Ich kann es kaum glauben. Was für ein unglaublicher Zufall!

„Ich habe mich noch nicht vorgestellt. Mein Name ist Oliver, ich bin Stefans … " Erstaunt mustert er mein Gesicht. „Wir kennen uns doch! Natürlich, jetzt fällt es mir ein, du bist das hübsche Mädchen, das mir im ‚Conrad' an die Wäsche wollte."

Ich hole tief Luft und kann nicht fassen, was ich da höre.

„Das ist ja wohl unerhört. Ich wollte dir sicher nicht an die Wäsche. Dieser Zusammenstoß war ein Unfall."

„Aber natürlich war er ein Unfall", lacht er amüsiert und nimmt seine abwegige Behauptung wieder zurück. „Nur hat meine Begleitung das an diesem Abend anders gesehen."

Na und, was kann ich dafür, wenn diese Doofnuss ohne Hirn herumläuft?

„Ein wenig hatte ich gehofft, dass du mir deine Telefonnummer zusteckst. Ich hab später meine gesamte Kleidung danach durchwühlt. Schade. Und jetzt treffe ich dich hier noch mal. Das kann doch kein Zufall sein?", mutmaßt er.

„Nein, natürlich ist das kein Zufall. Ich bin Stefans Freundin", antworte ich bissig.

Hätte ich an diesem Abend bereits gewusst, was er für ein eingebildeter Schnösel ist, dann hätte ich mein Herz gewiss nicht so unüberlegt an ihn verloren.

„Ach ja", bemerkt er nun nachdenkend. So, damit wären die Fronten zwischen uns gleich geklärt. Ich hab kein Interesse an dir und du kannst dir deinen wenig überzeugenden Charme schenken. „Na, dann ist ja alles klar", sagt er verstimmt und wirft mir einen ernüchterten Blick zu.

„Ja, das denke ich auch", antworte ich eisig. Prima, nun hab ich auch die allerletzte Chance bei ihm verspielt. Warum ist mir das nicht egal?

„Du bist also Stefans Bruder", frage ich Oliver, obwohl sich diese Frage längst erübrigt hat.

„Tja, das bin ich."

Mürrisch geht er einfach weiter und lässt mich ohne ein weiteres Wort stehen. Mir wird übel. Diese Aufregung der letzten Tage wird mir langsam zu viel. Fünf Minuten später kehre auch ich zum Haus zurück und treffe am Treppenabsatz auf Stefan.

„Hey, du siehst aus, als hättest du einen Geist gesehen?"

„Ja, so könnte man sagen", antworte ich bedrückt. Mit einer sorgenvollen Miene streicht er über meinen Kopf, doch ich erhalte keine Chance, mit ihm über den Vorfall im Garten zu sprechen. Ein lauter Gong trommelt uns zum Abendessen zusammen. Bin ich hier im Busch gelandet? Stefan legt seinen Arm um meine Schultern und führt mich zum Speisesaal. Erstaunlicherweise haben bereits alle ihren Platz am Tisch eingenommen, als Stefan und ich zur Tür hereintreten. Alle Augen starren uns an. Oliver sitzt am rechten Kopfende des Tisches und durchbohrt mich mit seinem Blick. Der Vater erhebt sich von seinem Stuhl und tritt mir entgegen.

„Seien Sie gegrüßt, meine Liebe. Ich freue mich, endlich Ihre Bekanntschaft machen zu dürfen. Stefan hat Sie uns ja in den letzten Monaten erfolgreich vorenthalten. Bitte, setzen Sie sich doch."

„Vielen Dank, Herr Kallenbach. Die Freude ist ganz meinerseits."

Oliver sieht mich unentwegt mit finsterer Miene an. Das führt dazu, dass sich meine Nervosität weiter steigert. In der Regel ist das ein Nährboden für Unvorhersehbares. Die Suppe wird serviert und ich zucke zusammen, als eine prallgefüllte Suppenkelle an meinem Kopf vorbeischwebt. Natürlich nehme ich im Augenwinkel nicht wahr, dass mir eine Angestellte des Hauses lediglich den Suppenteller befüllen möchte, sondern vermute ein unbekanntes Flugobjekt im Anflug. Meine Reflexe funktionieren tadellos, denn ich haue das angreifende Objekt im hohen Bogen gegen die Wand. Es scheppert lautstark. Die arme Angestellte hat auch noch die Suppenterrine vor Schreck fallen lassen. Die appetitliche Bouillon platscht auf den Teppich und auf meine Kleidung. So, das war ganze Arbeit! Gut gemacht, Claudia! Sie werden dich in bleibender Erinnerung behalten. Peinlich berührt werfe ich einen verunsicherten Blick auf die Bescherung. Meine Ohren gewinnen an Temperatur. Als ich wage, meinen Blick zu erheben, schaue ich in entsetzte Gesichter. Nur Stefan lacht hinter vorgehaltener Hand. Endlich versuche ich zu sprechen.

„Ich ... ich ... bin so ein Tölpel. Hoffentlich wurde nichts beschädigt. Selbstverständlich komme ich für den Schaden auf."

Plötzlich schreit Frau Kallenbach auf ihre Angestellte ein, die erstarrt vor Schreck wie eine Schießbudenfigur dasteht.

„Was stehen Sie da noch rum und glotzen?! Machen Sie sich an die Arbeit und beseitigen Sie das Ungeschick!" Dann wendet sie sich an mich und glättet ihr Haar, als wäre ein Sturm durchs Zimmer gefegt. „Welch infantile Bemerkung. Selbstverständlich brauchen Sie hier für nichts aufzukommen. Sie sind unser Gast und dieses kleine Missgeschick war schließlich nicht vorsätzlich."

„Das ist sehr freundlich von Ihnen, vielen Dank."

Nachdem ich die Flecken auf meiner Kleidung mit der Serviette tiefer in das Gewebe hineingerieben habe, erhebe ich mich und bitte mich zu entschuldigen, um mir etwas Neues überziehen zu können. Stefan will mir folgen, doch wird er unsanft von seiner Mutter aufgefordert zu bleiben.

„Es gibt etwas, was wir mit euch beiden besprechen möchten", höre ich sie noch sagen, bevor ich außer Reichweite bin.

Wie soll ich hier nur die verbleibende Zeit überstehen? Ich wünschte, ich hätte alles schon hinter mir. Und wieso muss ausgerechnet Oliver Stefans Bruder sein? Wer denkt sich denn solche absurden Zufälle aus?

Ich muss dann mal weg

Nach dem Abendessen sitzen wir gemeinsam im Wohnzimmer und trinken ein Glas Wein. Ich unterhalte mich mit Stefans Vater und finde zu ihm genauso wenig Zugang wie zu seiner Mutter. Diese Familie geht anscheinend sehr sparsam mit Sympathiebekundungen um. Stefan dagegen ist anders. Er ist warmherzig und äußerst sensibel. Sein Bruder Oliver scheint es an diesen Charaktereigenschaften zu fehlen. Er hat den ganzen Abend kein Wort mit mir gewechselt. Weshalb nur ist er so abweisend? Als wir uns im „Conrad" begegneten, war er mit einer Frau dort, und bloß weil ich versehentlich mit ihm kollidiert bin, hat er doch keinen Anspruch auf mich. Trotzdem lässt sein Verhalten vermuten, dass er eifersüchtig auf seinen Bruder ist. Das gibt mir Rätsel auf.

Um dreiundzwanzig Uhr bin ich der Meinung, mich den Fragen der Eltern lange genug ausgesetzt zu haben, und verabschiede mich. Ich bedanke mich für den netten Abend und entschuldige mich noch einmal für die Unannehmlichkeiten, die ihnen der „Suppenvorfall" bereitet hatte. Stefan gebe ich einen flüchtigen Kuss auf die Wange und ziehe mich erleichtert zurück.

In der Nacht werde ich wach. Das helle Mondlicht scheint in mein Zimmer und der Wind pfeift eine unheimliche Melodie. Ich schließe meine Augen wieder und drehe mich um, doch ich finde nicht mehr in den Schlaf zurück. Also richte ich mich auf und sehe aus dem Fenster. Die Baumwipfel werden kräftig durchgepustet und schwingen mit dem Wind. Meine Gedanken kreisen plötzlich um Oliver. Welche Rolle spielt er eigentlich in dieser Familie? Warum sind Stefan und er nur Halbbrüder und weshalb steht Oliver die Firma nicht zu? Stefan will sie schließlich nicht. Aber was kümmert's mich? Morgen Abend bin ich zurück in Berlin und alles wird lediglich eine blasse Erinnerung sein.

Ich bin durstig und steige aus dem Bett. In der Dunkelheit suche ich nach meinem Morgenmantel und ziehe ihn mir über. Leise öffne ich meine Tür und schleiche wie ein Geist durch den dunklen Flur auf der Suche nach dem Badezimmer. Am Ende des Ganges werde ich fündig und ziehe die angelehnte Tür auf. Sie knarrt wie eine alte Truhe. Hoffentlich ist keiner wach geworden. Das Mondlicht erhellt den Raum, darum erspare ich mir, den Lichtschalter zu betätigen. Mir ist, als hätte ich einen Windhauch an meinen Füßen gespürt. Spukt es hier womöglich? Der Wasserhahn quietscht, als ich ihn aufdrehe. Das ganze Haus braucht mal eine Generalüberholung. Einige Probleme ließen sich allerdings mit ein bisschen Öl schon beheben. Ich schlürfe das kühle Nass und fahre mir mit den feuchten Händen durchs Haar. Eine Weile stehe ich so da und schaue in den Spiegel, in dem ich nur meine Umrisse erkennen kann. Der silberne Mondschein hellt den Raum mit einem märchenhaften Schimmer auf. Ich genieße diese Stille und schließe die Augen. Doch auf einmal spüre ich die Anwesenheit einer Person im Raum. Ich öffne die Augen wieder und schaue in den Spiegel. Olivers Silhouette ist im Mondlicht gut erkennbar. Er steht so dicht hinter mir, dass ich seinen Atem auf meinem Nacken fühle. Sein Mund liebkost mein Ohr und flüstert meinen Namen. Es prickelt in mir wie tausend Champagnerbläschen und ich genieße seine Berührungen. Mein Gott, ich muss meinen Verstand verloren haben. Ich bin mit Stefan hier. Olivers Hände wandern sanft über meine Hüften und drehen mich zu sich herum. Er drückt seinen Unterleib fest an mich und ich spüre seine Erregung. Ich muss das auf der Stelle stoppen, aber ich weiß nicht, wie. Alles in mir sehnt sich nach Leidenschaft, viel zu lange musste ich mit Ullrich darauf verzichten. Wir küssen uns und meine Arme schlingen sich um Olivers Hals. Er lässt seine Hände über meinen Rücken wandern, sein Atem wird schneller und seine Hände fordernder. Auf einmal fällt mir wieder ein, weshalb ich hier bin. Stefan braucht mich. Ich darf ihn jetzt nicht hängen lassen, bloß weil mich der Hafer sticht. Im Moment wäre Oliver wahrscheinlich nur ein Abenteuer, denn in meiner derzeitigen Lage kann ich unmöglich beurteilen, ob er mehr für mich sein könnte. Außerdem kommt es nicht in die Tüte, dass ich mich schon neu verliebe. Ullrich geistert noch in meinen Gedanken herum und auf keinen Fall möchte ich mich zu früh auf jemand Neues einlassen. Ich bin noch nicht so weit. Entschlossen drücke ich Oliver von mir weg, der mich daraufhin sofort loslässt und sich verwirrt durch die Haare fährt.

„Ich kann Stefan das nicht antun", erkläre ich mein Verhalten, doch Oliver wirkt wie ein verstörtes Kind und hat wenig Verständnis für meinen Sinneswandel.

„Was treibst du für Spielchen mit mir? Erst lässt du dich auf mich ein und dann erinnerst du dich plötzlich an Stefan. Wenn dir tatsächlich was an ihm liegt, frage ich mich, was das eben sollte."

Enttäuscht schubst er mich weg und verschwindet im dunklen Flur. Ich fasse es nicht, wie Oliver mit mir umgeht. Glaubt er etwa, sein Verhalten wäre rühmlich? Stefan ist sein Bruder und gerade hat er versucht, ihm seine Freundin auszuspannen. Ich gehe zurück in mein Zimmer und stelle mich ans Fenster. Warum bin ich nur hier? Das alles war eine Schnapsidee. Die Ereignisse überschlagen sich und ich stecke mitten drin im Schlamassel. Oliver werde ich wohl besser ab jetzt aus dem Weg gehen. Das wird das Beste für uns alle sein.

Am nächsten Morgen klopft Stefan an meine Tür, um mich zum Frühstück abzuholen.

„Bist du schon fertig?", fragt er durch die Tür.

„Ja, komm rein", fordere ich ihn auf. Er strahlt gut gelaunt und ich genieße sein warmes Lächeln.

„Claudia, ich weiß es wirklich sehr zu schätzen, was du hier für mich tust. Ich bin dir sehr dankbar für alles." Ich lächle, schaue Stefan aber nicht an. „Du hast doch etwas", stellt er richtig fest.

Ich schüttle energisch mit dem Kopf. „Nein, ich hab nix, oder … ja, vielleicht doch."

Stefan setzt sich neben mich aufs Bett.

„Was ist los?"

„Es ist nur so, dein Bruder und ich sind uns mal begegnet. In Berlin."

„Im ‚Conrad', ich weiß. Es war nicht zu übersehen." Stefan grinst.

„Warum hast du mich denn nicht vorgewarnt? Es war für uns beide eine große Überraschung, als wir hier aufeinandertrafen."

Stefan kräuselt die Stirn.

„Ja, daran hatte ich gar nicht mehr gedacht und um ehrlich zu sein, hätte ich nicht vermutet, dass dies ein Problem werden könnte."

Tja, ich auch nicht.

„Wie ist eigentlich dein Verhältnis zu Oliver?"

Stefan reibt sich übers Kinn und ich verstehe nicht ganz, warum ich diese Frage überhaupt gestellt habe. Glaube ich etwa, Stefan könnte seinem Bruder ernsthaft übel nehmen, dass er versucht hat, mich Stefan auszuspannen? Dies ist sicher keine Belastungsprobe für ihr Verhältnis. Wenn ich ein Mann wäre, müsste ich mich eher darum sorgen. Nur Olivers Interesse am gleichen Geschlecht dürfte geringfügig sein.

„Tja, gut, glaube ich. Warum willst du das wissen?"

Ich antworte nicht mehr auf Stefans Gegenfrage und ziehe ihn vom Bett.

„Komm, lass uns frühstücken. Die anderen warten sicher bereits auf uns.

Nach dem Frühstück bereite ich mich auf einen Ausflug in die Stadt vor. Mein Ziel ist der Marienplatz. Von dort aus möchte ich einen kleinen kulturellen Rundgang durch die Straßen starten. Stefan hat mit seinem Vater noch einiges zu besprechen, Frau Kallenbach verhält sich auch heute so ablehnend mir gegenüber, dass ich es vorziehe, den Vormittag über nicht zu viel Zeit in ihrer Nähe zu verbringen und Oliver ist für mich gestorben! Ich ziehe mir bequeme Schuhe an, rufe mir ein Taxi und verlasse wohlgelaunt mein Zimmer. Auf der Treppe begegne ich Oliver und ärgere mich, ihn vor meinem Aufbruch noch mal sehen zu müssen. Mit hocherhobenem Haupt stolziere ich zum Treppenabsatz und ver-

suche, einen möglichst desinteressierten Eindruck zu erwecken.

„Pass auf, dass du nicht über deinen eigenen
Hochmut stolperst", gibt er kühl und überlegen
von sich.

Armleuchter!

„Und du solltest deinen Mund nicht allzu
voll nehmen. Stefan ist immerhin dein Bruder
und ich seine Freundin, wenn du verstehst, was
ich meine."

Sein fragender Blick ist eine Genugtuung für
mich. Es soll ihm ruhig mal bewusst werden,
dass er Stefans Vertrauen missbraucht hat. Unsere Beziehung ist zwar frei erfunden, aber das
kann Oliver ja nicht wissen. Oder weiß er etwas?
Ich setze meinen Weg nach unten fort, doch mein
nächster Schritt geht ins Leere. Zu meinem eigenen Entsetzen rutsche ich aus und falle ein paar
Stufen abwärts. Oliver springt mir mit einem
großen Satz entgegen und fängt mich auf wie
eine Bowlingkugel auf Abwegen. Das Blut steigt
mir in den Kopf. Seine Arme umschlingen mich
so fest, als wolle er mit mir verschmelzen.

„Du bist der größte Tollpatsch, dem ich jemals begegnet bin."

Ich bin froh, dass er meine früheren Missge-
schicke nicht kennt. Diese hier sind im Vergleich
dazu harmlos.

„Danke", erwidere ich, denn ich werte seine
Bemerkung als Kompliment. Für den Augenblick
scheint unser Missmut von gestern Nacht ver-

gessen. Doch plötzlich steht Stefan am Ende der Treppe und sieht zu uns herauf. Sofort lässt Oliver mich los und geht nach oben. „Danke für deine Hilfe", rufe ich ihm hinterher.

„Das war reine Schadensbegrenzung", antwortet er von Weitem und verschwindet in einem der Zimmer.

„Was war denn hier los?", erkundigt sich Stefan interessiert.

„Ich lief Gefahr, die Treppe hinunterzupurzeln. Und Oliver war so freundlich, mich aufzufangen", antworte ich ihm immer noch benommen. „Ich muss mich beeilen, mein Taxi wartet draußen auf mich."

„Dann wünsche ich dir viel Spaß und sei möglichst um dreizehn Uhr zurück."

„Ja, ich weiß, dann gibt's Essen."

Ich kann's kaum erwarten.

Ein Geheimnis ist ein Geheimnis

Es ist ein herrlicher Sonnenschein an diesem April-Morgen, und was gibt es Schöneres, als sich bei diesem Wetter einem ausgiebigen Einkaufsbummel hinzugeben? Ich streiche also die geplanten kulturellen Besichtigungen und tue lieber dass, was Frauen gerne tun, vor allem dann, wenn sie ein Ventil für ihre schlechte Laune benötigen. Ich shoppe eifrig durch die Geschäfte an diesem verkaufsoffenen Sonntag. Selbstverständlich erwerbe ich allerhand Kram, den ich natürlich dringend benötige. Es führt zu einer tiefen Befriedigung, wenn man mit einem Haufen prall gefüllter Einkaufstaschen heimkehrt. Dummerweise vergesse ich dabei völlig die Zeit und erschrecke, als die Turmuhr eins schlägt. Schnell ergattere ich ein Taxi und weise den Fahrer an, sein Tempo zu beschleunigen. Mit einer halben Stunde Verspätung fahren wir auf den Hof. Stefan steht schon mit einem sorgenvollen Gesichtsausdruck auf der Treppe und läuft dem Taxi entgegen. Er öffnet die Wagentür und hilft mir beim Aussteigen.

„Ich nehme eine große Ausbeute mit nach Hause."

Fröhlich lächle ich Stefan an und drücke ihm meine Tüten in die Hand.

„Ja, das sehe ich, du hast ja halb München aufgekauft", sagt er amüsiert. „Meine Familie sitzt übrigens missgestimmt im Speisesaal."

„Das dachte ich mir bereits. Ich hoffe, ich mache dir nicht zu viel Ärger mit meinen dummen Entgleisungen?"

Stefan lacht und bezahlt die Taxi-Rechnung. Der Fahrer bedankt sich und fährt ab. Ich hätte mich gern wieder auf die Rückbank gesetzt und mich zum Flughafen fahren lassen. Wer weiß, was mich jetzt erwartet.

„Aber nicht doch. Selten habe ich mich so vergnügt wie mit dir. Du bringst frischen Wind in dieses steife Haus."

Beruhigt vernehme ich Stefans Worte. Nicht auszudenken, wenn ich ihm statt der erhofften Hilfe nur Ärger gebracht hätte.

Als wir alle bei Tisch sitzen, wird diskret über meine Unpünktlichkeit hinweggesehen. Man fragt mich interessiert nach meinen Erlebnissen und welche Errungenschaften denn in meinen Tüten stecken würden. Höflich beantworte ich ihre Fragen, obwohl mir nicht nach Konversation zumute ist. Nach einer Weile legt Stefans Vater das Besteck beiseite und wechselt schlagartig das Thema.

„Wann beabsichtigt ihr eigentlich zu heiraten?"

Mir fällt ein Fleischkloß vom Löffel und platscht zurück in die Suppe. Stefan bricht in schallendes Gelächter aus, als er mein Gesicht sieht und auch Oliver schüttelt sich vor Lachen. Nur die Eltern behalten ihre steifen Mienen bei. Schnell tupfe ich mir mit der Serviette das Gesicht ab, doch ein paar Nudelreste kleben noch an meiner Wange, sodass Stefan mit seiner Serviette eingreift.

„Wir haben noch nichts geplant", entgegnet er auf die Frage seines Vaters.

„Dann seht zu, dass ihr einen passenden Termin findet. Ich möchte eurer Vermählung gerne noch beiwohnen, bevor ich endgültig abdanke. Und du weißt, Stefan, dass ich eine Heirat zur Bedingung mache, wenn es um die Übernahme des Betriebes geht."

Ich kann Stefan seine innere Zerrissenheit ansehen. Er muss sich beherrschen, nicht mit der Wahrheit herauszuplatzen. Oliver steht einfach auf und geht. Es würde mich nicht wundern, wenn ihm die Pläne seines Vaters gewaltig gegen den Strich gehen, schließlich richten sie sich gegen ihn.

Nach dem Essen ziehen sich die Eltern zurück. Stefan nutzt die Gelegenheit und führt mich durch den Garten.

„Unser Flieger geht um zwanzig Uhr. Wir haben also noch eine Menge Zeit."

„Ja, leider", entgegne ich deprimiert. „Es wäre schön, wenn wir eher fliegen könnten."

„Hey, Kopf hoch, du machst das sehr gut. Und ich stehe tief in deiner Schuld."

„Ach, hör auf. Du bist mir nichts schuldig. Ich hatte nur gerade nichts Besseres vor."

Wir setzen uns auf eine Bank in der Sonne.

„Was ist eigentlich mit dir und Oliver?"

Diese Frage versetzt mich in Alarmbereitschaft. Wie kommt er denn jetzt darauf? Müssen wir darüber sprechen?

„Warum fragst du das?"

„Ich sehe doch, wie er dich anblickt."

„Ich weiß nicht, was du meinst."

Mannomann, schwule Männer sind nicht zu unterschätzen. Ihnen scheint ein gewisses Quantum an Intuition zur Verfügung zu stehen, was man natürlich von ihren heterosexuellen Geschlechtsgenossen nicht behaupten kann.

„Meinen empfindsamen Fühlern entgeht nichts", bestätigt Stefan meine Gedanken. „Was war auf der Treppe mit euch? Ich befürchtete schon, Oliver würde über dich herfallen."

„Ach was, du musst dich irren."

Stefan schmunzelt und legt seinen Arm um mich.

„Wenn du darauf bestehst, dann irre ich mich für dich."

Wir lachen und ich bin froh, dass Stefan nicht weiter nachbohrt.

„Warum möchte dein Vater eigentlich nicht, dass Oliver die Firma übernimmt? Immerhin ist er der Ältere von euch beiden."

Stefan wirkt nun wieder angespannt. Es ist nicht zu übersehen, dass dieses Thema schwer auf ihm lastet.

„Oliver ist nicht der leibliche Sohn meines Vaters. Meine Mutter war bereits einmal verheiratet. Aus dieser ersten Ehe stammt Oliver. Sein Vater verstarb und kurze Zeit danach heiratete unsere Mutter meinen Vater. Oliver ist für ihn wie ein Sohn und trotzdem kann er nicht über seinen Schatten springen. Die Firma ist Familienbesitz und so soll es auch bleiben."

„Aber ihr könntet die Firma doch gemeinsam leiten."

„Mein Vater ist ein sturer, alter Esel. Glaub mir, Claudia, sobald er erfährt, dass ich homosexuell bin, wird Oliver ohnehin alles erben. Du glaubst doch nicht, dass er seinem schwulen Sohn auch nur einen Penny vererben wird."

Armer Stefan! Es muss schwer für ihn sein. Nachdem ich seine Eltern kennengelernt habe, kann ich mir allerdings auch nicht vorstellen, dass sie Verständnis für seine Homosexualität aufbringen werden. Es wird nicht leicht für ihn, sich zu outen, aber irgendwann muss er es einfach tun.

„Wann willst du deine Eltern über alles aufklären?"

„Ich weiß nicht. Im Moment bin ich noch nicht dazu bereit. Und sie sind es auch nicht."

„Warum sprichst du nicht wenigstens mit deinem Bruder darüber. Er wird es sicher verstehen."

„Ja, bestimmt hast du Recht. Ich werde es mir überlegen."

Wir gehen Hand in Hand zum Haus zurück.

„Na, ihr Turteltäubchen", ruft uns Oliver herausfordernd zu und tritt vor uns durch den Eingang. Doch dann bleibt er stehen und hält uns die Tür auf. Stefan geht vor mir ins Haus und verschwindet im Arbeitszimmer seines Vaters. Muss er mich jetzt mit Oliver allein lassen? Als ich die Türschwelle überschreite, hält mich Oliver am Handgelenk fest.

„Was für eine Schau ziehst du hier ab? Ich merke doch, dass irgendwas nicht stimmt."

Standhaft erwidere ich seinen feindseligen Blick und ärgere mich, dass ich keinen Säbel dabei habe. Ich hätte es gern auf ein Duell ankommen lassen. Seine ungehobelte Art verdient eine Abreibung.

„Ich sehe keine Veranlassung, dir irgendetwas erklären zu müssen. Und jetzt sei bitte so freundlich und lass mich los!"

Ich befreie mich aus seinem Griff und setze meinen Weg in die Bibliothek fort. Dort staune ich über die vielen gut sortierten Bücher in meterhohen Regalen. Ich nähere mich einem der Regale und ziehe wahllos ein Buch heraus. Gleichgültig blättere ich darin herum, bis ich Oliver hinter mir bemerke. Also klappe ich das

Buch wieder zu, um es zurückzustellen. Verärgert drehe ich mich zu ihm um.

„Warum verfolgst du mich?", frage ich ihn gereizt und sehe ein antikes Schwert an der Wand hängen. Das kann nur ein dummer Zufall sein. Oder ist das ein Zeichen?

„Warum erzählst du mir nicht mal, was dieses ganze Theater mit Stefan hier soll?"

Weiß er doch etwas über Stefans Geheimnis?

„Ich verstehe nicht, worauf du hinauswillst?"

Oliver kaut auf seiner Unterlippe und mir scheint, als wüsste er bereits alles. Wieso versucht er dann, mir Informationen zu entlocken, die ich ihm beim besten Willen nicht geben kann?

„Seit einem Jahr versucht Stefan, uns eine Freundin zu verkaufen, die niemals jemand zu Gesicht bekam. Und plötzlich, nach dem Herzinfarkt unseres Vaters, schleppt er dich an. Meine Eltern mögen auf dich hereinfallen, mir könnt ihr jedoch keinen Bären aufbinden. Irgendwas ist faul an eurer Geschichte und ich möchte wissen, was."

Seine ungetrübte Wahrnehmung verblüfft mich. Das hätte ich ihm gar nicht zugetraut.

„Wenn du wirklich der Meinung bist, warum fragst du dann nicht deinen Bruder?"

Meine Bemerkung steigert seine Gereiztheit.

„Ich frage aber dich. Wie wäre es mit einer ehrlichen Antwort."

„Warum? Bin ich dir eine schuldig?"

„Es ist unglaublich, wie du um den heißen Brei herumreden kannst. Wo hast du das nur gelernt?" Mir ist nicht bewusst, dass ich das mache, wäre ich hingegen an Olivers Stelle, würde ich das Gleiche über mich denken. Dabei versuche ich lediglich, Stefan zu schützen. „Ich hoffe, du hast unseren kleinen Unfall im ‚Conrad' gut überstanden", sagt Oliver nun auf einmal in einem sanften Ton. Auf derart freundliche Worte bin ich nicht eingestellt und brauche ein paar Sekunden, mich der neuen Situation anzupassen. Ich möchte ihm antworten, aber es kratzt in meinem Hals, sodass ich mich räuspern muss. „Hoffentlich hast du dir hier nichts eingefangen. Die Temperaturen in diesem Haus sind immer etwas zu kühl." So viel Fürsorglichkeit rührt mich, trotzdem kann ich in diesem Moment rein nichts damit anfangen. „Also, Claudia, wenn es da etwas gibt, was ich wissen sollte, dann sag es mir bitte."

Wenn er weiter so bohrt, hat er mich gleich. Die Worte liegen mir bereits auf der Zunge. Aber zum Glück siegt die Disziplin. Ich kann Stefans Geheimnis einfach nicht preisgeben.

„Tut mir leid, es geht nicht."

Ich wende mich von Oliver ab und verlasse die Bibliothek. Das war allerhöchste Eisenbahn. Wenn er mich nur etwas länger bearbeitet hätte, wäre mir womöglich doch noch was rausgerutscht.

Die Fahrt ins Krankenhaus

Es klopft zaghaft an der Tür meines Zimmers.

„Claudia? Bist du da drin?" Ich erkenne Stefans Stimme und bitte ihn herein. „Warum sperrst du dich hier ein? Komm doch mit nach draußen, wir sitzen alle im Garten. Das Wetter ist so herrlich. Wer weiß, wie lange es noch so bleibt?" Zusammengekauert sitze ich auf meinem Bett und lehne mich mit dem Rücken gegen die Wand. „Was ist denn passiert?"

Ich suche nach den richtigen Worten, doch wie soll ich Stefan etwas erklären, was ich selbst nicht genau weiß? Dieses Zusammentreffen mit Oliver hier in München hat mich verwirrt. Stefan setzt sich zu mir aufs Bett und sieht mich an wie ein neugieriges Waschweib.

„Ich will alles wissen. Und lass nichts aus."

Zum ersten Mal fällt mir Stefans feminine Gestik auf. Das bringt mich zum Lächeln. Ich muss mit ihm darüber reden, es geht nicht anders.

„Als Oliver und ich uns in Berlin das erste Mal trafen", beginne ich meinen Satz, „da war etwas zwischen uns. Leider war er mit einer Frau dort, daher hätte ich niemals vermutet, dass er sich auf mich einlassen würde. Jetzt begegnen wir uns zufällig hier und es hat den Anschein, dass er mich mag. Aber alles ist so kompliziert geworden, seitdem er annimmt, ich sei deine Verlobte."

„Das ist bedauerlich. Ich hatte ja keine Ahnung, dass ihr euch mögt. Sobald wir zurück sind, kläre ich Oliver auf, das verspreche ich dir."

Ja, nur weiß ich eigentlich nicht, ob ich das wirklich will. Meine Güte, war ich jemals in solch einer Situation? Im Grunde hatte ich gehofft, eine angemessene Zeit um Ullrich trauern zu können, dann treten flugs drei neue Männer in mein Leben, von denen der eine schwul ist, der andere quasi mein Schwager, der dritte mein Chef. Wenn Stefan Oliver jetzt über alles aufklärt, dann stellt Oliver doch glatt Besitzansprüche an mich. Schließlich hat er im „Conrad" unter mir gelegen. So gesehen, waren wir also schon miteinander intim. Dabei hat mein Singleleben gerade erst begonnen. Auf keinen Fall möchte ich mich zu schnell auf jemand Neues einlassen, solange ich mir nicht sicher bin, ob er der Richtige ist.

„Vielleicht verschiebe ich aber auch das Gespräch mit Oliver, falls du zugibst, dass ich Chancen bei dir habe", sagt Stefan auf einmal mit bierernster Miene. Ich ziehe eine Augenbraue hoch und überlege für eine Millisekunde, ob er mich belogen haben könnte. Doch Stefan verrät sich mit einem haltlosen Gekicher und lässt seinen ohnehin wenig glaubhaften Schwindel somit auffliegen. Stefan ist mit jeder Faser seines Körpers schwul. Wie könnte man da etwas anderes annehmen? Lachend werfe ich ihm ein Kissen an den Kopf.

„Stefan, der Ladykiller. Ha, ha! Oder sollte alles etwa nur eine raffinierte Tarnung gewesen sein, um bei mir landen zu können? Los, du Hochverräter, gestehe."

„Ich sprach die Wahrheit. Das schwöre ich beim Barte meiner Mutter."

An dieser Stelle brechen wir in schallendes Gelächter aus und versenken unsere Gesichter im Kopfkissen.

„Na, ihr scheint ja viel Spaß miteinander zu haben?"

Augenblicklich verstummen wir und fühlen uns ertappt, als wir Oliver auf der Türschwelle stehen sehen. Er macht einen verärgerten Eindruck.

„Seit wann stehst du da?", fragt Stefan unsicher.

„Lange genug, um eure Albernheiten miterleben zu müssen. Ich wollte euch nur davon in Kenntnis setzen, dass Vater gerade ins Krankenhaus abtransportiert wird. Falls es euch interessiert, er ist im Garten zusammengebrochen."

Bestürzt springt Stefan auf und rennt aus dem Zimmer. Oliver wirft mir einen kühlen Blick zu und folgt ihm. Mein Magen verkrampft sich. Als ich das Zimmer verlasse und über den Flur die Treppe hinabschaue, sehe ich durch die offene Haustür, wie Herr Kallenbach auf einer Trage in den Krankenwagen geschoben wird. Oliver hält seine Mutter in den Armen, die aufgelöst an seiner Schulter weint. Schnell laufe ich zu ihnen nach draußen und fühle mich wie Falschgeld in dieser Situation. Stefan und seine Mutter steigen in den Krankenwagen.

„Oliver, nimm du Claudia in deinem Wagen mit!", ruft Stefan seinem Bruder zu.

Mürrisch läuft Oliver zu seinem Auto, während ich ihm verunsichert hinterhereile. Ich habe die Wagentür noch nicht richtig zugezogen, als er losbraust. Ich erspare mir jeglichen Kommentar und schnalle mich schweigend an. Während der Fahrt wage ich nicht zu sprechen. Auch Oliver redet kein Wort. Nervös spiele ich mit meinen Fingern und staune darüber, in was für Situationen ich neuerdings hineingerate. Bis vor Kurzem war mein Leben so vorhersehbar wie die Tage eines Kalenders. Nach dem Montag naht immer der Dienstag und ob es einem gefällt oder nicht, der Mittwoch folgt auf dem Fuß. Seit ein paar Tagen kommt es mir so vor, als wären die Wochentage durcheinandergepurzelt. Eigentlich weiß ich, dass heute Sonntag ist, aber es fühlt sich so an, als würde die Woche erst beginnen. Mein Leben läuft aus dem Ruder und ich kann es nicht beeinflussen.

Die Ampel springt auf Rot um, doch Oliver fährt mit überhöhter Geschwindigkeit auf sie zu. Ich kann nicht glauben, dass er nicht reagiert. Er scheint komplett abwesend zu sein und bemerkt das umgesprungene Licht nicht. Entsetzt schreie ich ihn an: „Pass auf, die Ampel ist rot!"

Sofort ist er wieder auf Sendung und tritt mit voller Kraft auf das Bremspedal. Die Reifen quietschen, das Auto rutscht unkontrolliert über den Asphalt. Ich werde nach vorn gedrückt, sodass der Gurt mir die Luft abschneidet. Zur gleichen Zeit knackt es in meinem Hals. Das kann nicht gut gewesen sein. Als der Wagen endlich kurz vor der Kreuzung zum Stehen kommt, brauche ich einen Augenblick, um zu verstehen, dass alles gut gegangen ist. Vor meinem geistigen Auge habe ich gesehen, wie sich die Stoßstange eines Kleintransporters durch meinen Bauch bohrt. Oliver lässt seinen Kopf auf das Lenkrad sinken und stößt einen erleichterten Seufzer aus. Kurz darauf fährt er weiter und biegt rechts ab, um den Wagen in eine Parkbucht zu steuern und den Motor abzustellen. Heute ist mein zweiter Geburtstag! Dass wir noch leben, ist ein Wunder! Besorgt sieht er in meine Richtung. Wie festgewachsen sitze ich in meinem Sitz.

„Alles in Ordnung mit dir? Ist dir was geschehen?"

Es gelingt mir nicht zu antworten, der Schock sitzt zu tief. Eventuell kann er mich in drei Minuten wieder ansprechen. Jetzt brauche ich erst einmal Zeit, mich zu sammeln.

„Mensch, Claudia, sag doch was!" Seine Nervosität nähert sich dem Höhepunkt. Warte mal, ich muss die letzten Sekunden kurz Revue passieren lassen.

„Also, ich lebe noch, und du?"

„Bist du verletzt?"

„Na ja, mein Brustkorb schmerzt und mein Hals auch."

Aber sonst fühlt es sich so an, als säße alles noch da, wo es hingehört. Soweit ich das in der Kürze beurteilen kann.

„Du musst sofort in ärztliche Behandlung."

Nein, wieso denn das? Ich lasse keinen Kurpfuscher an mich heran.

Mit einem Mal donnert er mit seiner Faust gegen das Lenkrad. Ich zucke zusammen. Geht das nicht ein bisschen leiser?

„Verdammt noch mal! Ich verfluchter Idiot!"

In der Notaufnahme treffen wir auf Stefan und seine Mutter.

„Da seid ihr ja endlich. Wo wart ihr denn so lange?", fragt Stefan aufgeregt. Er kann ja nicht wissen, dass er neben seinem Vater beinahe seinen Bruder und seine vermeintliche Verlobte verloren hätte.

„Wie geht es ihm?", erkundigt sich Oliver, ohne auf Stefans Frage einzugehen.

„Er wird noch untersucht, aber so wie es aussieht, war es nur der Kreislauf", informiert uns Frau Kallenbach.

Erleichtert atmet Oliver auf. Auch ich bin froh, dass alles so glimpflich abgelaufen ist. Alle drei sind wohlauf. Das ist doch ein Grund zum Feiern.

„Gut, dann werde ich jetzt erst einmal Claudia bei der Notaufnahme anmelden."

„Warum? Was ist denn passiert?", wundert sich Stefan. Ich mich auch. Hab ich gesagt, dass ich da hinwill?

„Das erkläre ich dir später."

Oliver führt mich zur Anmeldung und ich begleite ihn stumm.

Nach der Untersuchung verlasse ich das Behandlungszimmer mit einer schicken Halskrause. Ich finde diese Dinger scheußlich. Sie rauben einem die ganze Bewegungsfreiheit und man sieht damit aus wie ein halsloses Gürteltier. Stefan und seine Mutter warten schon ungeduldig auf uns.

„Wir dachten, du kommst da überhaupt nicht mehr raus", bemerkt Stefan und sieht erleichtert aus, dass ich nicht auf einer Bahre in den OP-Saal geschoben werde. „Steht dir gut dein neuer Fummel."

„Wie geht es Ihnen?", fragt Frau Kallenbach interessiert.

„Alles halb so schlimm. Ich hab ein Schleudertrauma und ein paar blaue Flecken, nichts Ernstes."

„Die Situation war alles andere als harmlos", widerspricht Oliver aufgebracht. „Ist dir nicht klar, was alles hätte passieren können? Und das nur, weil ich geschlafen habe!"

„Nun übertreib mal nicht. Wir leben doch noch." Genau, darauf wollte ich ja noch anstoßen.

Als Stefan und ich im Flugzeug sitzen, lehne ich mich erleichtert zurück. Seinen Vater werden sie in zwei Tagen aus dem Krankenhaus entlassen. Er hatte nur einen Schwächeanfall und wird bald wieder wohlauf sein. Oliver sprach den Rest der Zeit kein Wort mehr mit mir, als wäre ich schuld gewesen an seinem Fauxpas im Auto. Da ich nicht vorhabe, den Kontakt in Berlin zu ihm erneut aufzunehmen, soll es mir recht sein. Er kann von mir aus so viel schmollen, wie er will. Mit Stefan allerdings verbindet mich inzwischen eine herzliche Freundschaft. Wir werden uns bestimmt nicht aus den Augen verlieren.

Die Reue kommt ein wenig spät

Am nächsten Morgen fahre ich gerädert in die Firma. Der kleine Trip nach München ließ mich alles andere vergessen, doch kaum sitze ich an meinem Schreibtisch, werde ich unsanft in die Realität zurückgeholt. Mein Chef legt mir eine Akte nach der anderen auf den Tisch und ahnt noch nicht, wie sehr es mir heute widerstrebt, mich damit zu befassen. Müde lasse ich meinen Kopf auf die Aktenbündel sinken und verspüre nichts als Unlust. Unerwartet tritt mein Chef ins Büro und erwischt mich in dieser Haltung.

„Das Wochenende muss strapaziös gewesen sein." Ja, kann man wohl sagen. Ich könnte noch ein Wochenende dranhängen. Er bemerkt meine Halskrause und kommt einen Schritt näher. „Hatten Sie einen Unfall?"

„Oh nein, ich musste nur ein wenig zu unverhofft bremsen. Es ist aber nichts passiert." Dass Oliver der Unglücksfahrer war, muss ich meinem Chef ja nicht erklären. Das würde zu lange dauern und spielt auch keine Rolle. Das Einzige, was zählt, ist, dass ich lebe! Herr Ruhland nimmt auf dem Besucherstuhl vor meinem Schreibtisch Platz und versucht, mir aus den Augen zu lesen.

„Ich würde zu gern wissen, was Sie wieder angestellt haben. Sie müssen einen großen Schutzengel haben, der Sie vor größerem Schaden bewahrt." Er schmunzelt und zeigt mit dem

Finger auf die Aktenberge. „Wir werden die nächsten Wochen viel zu tun haben. Bitte nehmen Sie sich nicht zu viel vor für die kommenden Tage."

Ich wusste, dass er dies sagen wird. Wir kennen uns lang genug, daher fällt es mir nicht besonders schwer, ihn richtig einzuschätzen.

„Ja, Sie haben Glück, zufällig habe ich die nächste Zeit nichts Besseres vor und verspüre ein unbändiges Verlangen, mich genau mit diesen Akten zu beschäftigen. Sie können sich also ganz auf mich verlassen."

Ich lasse mein unterdrücktes Gähnen gewähren und schließe derweil genüsslich die Augen. Als ich sie wieder öffne, sehe ich in das lächelnde Gesicht meines Chefs. „Danach sollten Sie sich etwas Urlaub gönnen. Sie scheinen ihn dringend nötig zu haben."

„Nicht doch, ich brauche keinen Urlaub. Aber danke für das Angebot."

Schläfrig kratze ich mich unter der Halskrause. Urlaub nehme ich in meinem nächsten Leben, jetzt habe ich keine Zeit dafür. Schmunzelnd verlässt Herr Ruhland mein Büro und ich habe keine Ahnung, wo ich mit der Arbeit beginnen soll.

Gegen Mittag ruft Sandra an. Ich lasse meine Mittagspause ausfallen und plaudere über eine Stunde lang mit ihr. Es gibt schließlich Unmengen an Neuigkeiten auszutauschen und Frauen brauchen für diese Art der Kommunikation endlos viel Zeit.

„Was? Dieser Stefan ist schwul? Das ist ja 'n Ding."

„Um Himmels willen, Sandra! Bitte erzähle das deinem Henry auf keinen Fall. Ich sagte ja bereits, dass bislang niemand davon weiß. Ich bitte dich um Stillschweigen."

Plötzlich überkommt mich ein schlechtes Gewissen, dass ich Stefans Geheimnis an Sandra weitergetragen habe. Andererseits sollte es ja auch nicht mehr lange eins bleiben.

„Kein Problem, ich schweige wie ein Grab. Und was ist nun mit diesem Oliver? Wirst du ihn wiedersehen?"

„Ich denke nicht."

Jedenfalls wäre es so das Beste. Jetzt brauche ich erst mal Zeit für mich und kein Durcheinander meiner Gefühle.

Nach dem Gespräch mit Sandra sehen mich meine Aktenberge vorwurfsvoll an. Ich weiß, ihr wollt, dass ich euch bearbeite, aber ich will nur nach Hause ins Bett. Was haltet ihr von einem Kompromiss? Der Kompromiss fällt leider ziemlich einseitig aus, denn um einundzwanzig Uhr sitze ich immer noch im Büro und bin der Meinung, viel zu wenig geschafft zu haben.

„Sie sollten jetzt gehen, Claudia. Der Tag war lang genug", sagt mein Chef, als er mein schummriges Büro betritt. Am Abend knipse ich das Oberlicht aus und arbeite nur mit meiner Schreibtischlampe. Daher kann ich Herrn Ruhlands Gesicht kaum erkennen. Auch wenn ich ihn nicht richtig sehen kann, aber meine Ohren vernehmen alles recht gut. Nämlich diesen kleinen, feinen Unterschied. Er nennt mich neuerdings bei meinem Vornamen. Hat er meinen Nachnamen vergessen oder sind wir auf einer persönlicheren Ebene angelangt?

„Oh, machen Sie sich keine Sorgen, zum Abend hin blühe ich auf. Da schaffe ich am meisten."

Mit einem Seitenblick auf die Akten wird mir klar, dass sich mein Arbeitseifer an diesem Abend kaum mehr einstellen wird.

„An anderen Tagen bestimmt, aber heute bewegen Sie wohl nichts mehr. Trotzdem ist es gut zu wissen, dass ich mich auf Sie verlassen kann."

Er sieht mir so intensiv ins Gesicht, dass man meinen könnte, er versuche meine Augenringe zu zählen. Unsicher über sein neues Verhalten, senke ich den Kopf.

„Hätten Sie Lust, mich morgen Abend ins Theater zu begleiten?", fragt er mich einfach so, ohne Vorwarnung. Meine Halsschlagader donnert gegen die Halskrause, die jeden Augenblick aufzuspringen droht. Ich lege meine Hände darum und fühle meinen Pulsschlag. Hoffentlich sieht er nicht, dass ich poche wie ein Zimmermann im Akkord.

„Nun ja ... „ Ich kratze auf meinem Kopf herum. Warum eigentlich nicht? Sag ja und die Sache ist geritzt. – Aber das ist gar nicht so leicht, denn ich wollte mir ein paar Tage Ruhe gönnen und mir über alles klar werden. – Ruhe findest du noch genug in der Kiste. „Ich würde mich freuen", antworte ich endlich und es scheint mir, als hätte ich ein erleichtertes Seufzen wahrgenommen.

„Schön. Dann schlage ich vor, dass wir morgen von hier aus zusammen aufbrechen."

„Gern", antworte ich knapp und fühle mich unwohl in meiner Haut. Natürlich bin ich wieder von Zweifeln geplagt. Wäre schön, wenn ich meine Entscheidungen nicht ständig infrage stellen würde. Du hast ja gesagt, basta!

Eine Viertelstunde später habe ich mein Büro verlassen und fahre mit dem Fahrstuhl hinab ins Parkhaus. Auf dem Weg zu meinem Auto bleibe ich erschrocken stehen. Ullrich steht weinend neben meinem Wagen und wartet auf mich. Als er mich sieht, lässt er sich augenblicklich auf seine Knie fallen. Er senkt seine Arme und seinen Kopf im Wechsel, als würde er auf einem Gebetsteppich knien.

„Ullrich! Was machst du hier? Warum führst du so ein Theater auf?"

Ullrich formt seine Hände wie zum Gebet und streckt sie mir entgegen.

„Oh, meine liebe Claudia. Ich habe einen großen Fehler gemacht und habe es kaum verdient, dass du mir verzeihst. Aber bitte gib uns noch mal eine Chance."

Sein Anblick wirkt ziemlich erbärmlich. Am liebsten hätte ich ihm zwanzig Euro zugesteckt.

„Mensch, Ullrich, steh doch auf." Unruhig sehe ich mich nach allen Seiten um, um sicherzugehen, dass uns niemand beobachtet. „Fahr jetzt nach Hause. Wir reden ein anderes Mal."

„Bitte geh nicht. Ich war so ein Idiot. Komm zu mir zurück."

Was soll das? Wieso hat er seine Meinung so schnell geändert? Ich beuge mich zu ihm hinunter und helfe ihm auf. Als er auf seinen Beinen steht, taumelt er wie ein Matrose auf einem schwankenden Schiff. Seine Haare sind zerzaust und sein Hemd voller Flecken. Er riecht nach Alkohol und bräuchte dringend eine Rasur. „Eine schicke Halskette hast du da um. Nein, ehrlich, steht dir ausgesprochen gut. Was du trägst, trägt kurze Zeit später das halbe Viertel", lallt er mir ins Ohr. „Alle lieben dich und jeder will so sein wie du. Ich habe dich immer bewundert. Ja, wirklich."

Es kann sich unmöglich um Ullrich handeln. Nie im Leben würde er sich so gehen lassen.

„Ullrich, hör auf damit. Komm setz dich in den Wagen, ich fahre dich nach Hause."

Ich verfrachte Ullrich auf den Beifahrersitz und fahre zu unserer Wohnung. Als wir die

Treppen hinaufgehen, habe ich große Mühe, ihn die vier Stockwerke nach oben zu führen. Er wankt und läuft Gefahr, den Treppenabsatz hinunterzustürzen. Auf der letzten Stufe vor unserer Wohnungstür kippt er nach hinten. Ich ziehe ihn am Kragen zurück, doch wir verlieren beide das Gleichgewicht und fallen wie zwei Kegel zu Boden. Wie ein Grashalm werde ich niedergedrückt, als Ullrich bequem auf mir landet. Mein Rücken schmerzt und mein Hals knackt wieder einmal. Wie gut, dass ich die Halskrause schon trage, somit erspare ich mir einen zweiten Arztbesuch. Ullrich liegt mit seinem Kopf behaglich auf meiner Brust und schlummert seelenruhig. Ich versuche zaghaft, ihn von mir hinunterzuschubsen, aber seine Arme wickeln sich um meine Taille und seine Nase platziert er zwischen meinen Brüsten. Langsam werde ich ungeduldig und boxe ihm heftig in die Rippen. Nach einem unwilligen Stöhnen löst er sich von mir und ich kann ihn den Rest des Weges in die Wohnung zerren. Es ist ein seltsames Gefühl, die Wohnung mit Ullrich gemeinsam zu betreten. Ich erschrecke, als ich sein zerbrochenes Teekännchen auf dem Küchenboden bemerke. Hat mein Plan also funktioniert. Aber warum liegen die Scherben immer noch dort herum? Plötzlich tut es mir leid, dass ich für diese Zerstörung verantwortlich bin. Ullrich blickt mit seiner leichten Bewusstseinstrübung in die gleiche Richtung. Dann legt er seine Arme auf meinen Schultern ab und senkt seinen Kopf in meinen Ausschnitt.

„Es ist kaputt gegangen!", schluchzt er. „Als ich zur Tür hereinkam, zog es so heftig, dass es einfach vom Tisch stürzte und zerbrach. Ich kann mich überhaupt nicht daran erinnern, dass ich es dort abgestellt hatte."

Mein schlechtes Gewissen plagt mich und ich streichle mitleidig seinen Kopf. Unerwartet zieht er mich an sich und versucht, mich zu küssen. Doch ich dränge ihn kraftvoll zurück.

„Ullrich, lass das! Du solltest besser erst mal deinen Rausch ausschlafen."

Er lässt sich widerstandslos zum Bett führen und fällt schlaff nach hinten. Ich ziehe ihm die Schuhe von den Füßen, decke ihn zu und streiche ihm ein letztes Mal übers Haar. Mir wird klar, dass meine Gefühle für Ullrich erloschen sind, und ich bin froh, dies endlich erkannt zu haben. Erleichtert verlasse ich die Wohnung.

Diebstahl mit Folgen

Meine Arbeit lässt sich auch am folgenden Tag nicht leichter bewältigen. Immer noch unwillig und mit reichlich Schlafdefizit, erledige ich das Nötigste. Meine Halskrause bin ich los. Gestern Abend habe ich sie einfach abgenommen und meinen Kopf mutig in alle Richtungen gedreht. Erfreulicherweise fühlte ich keinen Schmerz mehr. Es scheint so, als hätte dieser Sturz mit Ullrich im Treppenhaus zu einer blitzartigen Heilung geführt. Dafür bin ich ihm ausgesprochen dankbar.

Gegen Mittag erfahre ich in einer E-Mail von Anja, dass unser Astro-Wochenende nun steht und ich bei ihr mitfahren kann. Darüber freue ich mich natürlich sehr, denn somit kann ich mir mal wieder ein Ohr von ihr abkauen lassen. Sie möchte mich vom Büro abholen, also werde ich dafür sorgen, dass sie auf keinen Fall das Bürogebäude betritt. Niemand wäre mehr vor ihrer Redseligkeit sicher.

Gegen vierzehn Uhr schenke ich mir meinen vierten Kaffee ein. Zum Glück ruft Sandra kurz darauf an und hilft mir dabei, mich wach zu halten. Als ich ihr von Ullrichs Auftritt erzähle, ist sie aus dem Häuschen. Natürlich muss ich Stein und Bein schwören, dass ich nicht beabsichtige, zu ihm zurückzukehren.

Unser Gespräch dauert diesmal nicht lange, denn Sylvia steht plötzlich vor mir, um mir mitzuteilen, dass Herr Ruhland alle Mitarbeiter in sein Büro zitiert hat. Es erwartet uns zweifellos ein unangenehmes Gespräch. Solch ein Zusammentrommeln bringt in der Regel nichts Gutes. Jedenfalls hat das die Erfahrung gezeigt.

Wir versammeln uns in Herrn Ruhlands Büro und warten auf unser Donnerwetter. Als wir alle vollzählig sind und wir wie an einer Perlenkette aufgereiht dastehen, ergreift er das Wort.

„So wie es scheint, haben wir einen Langfinger unter uns. Es fehlen in der Portokasse zweihundert Euro."

Seine Miene ist finster und sein Ton verärgert. Keiner wagt, etwas darauf zu erwidern. Sylvia steht neben mir und ich bemerke ihre Unsicherheit. Sie zuckt mit den Mundwinkeln und ihre Körpersprache verrät mir, dass sie etwas damit zu tun hat.

„Ich denke, dass ich niemandem erklären muss, was eine solche Handlung für Folgen nach sich zieht. Sie werden alle bei mir unvergleichlich gut bezahlt. Wer von Ihnen hat es nötig, sich wegen zweihundert Euro die Finger zu verbrennen?!?"

Sein Ton wird herausfordernder und keiner traut sich, auch nur zu blinzeln. Sylvia wirkt zunehmend unruhiger und tänzelt auf der Stelle. Auf einmal fällt es mir wieder ein: Gestern sah ich sie aus Herrn Ruhlands Büro herauslaufen.

Er war nicht darin, trotzdem machte es mich nicht weiter stutzig. Jetzt aber stimmt es mich nachdenklich, denn ich bin die Einzige, die das Chefbüro uneingeschränkt betreten darf. Ich nehme mir vor, sie später noch einmal darauf anzusprechen.

„Also gut. Ich gebe dem Verantwortlichen die Möglichkeit, das Geld bis morgen früh in die Geldkassette zurückzulegen. Sollte ich es bis dahin nicht darin vorfinden, wird es alle Mitarbeiter treffen. Ich werde eine Kürzung der Weihnachtsgratifikation in Betracht ziehen. Also überlegen Sie es sich zukünftig gut, ob sie skrupellos Geld aus der Firmenkasse entwenden!"

Alle stöhnen auf. Natürlich fühlen sie sich ungerecht behandelt. Ich mich auch.

„Wenn also keiner mehr was dazu zu sagen hat, dann gehen Sie bitte zurück an Ihre Arbeit."

Tuschelnd verlässt die Belegschaft das Büro. Auch ich will gerade gehen, als Herr Ruhland mich zurückruft.

„Frau Sander, kommen Sie bitte noch mal und schließen freundlicherweise die Tür."

Ich folge seiner Bitte, doch lieber wäre ich Sylvia gleich hinterhergelaufen und hätte sie zur Rede gestellt.

„Haben Sie eine Ahnung, wer das Geld genommen haben könnte?"

„Ehrlich gesagt habe ich da eine Ahnung. Aber ... "

„Also los, raus mit der Sprache!" herrscht er mich an. Nö, in diesem Ton schon mal gar nicht! Empört nehme ich sein ruppiges Verhalten zur Kenntnis, gleichwohl würde ich ihm gern ein paar Takte dazu sagen. Doch ich verkneife mir meinen Kommentar, denn ich kenne ihn gut genug, um zu wissen, dass ihm selten der Geduldsfaden reißt. Aber die Sache muss ihn sehr wurmen.

„Sie sollten zu Ihrem Wort stehen. Der Schuldige bekommt die Möglichkeit, das Geld folgenlos in die Kasse zurückzulegen. Ich habe derzeitig nicht die Absicht, den Namen vor Ablauf der Frist preiszugeben. Außerdem handelt es sich lediglich um einen Verdacht. Nichts weiter."

Ich hoffe, den Bogen nicht überspannt zu haben, denn er wirft mir einen fragwürdigen Blick zu. Eine Weile sagt er nichts und starrt mich nur an.

„Also schön, wir warten bis morgen. Sollte das Geld dann allerdings nicht in der Kasse liegen, werden Sie mir mitteilen, um wen es sich handelt." Mein darauf folgender Protest wird von ihm im Keim erstickt, denn er schneidet mir das Wort ab. „Keine Widerrede!"

Er macht eine ungehaltene Geste zur Tür und sofort ist klar, dass jedes weitere Aufbäumen vergebens wäre. Daher verlasse ich folgsam sein Büro. Gereizt laufe ich zu Sylvia, doch sie sitzt nicht an ihrem Tisch.

„Sie ist seit über fünfzehn Minuten auf der Toilette und ich darf hier alle eingehenden Anrufe alleine bewältigen", nörgelt Tina.

Also mache ich auf dem Absatz kehrt und begebe mich zur Damentoilette.

„Sylvia, bist du hier drin?", rufe ich durch den Türspalt. Leise trete ich ein, denn ich höre es aus einer der Kabinen wimmern. Ich tipple an den Waschbecken vorbei und klopfe an die Kabinentür.

„Sylvia, bist du das? Warum weinst du?"

Noch stelle ich mich unwissend, um sie nicht zu beunruhigen.

„Es ist nichts", antwortet sie. „Ich bin okay."

Sie öffnet die Tür und wischt sich die restlichen Tränen aus dem Gesicht. Achtlos geht sie an mir vorbei Richtung Ausgang. Bevor sie die Klinke herunterdrücken kann, halte ich sie am Arm zurück.

„Sylvia! Du kannst dich mir anvertrauen. Ich werde niemandem etwas sagen. Das verspreche ich dir."

„Was soll ich dir denn sagen?", fragt sie mich starrköpfig. „Glaubst du etwa, ich hätte das Geld genommen? Willst du das von mir hören?"

„Es geht nicht darum, was ich von dir hören will. Wenn du Hilfe brauchst, sag es mir bitte", fordere ich sie auf. Von Neuem lösen sich ein paar Tränen und es dauert nicht lange, da platzt es aus ihr heraus.

„Oh Claudia, was soll ich nur machen? Ich habe das Geld genommen. Wenn das herauskommt, bin ich meinen Job los."

„Aber warum hast du das getan?"

„Ich weiß es selbst nicht so genau. Als ich die Kasse dort stehen sah, habe ich einfach zugegriffen. Ich schäm mich so."

„Hör zu", beginne ich, „das Geld werde ich für dich in die Kasse legen und wenn es dir finanziell besser geht, gibst du es mir zurück. Von mir aus auch in Raten."

Meine soziale Ader ist mir selbst manchmal unheimlich. Diese kleine Schwäche wird mich noch mal in Teufels Küche bringen. Sylvia fällt mir voller Freude um den Hals.

„Vorsicht!", ermahne ich sie und reibe mir den Nacken. Eine unbedachte Bewegung und ich kann mir die Halskrause wieder anlegen.

„Ich weiß nicht, wie ich dir danken soll."

„Indem du mir versprichst, dass dies eine Eintagsfliege war und du uns nicht noch einmal in eine solche Lage bringst."

„Das verspreche ich."

Ein Versprechen sollte man nicht brechen

Gegen siebzehn Uhr dreißig packe ich meine Sachen zusammen, um mich zu Hause für den Theaterbesuch umzuziehen. Hoffentlich treffe ich dabei nicht auf Ullrich. Mit einer Aussprache habe ich es nicht allzu eilig. Das kann ruhig noch ein paar Tage warten.

Erfreulicherweise ist Ullrich nicht da, also husche ich schnell ins Bad und springe unter die Dusche. In Unterwäsche haste ich zum Schrank und durchwühle meine Kleider, bis ich endlich auf das kleine Schwarze stoße. Ja, für den heutigen Abend genau das Richtige. Ich nehme das Kleid vom Bügel und schlüpfe hinein. Natürlich gelingt es mir nicht, den Reißverschluss zu schließen. Dafür war ja sonst immer Ullrich da. Plötzlich gleitet der Reißverschluss wie von Geisterhand allein nach oben. Erschrocken drehe ich mich um.

„Ullrich!"

Er legt sanft seine Arme um mich und lässt seine Hand unter das Kleid wandern. Erregt küsst er meinen Hals und für den Hauch eines Augenblicks vergesse ich unsere Trennung und alles andere. Ich schließe meine Augen und genieße seine vertrauten Berührungen. Doch dann kommt mir alles wieder in Erinnerung und ich löse mich angewidert aus seiner Umarmung.

„Du hast kein Recht mehr, mich so zu berühren. Was ist mit deiner neuen Eroberung? Will sie nichts mehr von dir wissen?"

Aufgeregt suche ich nach meinen Schuhen.

„Ich habe mich von ihr getrennt, denn ich will mit dir zusammen sein", antwortet er wenig glaubhaft.

„Es ist schade, dass du dich für diese Erkenntnis in die Arme einer anderen Frau flüchten musstest. Glaubst du ernsthaft, ich könnte dir das verzeihen? Du hast meinen Ring an sie weiterverschenkt."

Ullrich versenkt seine Hände in den Hosentaschen und sucht nach Worten.

„Entschuldige, aber ich habe mir nichts weiter dabei gedacht."

„Siehst du", unterbreche ich ihn, „und das ist genau dein Fehler. Du denkst zu wenig."

Er hat sich nichts dabei gedacht! Das ist ja wohl die dümmste aller Ausreden. Er setzt sich auf den Bettrand und sieht mir bei meinen hektischen Ankleideversuchen zu.

„Du hast es einem nie leicht gemacht, sich bei dir zu entschuldigen. Ich habe bestimmt viele Fehler gemacht, aber glaubst du nicht auch, dass zwei dazu gehören, wenn eine Partnerschaft nicht richtig funktioniert?", fragt er mich.

„Ja, sicher, doch dann muss man darüber reden und nicht die nächstbeste Gelegenheit zum Fremdgehen nutzen."

Jetzt sitzt er da wie ein verlorenes Schaf und ich habe tatsächlich Mitleid mit ihm. Da haben wir wieder mein Problem. Nachsichtig setze ich mich zu ihm.

„Ich danke dir für deine Entschuldigung. Sie bedeutet mir viel. Aber ich kann im Moment nicht zu dir zurückkommen. Dazu ist zu viel passiert. Erst mal muss ich mir über meine Gefühle klar werden. Bitte versteh das."

Traurig legt er seine Arme um mich und küsst mich auf die Stirn.

„Du bist eine tolle Frau, Claudia. Leider bin ich nur ein dummer Esel."

Freundschaftlich boxe ich ihn in den Bauch.

„So wie ich dich kenne, wirst du nicht lange um mich trauern. Wahrscheinlich stehen die Frauen bei dir Schlange."

„Das wollte ich dir gerade vorwerfen", wirft er empört ein. „Gestern Abend hat hier ein Oliver angerufen und wollte dich sprechen."

Mir weicht die Farbe aus dem Gesicht. Kenne ich sonst noch einen Oliver? Irgendeinen, dessen Existenz ich einfach vergessen habe? Woher hat er diese Telefonnummer?

„Was hast du ihm gesagt?", erkundige ich mich neugierig.

„Ehrlich gesagt weiß ich das nicht mehr so genau. Du erinnerst dich sicherlich noch daran, in welchem Zustand ich mich gestern Abend befand", murmelt er zerknirscht. Liebevoll streiche ich ihm durchs Haar.

„Es spielt auch gar keine Rolle."

Das Taxi setzt mich direkt bei der Firma ab. Ullrich und ich haben uns ausgesprochen. So wie es aussieht, ist es nun amtlich: Für die Zukunft werden wir getrennte Wege gehen. Komischerweise tut es nicht mehr weh. Sandra hatte Recht. Ich habe erstaunlich schnell erkannt, dass Ullrich und ich nicht für ein gemeinsames Leben geschaffen sind.

Ich steige aus dem Taxi und eile nach oben ins Büro. Herr Ruhland ist gerade nicht an seinem Schreibtisch. Ich nutze die Gelegenheit und öffne den Schrank, in dem sich die Geldkassette befindet, und nehme sie heraus. Dann lege ich die Scheine gut sichtbar obenauf. Ich klappe den Deckel wieder zu und stelle die Kassette zurück in den Schrank. Gerade will ich mir die Hände reiben, weil alles so prima geklappt hat, als ich meinen Chef hinter mir bemerke. Verfluchter Mist! Schneller ging's nun wirklich nicht. Wieso muss er ausgerechnet jetzt hier auftauchen?

„Können Sie mir das bitte erklären?", sagt er erstaunt.

Ich bringe kein Wort heraus, da mir schlagartig klar wird, welchen Eindruck dieses heimliche Handeln auf ihn gemacht haben muss. Fehlt nur noch, dass er mich beschuldigt, das Geld genommen zu haben.

„Würden Sie mir bitte eine Antwort geben?", fordert er mich auf.

„Es ist nicht so, wie Sie denken", entgegne ich verunsichert. Seine Miene verfinstert sich und lässt seinen Unmut erahnen.

„So? Was denke ich denn?"

Er geht zu seinem Schreibtisch und lehnt sich mit verschränkten Armen an die Tischplatte. Dabei vermittelt er gar nicht den Eindruck, als wolle er mir das Fell über die Ohren ziehen. Warum aber glaube ich es dann?

„Ich habe keine Ahnung, was Sie denken, doch es ist verdammt noch mal nicht so, wie es scheint!", vergreife ich mich im Ton.

„Dann seien Sie so freundlich und erklären es mir."

Was soll ich denn da groß erklären? Kann er sich nicht denken, dass ich das Geld in die Kasse zurückgelegt habe? Manchmal sind Männer aber auch kleingeistig.

„Das kann ich nicht", trotze ich.

Brummig fährt er sich übers Kinn. Er hat wohl nicht damit gerechnet, dass er meinen Widerstand so deutlich zu spüren bekommt.

„Claudia, überlegen Sie sich gut, was Sie sagen. Ich frage Sie ein letztes Mal. Warum waren Sie an diesem Schrank?"

Wütend blitze ich ihn an.

„Sollten Sie mich tatsächlich des Diebstahls an den zweihundert Euro bezichtigen, dann enttäuschen Sie mich wirklich sehr. Ich habe nie etwas getan, was der Firma geschadet hätte, warum sollte es jetzt anders sein? Nur weil Sie mich zufällig an der Geldkassette ertappt haben?"

Meine Güte, ich würde ihn gern mal kräftig schütteln, damit seine Gehirnzellen wieder richtig angeordnet sind. Ich kann's kaum glauben, dass ich mich hier gerade verteidigen muss. Irgendwie hatte ich bereits geahnt, dass mich diese Sache Kopf und Kragen kosten wird. Ich knalle die Schranktür mit voller Wucht zu und fege schnaufend wie ein Nashorn auf ihn zu. „Das hätte ich nicht von Ihnen gedacht!", fahre ich bebend fort. „Das ist ungerecht und das wissen Sie!"

„Habe ich etwa irgendwelche Anschuldigungen ausgesprochen?"

Natürlich. So was musste ja jetzt kommen. Er ist auf einmal die Ruhe in Person, während ich wie ein Treibgeschoss in die Luft zische.

„Nein, nicht direkt, aber Sie waren gerade dabei."

Und das braucht er jetzt nicht abzustreiten. Ich habe es aus den Zwischentönen herausgehört.

„Nun beruhigen Sie sich erst mal und setzen sich."

Widerwillig tue ich es, obwohl ich lieber ein paar Schranktüren zerschmettert hätte.

„Natürlich gab es niemals einen Anlass, der mich an Ihrer Loyalität zweifeln ließ. Ich habe auch jetzt nicht an Ihnen gezweifelt. Aber finden

Sie nicht auch, dass ich das Gleiche von Ihnen erwarten könnte?"

Was will er damit nun sagen? Er spricht in Rätseln. Kann er nicht einfach auf den Punkt kommen?

„Ich verstehe nicht ganz."

Wie auch, er ist ein Mann und Männer sprechen eine andere Sprache – wenn sie sprechen.

„Glauben Sie ernsthaft, ich hätte nicht bereits geahnt, dass Sie das Geld in die Kasse zurücklegen werden, nur um den Verantwortlichen zu schützen? Warum verschweigen Sie mir den Namen? Trauen Sie mir in diesem Fall keine rücksichtsvolle Behandlung zu?"

Ehrlich gesagt bemühe ich mich gerade um Fassung. Hätte er nicht gleich sagen können, dass er mir den Diebstahl gar nicht anhängen will? Um ein Haar hätte ich sein Mobiliar zertrümmert.

„Ich weiß nicht, was ich sagen soll. Bitte entschuldigen Sie dieses Missverständnis. Doch ich habe der Person versprochen, es für mich zu behalten. Jetzt bin ich in einer Zwickmühle. Was soll ich denn bloß tun?", sage ich hin- und hergerissen.

„Na schön, ich stehe nach wie vor zu meinem Wort und werde den Vorfall vergessen, trotzdem möchte ich informiert sein, daher bitte ich Sie, mir den Namen zu nennen."

Mein Gott, er ist aber auch hartnäckig. Was bleibt mir anderes übrig? Er quetscht mich aus wie eine Zitrone. Ich hätte es nicht besser machen können. Dabei bin ich in detektivischen Dingen in der Regel unschlagbar. Ich wusste nicht, dass mein Chef über ähnliche Begabungen verfügt. Interessant. Nachdem ich ihm den Namen mitgeteilt habe, reibt er sich nachdenklich den Nacken.

„Sie wird es bestimmt nie wieder tun. Dafür lege ich meine Hand ins Feuer", beteuere ich, um mein schlechtes Gewissen zu beruhigen. Hoffentlich behält er diese Information wirklich für sich. Sonst falle ich bei Sylvia in Ungnade. Christian Ruhland wedelt mit dem Zeigefinger.

„Solche Versprechen sollten Sie nicht zu leichtfertig abgeben. Vor allem nicht, wenn Sie sie im Namen eines anderen aussprechen. Es wäre schade um Ihre Hand." Er lächelt mich an, doch irgendwie kann ich seine plötzliche gute Stimmung nicht teilen. Ich habe mich von ihm weichklopfen lassen, ganz mühelos. Das finde ich beunruhigend. In der Regel gebe ich nicht so schnell nach. „Wir sollten das Thema abhaken. Was meinen Sie?", fügt er nun hinzu.

„Herr Ruhland, ich weiß nicht, wie es Ihnen gelungen ist, mir den Namen zu entlocken, aber ich hoffe, dass Sie zukünftig meine Verschwiegenheit akzeptieren werden. Es wird sicher nicht noch einmal vorkommen, dass ich entgegen meiner Überzeugung Informationen herausgebe, vor allem nicht, wenn ich um absolute Diskretion gebeten wurde."

„Wenn Sie mir versprechen, zukünftig Ihre Wut nicht mehr an meinen Büroschränken auszulassen, dann lasse ich mit mir reden."

Diese Bemerkung sollte wohl witzig sein, mir ist jedoch nicht zum Lachen zumute. Ich schmolle und erwidere nichts darauf.

„Ich weiß diese Charaktereigenschaft an Ihnen zu schätzen. Was glauben Sie wohl, warum ich Sie zu meiner rechten Hand gemacht habe. Dennoch sollten Sie lernen, die Spreu vom Weizen zu trennen. Es gibt nun mal Dinge, die für mich außerordentlich wichtig sind und dazu gehört, dass ich weiß, was hier in der Firma vor sich geht. Ihre Loyalität Ihrer Kollegin gegenüber in allen Ehren, wenn es hingegen um Geschäftsinteressen geht, dann erwarte ich, dass Sie Unterschiede machen. Sie und ich arbeiten eng zusammen, das dürfen Sie nicht vergessen."

Ich stehe vor ihm wie ein gerupftes Huhn. Er hat Recht. Der Diebstahl war ja keine Bagatelle. Es war meine Aufgabe, mit ihm darüber zu sprechen. Ich fühle mich überführt.

„Ja", gebe ich kleinlaut zu. Mehr fällt mir dazu nicht ein. Hoffentlich erwartet er nicht, dass ich einen ähnlich langen Monolog halte. Er lächelt mich verständnisvoll an, sagt aber nichts. Also stehen wir uns schweigend gegenüber und sehen uns bloß an. Solche Situationen liegen mir nicht. Die mögen im Film funktionieren, doch nicht im richtigen Leben. Da ist es schlichtweg nur peinlich. Nun sag was!

„Sie sind eine sehr attraktive Frau, Claudia."

Nein, das hat er jetzt nicht gesagt! Unmöglich! Ich hab mich verhört.

„Wir sollten bald aufbrechen, sonst verpassen wir noch den ersten Akt", lenke ich verlegen von seiner Bemerkung ab. Er lacht und ich weiß wirklich nicht, weshalb. Das heißt, ich kann's mir denken, aber ehrlich, das geht nicht! Ich bin seine Assistentin und er kann mir nicht einfach ungehemmt Komplimente machen. Er verletzt damit die goldene Regel: Die Assistentin ist für den Chef lediglich ein Neutrum. Auch wenn ich alles andere als ein Neutrum bin und nur zu gern für attraktiv gehalten werde. Allerdings nicht von meinem Boss!

„Ja, dann sollten wir uns wohl langsam auf den Weg machen", entgegnet er schmunzelnd und löst sich von seinem Schreibtisch. Na bitte, warum nicht gleich so.

Als Herr Ruhland und ich zusammen mit dem Lift ins Parkhaus fahren, lässt er seinen Blick an mir herunterwandern.

„Das Kleid steht Ihnen ausgesprochen gut", bemerkt er freimütig. Unruhig schaue ich auf die Etagen-Anzeige und hoffe, dass wir unser Stockwerk endlich erreichen. Die Fahrstuhltür öffnet sich und ich eile ins Freie. Dabei mache ich einen unbedachten Schritt und bleibe mit meinem Absatz im Schlitz des Fahrstuhlschachtes hängen. Ich glaub nicht, dass mir das jetzt pas-

siert! Warum müssen gerade mir solche Pein-
lichkeiten widerfahren? Wenn das so weitergeht,
brauche ich einen Psychiater. Ich rühre kräftig
mit meinem Fuß herum, aber der Schuh will sich
nicht lösen. Auf einmal streichen Hände über
mein Bein und wandern langsam zu meinem Fuß
hinab. Wenn ich nicht wüsste, wer das ist, würde
ich glatt mit dem freien Bein ausschlagen. Doch
ich genieße diese Berührungen und muss erst
mal damit klarkommen. Bin ich etwa in meinen
Chef verliebt? Warum wünsche ich mir nicht,
dass er sich seine Hände an meinen Beinen ver-
brennt?

„Das muss man mit Gefühl machen und
nicht mit roher Gewalt", erklärt er mir. Mit einem Ruck gelingt es ihm, den Schuh aus der
Spalte zu befreien. Erleichtert setze ich meinen
Weg zu Herrn Ruhlands Wagen fort, ohne mich
für seine edelmütige Hilfe zu bedanken. Ich bin
damit beschäftigt, meine turbulenten Gefühle
unter Kontrolle zu bringen. Das verlangt mir viel
ab. Da kann ich unmöglich mit ihm sprechen. An
der Beifahrertür seines Wagens bleibe ich stehen
und warte, dass er den Wagen öffnet. Das Auto
blinkt auf und meine Hand greift zum Türgriff.
Fast zeitgleich steht er neben mir, legt seine
Hand auf meine und zieht die Wagentür mit mir
gemeinsam auf.

„Nur für den Fall, dass Ihnen erneut etwas
Unbedachtes passiert."

„Was kann schon passieren? Eine Wagentür öffne ich täglich zwanzig Mal", antworte ich kratzbürstig. Hält er mich jetzt für einen Volltrottel oder was? Ich will mich in das Fahrzeug setzen, schaue aber immer noch zu meinem Chef, dessen Bemerkung ich alles andere als komisch finde, mache einen Schritt zum Wagen und stoße mit voller Wucht gegen die Tür, die bloß halb geöffnet ist. Sie knallt lautstark zu und ich falle zurück in die Arme meines Chefs. Wow, das war ja ein bühnenreifer Auftritt. Herr Ruhland hält mich mit beiden Armen umfasst und bringt mich wieder in eine aufrechte Position.

„Da haben Sie absolut Recht. Eine Wagentür zu öffnen ist Peanuts gegen den Versuch, sich unbeschadet in ein Auto zu setzen."

Natürlich schließt er seine Worte mit einem schallenden Lachen ab. Wie gut, dass mein Humor keine Grenzen kennt und ich seine Bemerkung schlicht zum Totlachen finde.

Auf der Fahrt ins Theater spiele ich beharrlich mit meinen Daumen und lasse hektisch den einen um den anderen kreisen. Herr Ruhland schweigt die ganze Zeit, wirkt aber entspannt. Es hat den Anschein, als würde er lächeln. Möglicherweise amüsiert er sich noch im Stillen darüber, wie ich gegen seine Wagentür gepoltert bin. Das war natürlich irre komisch, wenn man bedenkt, dass mich der Aufprall auch noch direkt in seine Arme katapultiert hat. Würde es sich nicht um mich handeln, hätte ich dabei sicher auch was zu lachen gehabt. Mein gesamtes Leben lang reiht sich eine Katastrophe an die nächste. Ich verstehe einfach nicht, warum der liebe Gott mich zu einer Witzfigur gemacht hat. Wahrscheinlich geht es im Himmel bierernst zu. Da kommt ihm diese kleine Abwechslung auf der Erde gerade recht.

Im Theater suche ich zunächst die Damentoilette auf. Nicht, dass ich ein dringendes Bedürfnis gehabt hätte, aber ich glaube, eine kleine Verschnaufpause tut mir gut. Ich stelle mich in Ruhe vor den Spiegel und wühle in meiner Tasche nach dem Lippenstift. Schließlich muss man sich ja irgendwie beschäftigen, wenn man sich nutzlos in diesen Räumen aufhält. In der linken untersten Ecke meiner Handtasche, ertaste ich etwas, was sich wie mein Lippenstift anfühlt. Meine Hand stößt außerdem auf ein benutztes Taschentuch und etwas, was ich nicht mit meinem Tastsinn ergründen kann. Also fische ich alles heraus, was meine Hand ergreift. Etwas klimpert auf den gefliesten Boden. Ich bücke mich danach und erkenne es sofort. Es ist der Ring, den mir Ullrich schenkte und später so großzügig weiterverschenkte. Er muss ihn mir heimlich in mein Täschchen hineingesteckt haben. Lächelnd betrachte ich ihn. Wahrscheinlich hat sie ihm den Ring um die Ohren geschmissen, als sie erfuhr, dass ich ihn bereits getragen habe. Liebevoll lasse ich das Schmuckstück wieder in meine Tasche gleiten, dann ziehe ich mir die Lippen nach und gehe zu Herrn Ruhland zurück. Er steht neben einer Säule und unterhält sich mit jemandem, den er kennt und offensichtlich zufällig dort getroffen hat. Ich will meinen Weg zu ihm fortsetzen, doch etwas hindert mich daran. Ich habe das Gefühl, beobachtet zu werden. Als ich zur Seite blicke, sehe ich Oliver. Neben ihm sein graues Mäuschen. Wie vom Donner gerührt bleibe ich stehen. Ich spüre sofort, dass die Situation mehr als unangenehm ist. Wahrscheinlich muss ich ihm jetzt meinen Chef vorstellen und er mir seine graue Maus. Himmel, warum komme immer ich in solch missliche Lagen?

Olivers strahlend blaue Augen sehen mich aufgewühlt an, als er vor mir steht.

„Claudia, ich habe versucht, dich zu erreichen. Es gibt so viel, was ich dir sagen möchte. Bitte gib mir eine Chance, dir einiges zu erklären."

Seine mir feindlich gesinnte graue Maus steht nun ebenfalls bei uns und verhindert so, dass ich etwas auf Olivers Worte erwidern kann. Sie ist mit Recht eifersüchtig auf mich. Schließlich macht Oliver keinen Hehl aus seinen Gefühlen. Er sieht mich an wie ein verliebter Gockel. Das wird ihr nicht entgangen sein. Überraschend steht nun auch noch mein Chef neben mir. So, jetzt sind wir vollzählig und die gesamte Situation ist an Peinlichkeit nicht zu überbieten. Muss ich jetzt was sagen? Möglichweise ja. Aber lieber würde ich mich in Gas verwandeln und unauffällig davonschweben.

Oliver reckt sich zu seiner vollen Größe und scheint in Herrn Ruhland einen Konkurrenten zu erkennen. Daher versuche ich, die Situation zu entschärfen, indem ich Oliver und meinen Chef miteinander bekannt mache. Die graue Maus kommt schlecht bei der ganzen Sache weg, denn Oliver kommt nicht auf die Idee, das Gleiche mit ihr zu tun. Somit weiß niemand, wer sie ist, nur sie weiß, wer ich bin: nämlich die Verrückte, die in ihren Augen absichtlich einen Zusammenstoß mit ihrem Freund im „Conrad" provozierte. Die beiden Männer reichen sich die Hände und mustern sich argwöhnisch wie zwei Ringer kurz vorm Kampf. So, das muss reichen! Ich werde mich und meinen Chef jetzt auf der Stelle aus der Gefahrenzone bringen, bevor noch ein Unglück passiert.

„Entschuldigt bitte, aber wir müssen langsam unsere Plätze einnehmen. Kommen Sie, Herr Ruhland!"

Ich drücke ihn voran und sehe mich erneut nach Oliver um, für den Fall, dass er uns folgt. Doch er sieht uns bloß fragend nach und macht keine Anstalten, uns aufzuhalten. Das wäre erledigt. Nun muss ich nur noch dafür sorgen, Oliver nie wieder zu begegnen. Erstens hat er eine Freundin und zweitens bringt er jedes Mal, wenn er auftaucht, Chaos in mein wohlgeordnetes Leben, das natürlich zurzeit alles andere als geordnet ist – aber egal.

„Wer war das?", fragt Herr Ruhland irritiert und dreht sich zwei weitere Male nach Oliver um. Muss das sein? Das ist peinlich.

„Ach, niemand", antworte ich", und schweige sofort wieder. Mir ist natürlich klar, dass Herr Ruhland sich mit meiner Antwort nicht zufriedengeben wird. „Niemand" würde ja bedeuten, er hätte einem Geist die Hand gegeben. Ich hoffe, dass er nicht nachbohrt.

Nach der Theateraufführung fährt Herr Ruland mich nach Hause, besser gesagt zu Sandras Wohnung. Wie das Theaterstück war, kann ich nicht genau sagen, ich war während der Vorstellung damit beschäftigt, nach Oliver Ausschau zu halten. Allerdings habe ich ihn nirgends ausfindig machen können. Ob er gegangen ist? Herr Ruhland stellte keine Fragen mehr über Oliver. Ich bin ihm sehr dankbar für seine taktvolle Zurückhaltung.

Vor der Haustür bringt er den Wagen in zweiter Spur zum Stehen. Die Straßen sind um diese Zeit wie leergefegt. Er stellt den Motor aus und wendet sich mir zu.

„Der Abend war sehr schön", sagt er und sieht mich so seltsam an. Was hat dieser Blick zu bedeuten? Wahrscheinlich sollte ich jetzt antworten, dass auch mir der Abend gut gefallen hat, aber ich bleibe stumm. Er lächelt und streichelt plötzlich mein Gesicht. Bin ich auch in das richtige Auto gestiegen? Unmöglich, dass Herr Ruhland so etwas tut. Ich sterbe, wenn er nicht auf der Stelle damit aufhört. Es fühlt sich zwar schön an, aber das sollte es nicht. Er ist mein Chef und ein Chef streichelt nicht die Wange seiner Mitarbeiterin. Und ich habe das nicht schön zu finden, sondern es sollte mich stören. Das ist sexuelle Belästigung am Arbeitsplatz! Nur dass diese Verabredung zwischen uns außerhalb des Büros stattfindet, seine Handlung somit also nicht mehr als sexueller Übergriff zu werten ist, sondern als freundschaftliche Geste. Und was ist gegen eine freundschaftliche Geste einzuwenden, solange dabei keine Körperflüssigkeiten ausgetauscht werden? Seine Hand fühlt sich warm an, oder ist es mein Gesicht? Ich schließe für einen Augenblick die Augen und genieße seine Berührungen. Wieso ist mir nicht früher aufgefallen, dass ich ihn mag? – Weil er dein Chef ist. Und Chefs eignen sich nicht als Liebhaber. Sobald er genug von dir hat, bist du deinen Job los. – Das würde er nie tun! – Und ob!

Erschrocken über meine Erkenntnis öffne ich die Augen. Herr Ruhland nähert sich meinem Gesicht und dies lässt lediglich einen Schluss zu: Er will mich küssen!

Ich will es auch! Bloß diese innere Zerrissenheit macht mich ganz konfus. Was soll ich nur tun? Das geht mir alles viel zu schnell. Ich brauche noch ein paar Minuten, um darüber nachzudenken, ob es richtig ist, ihn zu küssen. Wo ist der Schalter, mit dem ich die Zeit anhalten kann? Doch den brauche ich nicht mehr, denn Herr Ruhland stellt sein Vorhaben mit einem Mal ein. Bestimmt hat er bemerkt, dass ich mir noch unschlüssig bin.

„Claudia, ich mag dich sehr, sag mir, wenn es dir zu schnell geht."

Mo … Moment mal! Er hat mich geduzt. Ja, ich habe es genau gehört. Soll ich jetzt Christian zu ihm sagen? Sicher geht es mir zu schnell, aber selbst wenn er mir zwei Jahre Zeit gäbe, wäre es mir nicht langsam genug. Denn diese Frage, ob ich meinen Chef küssen darf, kann ich einfach nicht abschließend klären. Auf keinen Fall möchte ich meinen Arbeitsplatz deswegen aufs Spiel setzen und erst recht nicht möchte ich mein Herz an jemanden verschenken, der es womöglich nicht ernst mit mir meint. Können wir nicht eine Münze werfen? Nun antworte ihm endlich! Er sieht mich an wie Mogli, der sich im Dschungel verlaufen hat. Jetzt würde ich ihn gern an meine Brust drücken und trösten. Stattdessen schaue ich verwirrt in sein Gesicht und suche dort nach Antworten. Er wertet dies wohl als Zeichen meines Einverständnisses oder als stumme Leidenschaft, jedenfalls nähert er sich mir wieder und ich weiche nicht zurück. Falls ich eine Chance hatte, den Kuss zu verhindern, dann habe ich sie gerade verstreichen lassen. Seine Hand zieht meinen Kopf zu sich heran. Kaum berühren sich unsere Lippen, gleitet seine Zunge sanft in meinen Mund. Wir küssen uns zärtlich – leicht und behutsam. Als wären wir zerbrechliche Ware. Mir kribbelt es bis in die Zehenspitzen und nichts ist mehr real. Es ist wie im Märchen. Nur dass der Prinz mein Chef ist und atemberaubend gut küssen kann.

Halt! Das geht nicht! Mir wird klar, dass es falsch ist, was ich hier mache. Seinen Chef darf man verehren, man kann ihn respektieren und ihn schätzen, doch auf keinen Fall darf man ihn küssen. Bestürzt über mich selbst, drücke ich ihn von mir weg.

„Nein, es ist nicht richtig", sage ich verstört. Ich suche hastig in der Dunkelheit nach meiner Tasche und öffne die Wagentür. Ohne ein weiteres Wort flüchte ich aus dem Auto.

„Claudia!", ruft er mir hinterher, aber ich habe nur noch ein Ziel: so schnell wie möglich wegzulaufen.

Die Einladung

Am nächsten Morgen gehe ich mit einem mulmigen Gefühl zur Arbeit. Wie soll ich Herrn Ruhland gegenübertreten? Soll ich einfach so tun, als leide ich unter einer schlagartigen Amnesie? So wäre es mir am liebsten. Jedoch wird er das sicherlich nicht gelten lassen.

Kaum habe ich mein Büro betreten und es mir auf meinem Stuhl bequem gemacht, betritt er mein Zimmer. Meine Gelenke versteifen sich, als er schweigend die Tür schließt. Er zieht sich einen Stuhl heran und setzt sich mir wortlos gegenüber. Nun schauen wir uns stumm in die Augen, getrennt durch die Tischplatte. Ich hoffe, dass irgendwas passiert, zum Beispiel könnte das Telefon klingeln oder jemand zur Tür hereinkommen. Stattdessen passiert nichts dergleichen. Das Telefon bimmelt fünfundneunzig Prozent des Tages ununterbrochen. Aber wenn man es sich wünscht, gibt es keinen Mucks von sich. Das ist doch eine Verschwörung!

„Magst du mir nicht erklären, was deine übereilte Flucht gestern Abend zu bedeuten hatte?"

Ich schnappe mir meinen Radiergummi und drücke kräftig auf ihm herum. Als könnte ich die Erklärung, die ich meinem Chef schuldig bin, aus ihm herausquetschen. Los, raus mit der Sprache, du Gummiding!

„Herr Ruhland, ich weiß nicht, wie ich es sagen soll …"

„Christian – ich heiße Christian, okay?"

Fast wirkt er enttäuscht, dass ich nicht selbst darauf gekommen bin, ihn beim Vornamen anzureden.

„Ich weiß nicht, ob ich das kann", sage ich mit belegter Stimme und drücke ein Loch in den Radiergummi.

„Mich beim Vornamen anzureden?"

„Ja, auch."

„Ich verstehe", sagt er nun und erhebt sich von seinem Stuhl. „Es ging wohl alles ein wenig zu schnell für dich. Ich hatte es schon geahnt. Trotzdem hoffte ich … nun ja, es war ein Fehler, das tut mir leid. Du hängst sicher noch an deinem Exfreund."

Mein Radiergummi glitscht mir aus den Fingern und hüpft ein paar Mal auf der Tischplatte auf und ab, bevor er zu Boden fällt.

„Aber das ist es nicht!" Ich erhebe mich ebenfalls, um auf ihn zuzugehen. „Sie – ich meine du bist mein Chef. Ich kann doch nicht mit meinem … Das geht schlichtweg nicht."

Christian hebt den Radiergummi auf und drückt ihn mir lächelnd in die Hand.

„Da bin ich aber froh, dass es lediglich um deine moralischen Prinzipien geht. Dagegen bin ich vermutlich nicht ganz so machtlos."

Mit einem spitzbübischen Lächeln verlässt er mein Büro und ich frage mich, ob ich ihn nicht besser in dem Glauben hätte lassen sollen, dass ich noch an meinem Exfreund hänge.

Leider bleibt mir nicht viel Zeit, darüber nachzudenken, da das Telefon klingelt. Wenn du nicht bloß ein Telefon wärst, hätte ich dich für deine Treulosigkeit disqualifiziert. Wage es nicht, mich noch einmal so im Stich zu lassen, wenn ich dich brauche. Sonst zerlege ich dich in deine Einzelteile!

Gegen Mittag ruft mich Stefan auf meinem Handy an. Ich freue mich über seinen Anruf. Er ist mir ans Herz gewachsen. Es kommt mir so vor, als würde ich bereits zu seiner Familie gehören, dabei bin ich nur eine Wochenend-Hochstaplerin, die seinen Eltern möglichst niemals mehr unter die Augen treten sollte. Trotzdem fühlt es sich so an, als würde ich mit meinem Bruder telefonieren. Ob wir in einem früheren Leben verwandt waren?

„Stefan, schön von dir zu hören. Geht es deinem Vater besser?", erkundige ich mich interessiert.

„Ja, es geht ihm wieder gut, er ist zäh."

„Ich hoffe nicht, dass du noch mal eine Vorzeigefrau benötigst."

„Das wird nicht mehr nötig sein. Ich werde es meinen Eltern am nächsten Wochenende erklären. Es wird Zeit, dass sie die Wahrheit erfahren."

Ich freue mich über Stefans Entscheidung. Sicher wird es nicht leicht für ihn sein, aber er wird sich danach viel freier fühlen, wenn dieses Versteckspiel endlich ein Ende hat.

„Komm doch heute Abend bei mir vorbei, wenn du Zeit hast", schlägt er vor. „Ich würde gern für euch … ich meine, dich kochen."

„Hast du noch jemand anderen eingeladen?", frage ich hellhörig geworden. Ich habe keine Lust, den Abend mit mir fremden Personen zu verbringen. Trubel hatte ich während der letzten Tage genug.

„Nein, nur du und ich. Also, was ist? Hast du Lust?"

„Gern."

Um neunzehn Uhr räume ich den Schreibtisch auf und packe meine Sachen zusammen. Leise schleiche ich an Christians Büro vorbei. Es brennt noch Licht in seinem Raum, aber er ist nicht da. Also gehe ich weiter zu den Fahrstühlen, als sich unerwartet jemand hinter mir räuspert. Ich fühle mich ertappt und drehe mich schuldbewusst um. Christian steht direkt vor mir und sieht erstaunt aus.

„Möchtest du schon gehen?" Ich erwidere nichts. „Weshalb stiehlst du dich heimlich davon? Reden wir neuerdings nicht mehr miteinander, sodass es für dich nicht angebracht erscheint, mir auf Wiedersehen zu sagen?"

Beschämt schaue ich zu Boden und weiß natürlich, dass diese Aktion ziemlich dumm war. Nur diese neue Situation ist einfach zu kompliziert für mich. Ich kann damit eben nicht umgehen.

„Hör zu, Claudia, ich will dich nicht bedrängen. Wenn du dir nicht sicher bist oder uns irgendwas anderes im Weg steht, dann solltest du mir das sagen. Glaubst du etwa, ich würde das nicht verstehen?"

„Nein, das glaube ich nicht", antworte ich leise und sehe weiterhin auf meine Füße. „Ich bin bloß komplett verunsichert. Es ist nicht so, dass ich Sie … dass ich dich nicht mag. Aber gestern warst du noch mein Chef, der mich ins Theater ausgeführt hat, und jetzt … Es ist auf einmal alles anders."

Christian nimmt meine Hand, um mich von den Fahrstühlen fortzuziehen. Genau das meine ich: Mein Chef, Herr Ruhland, heißt plötzlich Christian und überschreitet neuerdings meine Intimdistanz. Wir gehen ein paar Meter zurück und setzen uns.

„Es ist nichts anders", korrigiert er mich. „Du bist für mich ein besonderer Mensch. Daran hat sich nichts geändert."

Ich versuche, den Kloß in meinem Hals runterzuschlucken, aber der scheint sich dort verankert zu haben. Bald wird mir wahrscheinlich die Luft knapp.

„Aber daran wird sich sicher bald etwas ändern. Denn wenn ich dir jetzt sage, dass ich nicht mehr als eine Assistentin für dich sein kann, wirst du mit mir nichts mehr zu tun haben wollen."

Seine enttäuschte Mimik bleibt mir nicht verborgen. Von nun an wird er mich hassen und durchs Büro scheuchen, solange, bis ich freiwillig das Handtuch werfe. Ich kann mir schon mal einen neuen Arbeitsplatz suchen.

„Du weißt selbst am besten, was gut für dich ist", bemerkt er nun. Ich kann mit dieser Aussage nicht viel anfangen. Natürlich weiß ich das – jedenfalls glaube ich es. Weiß ich das wirklich?

„Wirst du mich feuern?", frage ich ängstlich, denn welcher zurückgewiesene Mann möchte mit der Frau, die ihm einen Korb gegeben hat, noch zusammenarbeiten müssen?

„Wie bitte?", gibt er erstaunt von sich. „Es ist wohl besser, wenn du gehst, du weißt ja nicht, was du da redest!"

Verärgert erhebt er sich und geht in sein Büro. Mit großen Augen sehe ich ihm nach. Ich habe wohl gerade alles falsch gemacht.

Auf dem Weg zu Stefan wird mir klar, dass der Kuss zwischen Christian und mir ein Fehler war. Jetzt haben wir den Salat. Er ist gekränkt und unser Arbeitsverhältnis dürfte unter diesen Umständen zu einem Desaster werden. Warum setzt der Verstand auch immer aus, wenn Gefühle im Spiel sind? So wie es aussieht, komme ich nicht drum herum. Christian und ich müssen uns aussprechen. In aller Ruhe. Er ist mein Chef und das soll er auch bleiben. Gefühle sind da nur im Weg!

Eine gelungene Überraschung

Stefan empfängt mich mit einem breiten Grinsen und drückt mich freundschaftlich. Es ist schön, in ihm einen guten Freund gefunden zu haben. Ich schmeiße meinen Mantel über die Garderobe und folge Stefan in die Küche. Er hat sich das Küchenhandtuch in die Hose gesteckt und eine Kochmütze aufgesetzt. Ich muss lächeln über sein Outfit.

„Ich habe eine kleine Überraschung für dich, Claudia."

Fein, ich liebe Überraschungen, vor allem, wenn sie essbar sind. Ich stibitze mir ein Stück geschnittene Möhre von einem Tablett und drehe mich um. Meine Güte, ich schlittere aber auch von einem Ereignis ins nächste. Oliver steht auf einmal in der Küche, kann das denn möglich sein? Wenn er die Überraschung sein soll, dann ist sie in der Tat gelungen.

„Ich war der Meinung, dass ihr dringend mal über einiges reden müsst", erklärt uns Stefan, während er betriebsam mit ein paar Töpfen klappert. „Ihr hattet ja kaum Gelegenheit dazu, weil Oliver bis vor Kurzem noch annehmen musste, dass du und ich … nun ja, ein Paar sind."

Stefan kichert wie ein Schulmädchen und hält sich die Hand vor den Mund. Offenbar ist Oliver genauso fassungslos wie ich. Er sieht aus,

131

als hätte man ihm gerade das Examen aberkannt. Was hat sich Stefan nur dabei gedacht? Dieser Kuppler!

Auf dem Herd brutzelt es und ein feiner Bratenduft zieht mir in die Nase. Olivers Anwesenheit hätte mich fast vergessen lassen, dass mich hier ein leckeres Essen erwarten sollte.

„Wollt ihr euch wohl endlich an den Tisch setzen oder muss ich euch Beine machen?", droht Stefan uns und schwingt dabei den Kochlöffel, wie Herr Smörebröd aus der Muppet-Show. Oliver und ich haben bislang noch kein einziges Wort miteinander gewechselt. Stefans kleiner Streich hat uns förmlich die Sprache verschlagen.

„Also schön, dann wollen wir mal", sagt Oliver und legt seinen Arm um meine Schultern, um mich aus der Küche zu führen. Nebenan ist der Tisch dekorativ gedeckt. Der Raum wird durch Kerzen erhellt und überall liegen Blumen verstreut herum. Alle Achtung! Stefan hat sich die allergrößte Mühe gegeben. Romantik pur. Ich bin baff.

„Nehmt doch Platz, das Essen ist gleich fertig", sagt er und schließt die Tür, sodass wir allein sind.

Oliver geht zum Tisch und zieht einen der Stühle heran.

„Dann wollen wir Stefan den Gefallen mal tun. Darf ich bitten?"

Er zeigt mit der Hand zur Sitzfläche und fordert mich auf, Platz zu nehmen. Mir wird wohl nichts anderes übrig bleiben, als diesen Abend mit Oliver zu verbringen. Stefan wird später dafür bluten. Ich werde ihn über Glasscherben laufen lassen und anschließend an den Zehen kopfüber aufhängen. Immer noch stehe ich da wie Piksieben und kann mich nicht dazu entschließen, mich an den Tisch zu setzen.

„Wir können natürlich auch im Stehen essen, wenn dir das lieber ist", witzelt Oliver und lächelt wie John Wayne vor seiner ersten Eroberung des Wilden Westens. Ich gebe zu, ein Essen im Stehen hätte gewisse Vorzüge. Diese ganze Atmosphäre lädt einen ja praktisch dazu ein, sich zu vergessen. Ich möchte aber die Kontrolle über mich behalten und das geht am besten, wenn ich stehen bleibe.

Oliver macht eine erneute Geste zum Stuhl, vor dem er immer noch steht. „Du kannst mir glauben, dass mir das alles hier auch sehr suspekt vorkommt. Stefan hat mich genauso im Unklaren gelassen wie dich. Trotzdem muss ich zugeben, dass ich ihm dankbar dafür bin. Wir müssen wirklich reden. Findest du nicht auch?"

Womit er dann inzwischen der Zweite ist, mit dem ich reden muss. Das wird langsam eine Belastungsprobe. In meinem nächsten Leben werde ich Nonne. Keine Männer, keine Probleme, nur der liebe Gott und ich. Ich entschließe mich, Olivers Aufforderung nachzukommen, und setze mich wortlos auf den Stuhl, den er mir zurechtrückt. Als wir uns gegenübersitzen, nimmt er meine Hand. Diese unerwartete Geste lässt mir das Blut ins Gesicht schießen.

„Claudia, ich möchte nicht lange herumreden. Als ich im ‚Conrad' mit dir zusammengestoßen bin, da hat es mich sofort erwischt. Veronica muss es gleich aufgefallen sein, denn sie gab mir keine Gelegenheit mehr, dich noch einmal anzusprechen."

„Ist sie deine Freundin?", frage ich neugierig und stelle fest, dass ich gerade meine Stimme wiedergefunden habe.

„Nein! Das heißt, wir waren mal … Ach, das ist schwierig zu erklären."

„Oh, ich habe Zeit. Zufällig den ganzen Abend."

Jetzt will ich's aber wissen.

„Also, es gibt da eigentlich nichts zu erklären. Mal waren wir ein Paar, dann wieder nicht. Ich will nichts weiter, als dich näher kennenlernen. Veronica spielt in meinem Leben keine Rolle mehr. Aber vielleicht erklärst du mir mal, wieso du mit deinem Chef ins Theater gehst."

Herausfordernd sieht er mich an. Gut gemacht! Um von seinen Untugenden abzulenken, steuert er das Thema Richtung „Christian". Sehr geschickt, doch so einfach geht das nicht. Ich will es genauer wissen.

„Erst hätte ich gern gewusst, warum du mit Veronica ins Theater gehst?"

„Weil ich … aus Mitleid", gibt er seltsamerweise zur Antwort. „Ich sagte ja, das ist eine lange Geschichte. Wir sind getrennt, aber sie kann sich nicht damit abfinden. Sie tut mir halt leid. Fürs Erste solltest du mir glauben, dass sie mir nichts mehr bedeutet."

In diesem Augenblick trabt Stefan heran. Schnell entziehe ich Oliver meine Hand und zupfe verlegen an meinen Ärmeln. Er hält eine Flasche Champagner und zwei Gläser in den Händen und wirkt verblüfft.

„Interessant! Das ging ja schneller, als ich dachte, wenn ich die Sachlage richtig zu deuten verstehe", kombiniert er und schenkt uns am Tisch die Gläser ein.

„Also bis jetzt sind wir noch keinen Schritt weiter", berichtigt Oliver seinen Bruder, „aber ich hoffe, dass sich das gleich ändern wird, wenn du dein gut duftendes Mahl servierst. Möglicherweise könnte das Claudia etwas entspannen."

„Na, dann werde ich mal schnell zurück in die Küche flitzen", erwidert Stefan hocherfreut und zwinkert Oliver zu.

Stecken die beiden womöglich doch unter einer Decke?

„Kann es sein, dass du mit Stefan einen Plan ausheckst, von dem du mir nur nichts sagen willst?", frage ich misstrauisch geworden.

„Stefan und ich planen, die Firma künftig zusammen zu leiten, aber wir haben nicht beide vor, dich zu erobern. Allerdings habe ich, was dich angeht, auch Pläne, mit denen Stefan jedoch nicht das Geringste zu tun hat."

Er hat Pläne mit mir? Möchte ich wissen, welche? Noch ist es nicht zu spät. Ich könnte aufstehen und mich aus dem Staub machen.

„Was schweben dir für Pläne vor?", frage ich argwöhnisch, ein Auge auf die Tür gerichtet.

„Oh nein, bevor ich dich nicht verführt habe, lasse ich nicht die Hosen runter."

Diese Direktheit bin ich nicht gewohnt. Meine Ohren werden heiß und ich überlege, was ich darauf erwidern soll. Bin ich jetzt verklemmt oder was? Oliver erhebt sich und geht um den Tisch herum. Als er vor mir steht, zieht er mich an den Schultern vom Stuhl direkt in seine Arme.

„Ich muss wohl etwas deutlicher werden." Sein Griff zieht sich zu und es sieht so aus, als wolle er mich gleich küssen. Warum wehre ich mich nicht gegen diese plumpe Vorgehensweise? Noch lähmt mich das Überraschungsmoment. „Ich möchte, dass du weißt, wie sehr ich mir wünsche, mit dir zusammen zu sein. Seit diesem Wochenende versuche ich, dich zu erreichen. Und dann treffe ich dich mit deinem Chef im Theater. Ich konnte es kaum glauben." Ich auch nicht. „Er will dich auch, das habe ich sofort gemerkt." Ach ja?

Stefan platzt herein und sieht uns zusammen im Raum stehen. Oliver hat seine Arme immer noch um meine Hüften gelegt und macht auch keine Anstalten, dies zu ändern. Was muss Stefan jetzt denken? Kaum sperrt man die beiden in einen Raum, fallen sie hemmungslos übereinan-

136

der her. Dabei bin ich vollkommen unbeteiligt an dieser Sache.

„Tja, ich dachte mir, euch nun den ersten Gang zu servieren. Aber mir scheint, ihr habt Besseres zu tun."

Oh Gott, nein, servier bloß das Essen! Lass uns nicht wieder allein!

Doch Stefan hört meinen stummen Hilfeschrei nicht und verschwindet in die Küche. Oliver hat ihm einen Wink gegeben, sich zu verkrümeln. Jetzt bin ich wohl fällig!

„Also, wo waren wir stehen geblieben?" Olivers Augen beginnen zu glänzen. „Ich glaube, ich wollte dich gerade küssen", sagt er unverhohlen und sieht mich auffordernd an. Die Szene mit dem Kuss sollten wir besser ans Ende der Geschichte verschieben! Aber Oliver senkt seinen Kopf und drückt mir seine Lippen auf. Bevor er noch weiter gehen kann, entziehe ich mich ihm.

„Oliver, das geht so nicht. Du kannst nicht einfach drauflospoltern. Gib mir bitte einen Augenblick, um deine Worte zu verarbeiten. Ich bin kein Computer, den du mit Informationen fütterst, um ihn dann gleich wieder vom Netz zu nehmen."

Betreten lässt er mich los und sieht wie ein ungezogener Junge aus, der gerade zum zweiwöchigen Stubenarrest verurteilt wurde.

„Du hast Recht. Ich weiß nicht, was in mich gefahren ist. Entschuldige!"

Hilflos steht er da und fast tut es mir leid, dass ich ihn so ruppig stoppen musste. Doch eine kleine Atempause wird uns beiden gut tun.

Nach dem hervorragenden Essen sitzen wir zusammen auf dem Sofa und genießen stumm den Wein. Stefan hat die Wohnung verlassen, damit wir allein sein können. Ich weiß nicht, ob das Kerzenlicht und der Wein daran schuld sind, dass ich plötzlich das Verlangen habe, Oliver näherzukommen. Mir gehen seine Worte noch einmal durch den Kopf und ich gebe zu, ich bin beeindruckt. So unverblümt hat mir bisher niemand seine Gefühle gestanden. Zwar ist er ein wenig zu schroff mit der Tür ins Haus gefallen, aber es hat mir imponiert. Meine Sinne sind vielleicht durch den Alkohol etwas benebelt, aber ich glaube, ich bin mir durchaus im Klaren, dass ich Oliver nun küssen will. Jetzt ist genau der richtige Moment. Ich hatte genügend Zeit, mir über alles in Ruhe Gedanken zu machen. Zwar bin ich dabei zu keinem Ergebnis gekommen, aber immerhin konnte ich etwas grübeln. Das Denken vermittelt einem den Eindruck, man hätte alles genau durchdacht. Das ist sehr befriedigend!

Ich rücke Oliver näher und nehme ihm sein Weinglas aus der Hand, um es auf dem Tisch abzustellen. Er hebt eine Augenbraue und fragt sich bestimmt, was ihn erwartet. Bevor ich jedoch die Initiative ergreifen kann, scheint er zu verstehen, und legt einen Arm um mich.

„Endlich", flüstert er und schmiegt sich an mich. Schon suchen seine Lippen nach meinem Mund und wir küssen uns – verzaubert von der romantischen Stimmung und benebelt vom guten Wein.

Gegen Mitternacht liege ich in meinem Bett und kann nicht einschlafen. Der Abend mit Oliver war schön. Stefan hat ganze Arbeit geleistet. Es ist ihm tatsächlich gelungen, uns zu verkuppeln. Mein schlechtes Gewissen Christian gegenüber lässt mich kein Auge zutun. Wahrscheinlich werde ich die gesamte Nacht wach liegen und mich schämen. Wie soll ich ihm nur erklären, dass es einen neuen Mann in meinem Leben gibt? Er wird sich verraten und verkauft fühlen, und das mit Recht. Ich bin eine Herzensbrecherin und es steht mir nicht zu, ihm jemals wieder unter die Augen zu treten. Morgen werde ich mit ihm reden. Er muss die Wahrheit erfahren. Das bin ich ihm schuldig. Auch wenn es mich meinen Arbeitsplatz kostet.

Ich krieg ihn nicht mehr raus!

Donnerstagmorgen wache ich reichlich übermüdet und unausgeschlafen auf. Heute muss ich früher als gewohnt aus dem Haus, um es mit der U-Bahn pünktlich ins Büro zu schaffen. Meinen Wagen musste ich bei Stefan stehen lassen, da mein Alkoholpegel kriminell hoch war. Nach einer guten Stunde schläfriger Restaurationsarbeit begutachte ich mich im Spiegel und stelle fest, dass ich mir diesen Aufwand hätte sparen können. Ich sehe grauenvoll aus. Meine Ränder unter den Augen sind so tief wie das Tal der Toten. Zu allem Übel habe ich auch noch die Zeit aus den Augen verloren und stelle fest, dass ich es unmöglich pünktlich ins Büro schaffen werde. Was ist nur mit mir los? Ich habe mich bisher niemals verspätet. Christian wird mir den Kopf abreißen. Ich bestelle mir ein Taxi und lasse mich bequem chauffieren. Das nenne ich Luxus. Nachdem ich direkt vor den heiligen Toren abgesetzt wurde, hetze ich zu den Aufzügen. Ziemlich außer Atem erreiche ich meinen Schreibtisch. Rasch schlüpfe ich aus meinem Mantel und krempel die Ärmel hoch. Mit etwas Glück hat keiner meine Verspätung bemerkt.

„Schön, dass du uns auch schon beehrst."

Christian steht in der Tür und sieht verärgert aus. Kann man sich hier nicht mal unbemerkt verspäten?

„Entschuldige bitte meine Verspätung, aber ich habe ..."

Barsch werde ich unterbrochen.

„Erspar dir deine Ausflüchte. Ich will sie nicht hören. Es wäre schön, wenn du dich an die Arbeit machen könntest."

Wütend knallt er einen Batzen neuer Akten auf meinen Tisch und macht sich schweigend davon.

Wow! Und das alles wegen einer halben Stunde Verspätung? Was wäre wohl bei einer Stunde passiert oder gar zwei?

Ich mache mich an die Arbeit und versuche, nicht weiter über Christians Auftritt nachzudenken. Meine Befürchtungen werden offensichtlich zur Realität. Christian ist verletzt und macht mir den Garaus. Meine Stunden als seine Assistentin sind vermutlich gezählt.

Mittags telefoniere ich mit Sandra und berichte ihr sämtliche Vorkommnisse der letzten Stunden. Ich bin froh, dass sie eine gute Zuhörerin ist, denn ich benötige dringend eine Therapiestunde bei ihr. Als ich sämtlichen Ballast abgeworfen habe, fühle ich mich besser.

„Und was willst du jetzt machen?", fragt Sandra mich. Eigentlich hatte ich gehofft, dass sie mir das sagen könnte, aber meine Entscheidungen muss ich wohl alleine treffen. Soviel ist klar.

„Keine Ahnung. Vielleicht suche ich mir einen neuen Job."

Ich weiß, dass Sandra etwas anderes von mir hören wollte, aber mir ist selbst nicht klar, wie es weitergehen soll. Sie hat es da leichter. Ihr Henry scheint ein Volltreffer zu sein. Ein Medizinstudent mit guten Perspektiven und verständnisvoll wie ein Beichtvater. Schließlich akzeptiert er Sandras Macken und das sind gewiss nicht wenige. Warum hab ich nicht so ein Glück?

In diesem Augenblick betritt Christian das Zimmer.

„Sandra, ich muss jetzt Schluss machen. Ich meld mich wieder."

Eilig lege ich den Hörer auf und versuche, den Kugelschreiber aus dem Haar zu ziehen, den ich mir während des Telefonats um eine Haarlocke gedreht habe. Christian steht gereizt im Raum und sieht mir dabei zu, wie ich mir den Kugelschreiber immer weiter ins Haar knote.

„Verflucht noch mal! Ich krieg ihn nicht mehr raus!"

„Würdest du dich mit den Dingen beschäftigen, die ich dir aufgetragen habe, hättest du keine Zeit für solchen Unsinn", stellt er grimmig fest und knallt mir den nächsten Stapel Ordner auf die Tischplatte. Aufgebracht springe ich auf, sodass mein Stuhl schallend gegen die Wand rollt.

„Jetzt reicht's mir! Ich lass mich nicht so behandeln!"

Mit geballten Fäusten beherrsche ich mich mühselig, Christian nicht wie eine Raubkatze anzuspringen und sein Gesicht zu zerkratzen. Sein Ärger scheint soeben verraucht und gleichmütig lehnt er sich gegen den Türrahmen. Allein für diese Haltung würde ich ihn gern in den Schwitzkasten nehmen und ihm solange die Luft abdrücken, bis er bereut, überhaupt mein Büro betreten zu haben.

„Warum bist du plötzlich so barsch zu mir?", frage ich ihn und verfluche mich im gleichen Augenblick dafür. Denn im Grunde kenne ich die Antwort. Wäre ich an seiner Stelle, würde ich mich womöglich nicht anders verhalten.

„Das Gleiche könnte ich dich fragen", antwortet er mir in einem gleichgültigen Ton. Es macht mich wütend, dass er nun so dasteht, als wäre er unbeteiligt. Eben noch poltert er hier rum wie ein Elefant und jetzt tut er so entspannt wie ein Pferd auf der Weide.

„Ich verstehe nicht, worauf du hinauswillst", erwidere ich begriffsstutzig.

„Na, wenn du darauf nicht selber kommst."

„Du willst mir doch wohl nicht im Ernst meine heutige Verspätung vorwerfen?"

Resigniert schüttelt er den Kopf und fährt sich mit der Hand übers Gesicht.

„Claudia, glaubst du wirklich, deine heutige Unpünktlichkeit hätte mich geärgert?" Erstaunt über seine Worte lasse ich mich auf meinen Bürostuhl zurückfallen. Der Kugelschreiber hängt immer noch in meinem Haar. Ich habe den Versuch aufgegeben, ihn zu entfernen. Er hat sich

festgebissen. „Das Einzige, was mir die Zornes-
röte ins Gesicht treibt, ist diese Heimlichtuerei.
Warum bist du gestern an meinem Büro vorbei-
geschlichen, ohne ein Wort zu sagen? Und wenn
du dich morgens, aus welchen Gründen auch
immer, verspätest, dann könntest du mich anru-
fen und dich nicht still und leise in dein Zimmer
schleichen. Du hast immer mein volles Vertrauen
genossen. Aus welchen Gründen setzt du das
alles aufs Spiel?"

Er ist nur deswegen sauer und nicht, weil ich
ihm einen Korb gegeben habe? Aber das ergibt
keinen Sinn! Ich habe ihn zurückgewiesen, seine
Gefühle verletzt und er ist lediglich missgestimmt, weil ich mit ihm nicht über meine Verspätung gesprochen habe? Könnte es sein, dass
ihm unser Rendezvous und dieser Kuss nichts
bedeutet haben? Diese Erkenntnis versetzt mir
zu meinem eigenen Erstaunen einen Stich. Ich
kratze mich nachdenklich am Kopf und werde
dabei an den Kugelschreiber erinnert, der sich
partout nicht aus meinem Haar entfernen lässt.
Ich rupfe wieder ein wenig daran herum und
stelle fest, dass Christians Miene sich verfinstert.

„So wie es aussieht, scheinst du zu beschäftigt zu sein, um mit mir ein vernünftiges Gespräch zu führen. Sag mir einfach Bescheid,
wann es dir besser passt."

Er kehrt mir den Rücken zu und verlässt den
Raum. Gern würde ich meine aufkochende Wut
in irgendeiner Form ableiten und zum Beispiel

144

die Tür aus den Angeln heben. Möglicherweise reicht es aber auch, wenn ich eben mal die Akten durch den Raum werfe. Ich entscheide mich, wie ein Wirbelwind aus meinem Büro zu stürmen und Christian hinterherzuflitzen. Der Kugelschreiber in meinem Haar weht wie eine Fahne im Wind. Wahrscheinlich sehe ich aus, als wäre ich soeben aus dem Irrenhaus entlaufen. Verblüfft schauen mir einige Kollegen nach, als hätten sie noch nie eine wild gewordene Furie mit einem Kugelschreiber im Haar gesehen. Christian erreicht sein Büro und knallt die Tür laut vernehmbar zu. Unbeeindruckt setze ich meinen Weg zu ihm fort. Ich drücke die Tür auf und trete kurz nach ihm ins Zimmer. In derselben Lautstärke wie Christian zuvor werfe ich sie ins Schloss. Wir stehen uns gegenüber wie zwei Duellanten kurz vorm Schuss. Schwungvoll stemme ich meine Hände in die Hüften und will wütend lospoltern, doch ich verschlucke mich und muss husten. Der Reiz im Hals nimmt kein Ende. Könnte sein, dass ich gleich meine Gedärme heraushuste. Ich laufe krebsrot an und schaffe es kaum, Luft zu holen. Ich werde sterben, das ist so sicher wie das Amen in der Kirche. Christian steht auf einmal neben mir und führt mich zu einem Stuhl, während er pausenlos auf meinem Rücken herumklopft. Endlich lässt der Hustenreiz nach und erschöpft sacke ich auf dem Stuhl zusammen. War gerade noch was? Warum bin ich hier?

„Na, geht's wieder?", fragt er mit besorgter Miene.

Ich nicke. Keine Ahnung, warum ich das mache, denn jetzt geht nichts mehr.

„Vielleicht versuchst du es noch mal in Ruhe, ohne Wut im Bauch."

Warum habe ich mich eben eigentlich so aufgeregt? Weil Christians Verärgerung nichts mit meiner Zurückweisung zu tun hatte? Hat mich das etwa enttäuscht?

Ich muss mir an diesem Wochenende unbedingt über mein Gefühlschaos klar werden. Ich bin ja völlig durcheinander. Christian lächelt mich an und fummelt in meinem Haar rum. Es ziept ein wenig und der Kugelschreiber fällt heraus. Bewundernd sehe ich in seine dunklen Augen. Irgendwie hat er ein Fingerspitzengefühl für solche Dinge.

„Wie hast du das gemacht?"

„Ach, weißt du, Claudia, bei euch Frauen muss man auf alles vorbereitet sein."

Er hält mir den Kugelschreiber hin und zwinkert mir zu. Ich muss lächeln und bin froh, dass unser Streit kein Nachspiel hat.

„Ich möchte mich bei dir entschuldigen. Diese Heimlichkeiten waren nicht richtig."

Christian winkt ab.

„Lass uns nicht mehr darüber reden. Diese Situation ist für uns beide nicht leicht. Wir müssen erst einmal einen vernünftigen Weg finden, wie wir miteinander umgehen."

Seine letzten Worte lassen mich aufhorchen. Offenbar hat er meine Zurückweisung doch nicht so einfach weggesteckt. Er kommt mit unserer neuen Situation genauso wenig klar wie ich. Das beruhigt mich. Sollte es das?

„Ja, das müssen wir wohl."

Gott, bin ich durch den Wind!

Erschrocken fahre ich hoch und blicke auf den treulosen Wecker. Dieses blöde Ding hat nicht geklingelt! Jetzt komme ich wieder zu spät. Was wird Christian nur denken? Zwei Verspätungen hintereinander, das ist er nicht gewohnt von mir. Ich kann es selbst kaum glauben.

Nachdem ich die absolute Glanzleistung vollbracht habe, mich in weniger als fünfzehn Minuten zurechtzumachen, greife ich zum Telefon und rufe in der Firma an, um meine erneute Verspätung anzukündigen. Sylvia ist am Apparat, obwohl ich Christians Durchwahlnummer gewählt habe. Sie teilt mir mit, dass er ebenfalls noch nicht im Büro sei, was mich wundert. Auch er hat sich bislang niemals verspätet. Was sind das für ungewohnte Entwicklungen, die hier einzureißen drohen?

„Ich wollte mich noch einmal bei dir bedanken, Claudia, dass du Herrn Ruhland gegenüber geschwiegen hast."

Ein schlechtes Gewissen meldet sich bei mir, dass ich Christian auf sein Drängen hin von Sylvias Ausrutscher erzählt habe. Soll ich es ihr gestehen? Christian scheint sein Wort gehalten zu haben, sodass ihr Diebstahl folgenlos blieb. Es besteht also keine Veranlassung, sie zu beunruhigen.

„Lass es uns einfach so schnell wie möglich vergessen. Das Geld ist wieder in der Kasse und du zahlst es mir in Raten zurück, okay?"

„Danke – für alles."

Nach dem Telefonat packe ich meine Reisetasche für das bevorstehende Astro-Wochenende und eile aus dem Haus. Als ich eine gute halbe Stunde später die Firma erreiche, gehe ich als Erstes zu Christian. Zaghaft öffne ich die Tür zu seinem Büro und sehe ihn aufgeregt telefonieren. Gerade will ich mich unauffällig zurückziehen, als er mich bemerkt und zu sich winkt. Das Gespräch bringt ihn immer mehr in Rage. Zu gern hätte ich gewusst, wer sich am anderen Ende der Strippe befindet, denn es klingt ganz und gar nicht nach einem geschäftlichen Gespräch. Kurze Zeit später beendet er das Telefonat und knallt wütend seinen Stift auf die Tischplatte.

„Mist, verfluchter!"

„Schlechte Nachrichten?", frage ich und weiß natürlich, dass mir diese Frage nicht zusteht. Immerhin scheint sein Telefonat privater Natur gewesen zu sein. Persönliches haben wir in der Vergangenheit niemals miteinander besprochen.

„Was?", fragt er gedankenverloren. „Nein, nein, alles okay."

Natürlich ist seine Antwort alles andere als überzeugend, aber habe ich eine andere Wahl, als sie zu akzeptieren?

„Wo warst du?", will er plötzlich wissen und geht nicht weiter auf das Telefonat ein.

„Ich weiß, ich habe mich noch mal verspätet, aber ich verspreche dir, dass es nicht wieder vorkommen wird." Christian reibt sich erschöpft den Nacken und schüttelt mit dem Kopf. „Es tut mir leid!", sage ich gereizt, als mir klar wird, dass ihm meine Worte der Entschuldigung nicht reichen.

Missgestimmt steht er auf und geht zum Fenster, um es zu öffnen. Ein bisschen frische Luft tut ihm sicher gut. Das Telefonat hat ihn derartig erregt, dass ich jetzt wahrscheinlich gleich sein Prügelknabe sein werde.

„Habe ich etwa um eine Entschuldigung gebeten?", fragt er mich strapaziert. „Erinnere dich bitte an unser gestriges Gespräch. Du hast hier allerhand Freiräume, solange du ein paar Spielregeln einhältst. Es gibt also keinen Grund, dass du dich für deine Verspätung rechtfertigst."

Nun versteh ich gar nichts mehr.

„Was ist an einer Entschuldigung so verkehrt?"

„Das ist verdammt noch mal nicht nötig!!" Sein unerwartet lauter Ton lässt mich zusammenzucken. So weit sind wir also schon. Die Schreierei wird zu einer neuen Manier. „Ich will einfach nur von dir wissen, wenn du dich verspätest. Ist das denn so schwer zu verstehen?"

„Doch ich habe dich nicht erreicht. Also habe ich Sylvia über meine Verspätung informiert."

„Was hat sie damit zu tun? Dann rufst du mich eben auf meinem Handy an! Das kann ja nicht so schwer sein!"

„Nein, das ist es natürlich nicht, aber ich habe nicht erwartet, dass du es von mir persönlich hören willst. Ich dachte, es würde dir reichen, wenn ich anrufe."

„Ja, aber mich, und zwar ausschließlich mich! Du und ich leiten diesen Laden. Wir müssen uns untereinander abstimmen."

Falls ich was an den Ohren habe, ist mir das eben erst aufgefallen. Oder könnte es sein, dass Christian wahrhaftig gerade gesagt hat, dass *wir* diesen Laden leiten würden? Das ist mir in der Tat neu. Doch es hört sich gut an, das muss ich gestehen.

„Christian, auch wenn es dich weiter verstimmt, aber ich verstehe das alles nicht. Reden wir jetzt nur noch in diesem Ton miteinander?"

Er atmet tief durch und sieht mit einem leeren Blick aus dem Fenster. Es scheint ihn etwas vollkommen anderes zu beschäftigen. Unsere Diskussion ist nicht der Grund seiner Verärgerung. Da bin ich mir sicher.

„Wahrscheinlich war ich zu schroff. Entschuldige", sagt er nun überraschenderweise und richtet seinen Blick weiterhin aus dem Fenster. Er wirkt aufgezehrt und geistesabwesend. Offenbar plagt ihn ein Problem, dass ihn seine gesamte Kraft kostet. Bestimmt hat es nichts mit mir zu tun, aber was, wenn doch? „Du solltest jetzt an deine Arbeit gehen, es gibt eine Menge zu erledigen", fügt er trocken hinzu und setzt sich an seinen Schreibtisch zurück. Er hat das Gespräch wohl für beendet erklärt. Aber ich noch nicht!

„Ich glaube nicht, dass dein Groll wirklich etwas mit meiner Verspätung zu tun hat, vermutlich geht dir etwas anderes durch den Kopf, was in Zusammenhang mit diesem Telefonat steht, aber ..."

„So ist es. Daher möchte ich dich bitten, mich jetzt allein zu lassen."

Seine Verschlossenheit kränkt mich. Ich verstehe mich selbst nicht. Es ist nichts Ungewöhnliches daran, dass wir private Dinge nicht miteinander besprechen, aber immerhin habe ich ihm in einem schwachen Moment alles über Ullrich und mich erzählt. Irgendwie hoffte ich, dass auch er sich mir gegenüber etwas mehr öffnen würde. Wenn man hingegen bedenkt, dass ich ihm nach dem Kuss eine rohe Abfuhr erteilt habe, ist es doch nicht weiter verwunderlich, dass er nicht mit mir über seine Probleme reden möchte. Trotzdem wüsste ich gern mehr über ihn. Ist das nicht seltsam?

„Warum sprichst du nicht mit mir darüber, ich bin eine gute Zuhörerin."

Jetzt komme ich mir furchtbar aufdringlich vor, kann mich aber nicht zurückhalten. Es wäre das Einfachste, seiner Bitte nachzukommen und zu gehen. Bloß irgendwas hält mich hier. Sein gereizter Blick lässt nichts Gutes vermuten.

„Falls es etwas geben sollte, dass ich mit dir besprechen möchte, werde ich dies zu gegebener Zeit tun. Zurzeit aber verlange ich nichts weiter, als dass du bitte diesen Raum verlässt."

Das war deutlich. Für mich jedoch nicht deutlich genug. Denn ich denke nicht im Traum daran zu gehen. Möchte ich etwa ausprobieren, wann ich den Bogen überspannt habe?

„Das ist nicht fair! Ich weiß, dass wir in der Vergangenheit kaum über unser Privatleben gesprochen haben, aber jetzt ist es was anderes." Ach ja? Wieso denn eigentlich? „Ich weiß überhaupt nichts von dir und …" Nun gerate ich ins Stocken. Was versuche ich gerade zu sagen? Wie gemein, dass du so viel von mir erfahren hast, also ist es ab sofort mein Recht, über deine Privatsphäre aufgeklärt zu werden? Dümmer könnte ich ihm nicht kommen! Geh einfach und halt die Klappe!

„Und?", fragt er nun gespannt.

… Und ich möchte alles über dich wissen, weiß allerdings nicht, warum. Ich habe gerade einen neuen Freund. Oliver ist großartig. Dir habe ich klargemacht, dass aus uns nichts werden kann, trotzdem möchte ich an deinem Leben teilhaben, und zwar uneingeschränkt. Kann mir mal einer verraten, was mit mir los ist?

„Nun ja", ich grüble angestrengt, wie ich meinen Satz zu Ende bringen kann, ohne zu viel über mein Innenleben preiszugeben, das mir selbst Rätsel aufgibt. „Ich sollte besser an meine Arbeit gehen."

Toll gemacht, Claudia! Da hast du ja in die Trickkiste gegriffen. Mehr fällt dir nicht ein? Gott, du brauchst dringend einen Personal-Trainer für deine emotionale Fitness. So verwirrt kann man dich unmöglich auf die Menschheit loslassen. Okay, ich geh dann mal! Ich erhebe mich von meinem Stuhl, ohne Christian noch einmal in die Augen zu blicken, und begebe mich zur Tür.

„Vielleicht gibt es etwas, was du mir sagen möchtest", bemerkt Christian, als ich mit dem Rücken zu ihm an der Tür stehe. Eine Weile bleibe ich dort regungslos stehen, während meine Hand auf der Türklinke ruht. Plötzlich spüre ich es. Dieses Gefühl! Es erwachte, als er dieses Telefonat führte. Am anderen Ende der Leitung war eine Frau. Ich habe es nicht hören können, aber es war mir von Anfang an klar. Bin ich etwa eifersüchtig? Nicht doch. Das ist Schwachsinn! Ich brauche nur ein bisschen frische Luft, das ist alles!

„Nein, ich … ich muss jetzt gehen", sage ich verwirrt und öffne die Tür. Auf dem Weg zu meinem Büro wird mir eines klar: dass mir nichts mehr klar ist. Das ist mal eine Erkenntnis! Auch wenn sie mich nicht weiterbringt. Aber es ist immer gut zu wissen, dass man nichts weiß.

Nur die Sterne und ich?

Punkt dreizehn Uhr mache ich Feierabend. Mein Astro-Wochenende kann kommen! Anja wird schon auf mich warten, deshalb beeile ich mich. Zwar habe ich mir ein Buch für die lange Autofahrt eingesteckt, doch das wird sicher unangetastet bleiben, da Anja eine exzellente Alleinunterhalterin ist. Christian ist bereits eine Stunde vor mir gegangen, denn er musste übereilt weg und hat sich diesmal nicht von mir verabschiedet. Unser Gespräch von heute Morgen geistert mir natürlich immer noch durch den Kopf, vor allem die Tatsache, dass wir seitdem kein Wort mehr miteinander gesprochen haben. Ich wünschte, es wäre mir egal.

Wie befürchtet schnattert Anja während der Autofahrt pausenlos. Sie informiert mich über den neuesten Klatsch und Tratsch unseres Astro-Vereins und über ihren neuen Freund Sven. Ich entscheide mich, Anja lieber gleich zu erzählen, dass Ullrich und ich uns getrennt haben, da sie es früher oder später sowieso herausbekommen wird. Ihre verhaltene Reaktion hingegen wundert mich. Gibt es denn niemanden, der Ullrich wirklich leiden kann?

Gegen Abend erreichen wir die kleine dunkle Pension. Ich bringe meine Sachen auf mein Zimmer und schaue verträumt aus dem Fenster in die Abenddämmerung. Hier gefällt es mir. Ich liebe die Berge. Sie verbinden die Erde mit dem Universum und sind das Dach der Welt. Ich hänge meine wenigen Sachen in den Kleiderschrank und verlasse kurz darauf das Zimmer.

„Claudia!", höre ich eine mir bekannte Stimme im Hintergrund. Das kann nicht sein! Unmöglich! Ich muss mich irren. Zweifelnd drehe ich mich um.

„Oliver! Wie ist das möglich?" Ich reibe mir die Augen, um einen Irrtum auszuschließen. „Jetzt sag bloß, du bist Mitglied in diesem Verein."

„Das nenne ich mal einen wundervollen Zufall", lacht Oliver und nimmt mich liebevoll in den Arm „Ich wusste ja nicht, dass du dich für Astronomie interessierst", sagt er erstaunt.

„Schon immer."

„Da haben wir's. Wir passen perfekt zusammen. Das wusste ich von der ersten Sekunde an." Er drückt mir einen Kuss auf die Wange und nimmt mich bei der Hand. „Dann lass uns mal zusammen in den Speiseraum gehen. Ich habe einen Bärenhunger."

Während des Essens schauen die anderen immer wieder zu uns herüber und fragen sich wohl, wie Oliver und ich so schnell zusammenfinden konnten. Dass wir uns bereits vor dem heutigen Wochenende kennengelernt haben, weiß ja niemand.

„Warum hast du mir denn nicht gesagt, dass du Kalle kennst?", wundert sich Anja, als ich ihr erkläre, dass Oliver und ich uns nicht erst seit heute kennen.

„Kalle?"

„Das ist Oliver Kallenbach, von dem ich dir erzählt hatte. Unser neues Mitglied."

Endlich begreife ich und erkenne die Zusammenhänge. Von Oliver schwärmte mir Anja also die Ohren voll. Fragt sich nur, wer dann das neue weibliche Vereinsmitglied ist. Sie ist nämlich noch nicht eingetroffen.

„Dann hast du uns diese Pension organisiert?"

Oliver nickt und küsst mich auf die Nase. Eigentlich wollte ich an diesem Wochenende zur Ruhe kommen und mir über meine Gefühle klar werden. Mit etwas Abstand von allem wollte ich mich genüsslich dem Sternenhimmel hingeben und mich mit nichts anderem als Kugelsternhaufen, Spiralnebeln und Doppelsternsystemen beschäftigen und mich dem Meteorschauer widmen, den wir in dieser Nacht erwarten. Stattdessen gerate ich in eine unglaublich heimtückische Falle, die mir das Schicksal bereitet.

Einige beschließen, in der nächsten halben Stunde mit dem Aufbau ihrer Teleskope zu beginnen. Meines befindet sich noch in Bernds Lieferwagen. Er hat all unsere Fernrohre in Verwahrung genommen und sich um den sicheren Transport gekümmert. Oliver und ich gehen vor die Tür und staunen über diese Sternenpracht, die der Himmel an diesem Abend freigibt. Es ist stockfinster und nichts stört den Blick ins Firmament. Keine Stadt, kein störendes Licht. Hier gibt es nur Berge, Wiesen und Natur. Das ist herrlich! Auch ich möchte jetzt mein Teleskop aufbauen und mich auf diese Art mit dem Himmel verbinden.

„Warte", sagt Oliver und hält mich am Ärmel fest. „Ich möchte noch einen Augenblick mit dir allein sein."

Ja, schön, aber nicht jetzt! Mein Teleskop ruft!

Er legt seinen Arm um mich und will mich küssen. Doch ich entziehe mich ihm und flüchte zurück ins Haus.

„Warum läufst du denn weg?", ruft er mir hinterher. Ja, warum mache ich das? Keine Ahnung.

Eingemummelt wie ein Eskimo schlürfe ich heißen Kaffee neben meinem aufgebauten Fernrohr bei kühlen Apriltemperaturen. Ich habe mir erspart, eine genaue Justierung des Teleskops nach Norden vorzunehmen. Sie hätte das Teleskop befähigt, mithilfe des kleinen Motors der Erdrotation exakt in derselben Geschwindigkeit zu folgen. Die Objekte, die ich beobachten möchte, laufen mir zwar ohne Feinjustierung immer wieder aus der Linse, da die Erde sich bewegt, mein Teleskop aber nicht, doch dafür bin ich mit dem Aufbau vor allen anderen fertig und habe mehr Zeit zum Beobachten. Und da ich für den ersten Abend keine Fotoaufnahmen mit dem Fernrohr plane, für die eine Feinjustierung nötig gewesen wäre, reicht mir der unvollständige Aufbau des Teleskops.

Oliver gesellt sich zu mir, nachdem er nach langem Herumknobeln sein Fernrohr perfekt ausgerichtet hat.

„Was siehst du dir gerade an?", fragt er mich neugierig.

„Den Saturn", antworte ich knapp und konzentriere mich weiterhin auf meinen Ringplaneten.

„Darf ich mal einen Blick durch dein Okular werfen?"

„Klar!"

Ich rücke etwas zur Seite, um Oliver Platz zu machen.

„Wo? Ich sehe nichts", beschwert er sich.

„Oh, warte, ich hol ihn zurück ins Bild. Moment."

Ein fachgerechter Handgriff und der Saturn ist wieder da.

„Warum schaltest du denn nicht deinen Motor ein? So läuft dir doch das Bild ständig heraus", klärt er mich auf.

„Ja, ich weiß, aber ich habe das Fernrohr bloß grob nach Norden ausgerichtet. Und ich bin inzwischen sehr geschickt darin, das Teleskop auch ohne Motor nachzuführen", antworte ich und schenke mir dabei etwas Kaffee nach.

„Hör zu. Ich helfe dir jetzt, es zu justieren, wenn du das nicht kannst. Das ist gar nicht so schwer."

Er richtet sich auf und fummelt an meinem Teleskop herum.

„Hee, lass das bitte! Habe ich etwa gesagt, dass ich das nicht kann? Du brauchst mir nicht zu helfen. Das ist okay so. Danke."

„Na gut. Aber du kannst dir ruhig helfen lassen, wenn was unklar ist", sagt er wohlwollend.

Du hilfst mir, indem du mich in Ruhe lässt.

„Ja, danke", bemerke ich kurz und knapp und widme mich wieder dem Saturn.

Ich weiß, Oliver meint es nur gut, trotzdem ärgert es mich, dass er sofort angenommen hat, dass ich mit meinem Teleskop nicht richtig umgehen kann. Kann es sein, dass er Frauen technischen Verstand abspricht?

Gegen zweiundzwanzig Uhr werden alle unruhig. Einige kleinere Meteore sorgen für heitere Stimmung. Sofort lasse ich von meinem Fernrohr ab und lenke meine Aufmerksamkeit ohne weitere Hilfsmittel zum Himmel. Blitzartig schießen zwei große Sternschnuppen kurz hintereinander vom Himmel. Selbstverständlich nutze ich die Gunst der Stunde und wünsche mir etwas gleich zweimal.

Dann richte ich meine Kamera in die Himmelsrichtung, in der das Maximum an herabfallenden Meteoren erwartet wird, drücke auf den

Drahtauslöser und lasse die offene Linse den Film belichten. Ich warte ab, bis erneut zwei bis drei Meteore lange, leuchtende Linien in den dunklen Nachthimmel zeichnen, und beende danach die Belichtung. Auf diese Art mache ich noch diverse Aufnahmen und freue mich auf die spätere Ausbeute, denn die Sternschnuppen regnen nur so auf uns herab. Als ich kräftig durchgefroren bin, trage ich mein Teleskop ins Haus und wünsche mir bloß noch eins: tief und fest zu schlafen. Zufrieden falle ich bald in mein Bett und freue mich, dass der Himmel an diesem Abend so viele Überraschungen für uns bereithielt.

Die Ernüchterung

Sachte klopft es an meine Tür. Ich schrecke verschlafen hoch und schaue auf meine Armbanduhr. Ich muss wie eine Tote geschlafen haben. Es ist bereits halb elf.

„Claudia? Bist du wach?", höre ich Olivers Stimme vor meiner Tür fragen.

Jetzt schon!

„Das Wetter ist großartig. Wir wollen einen Spaziergang machen. Kommst du mit?"

Ich ziehe mir die Bettdecke über den Kopf und rolle mit den Augen. Laufen! Am frühen Morgen. Wer hat sich das denn ausgedacht?

„Ja, ich komme gleich." Muss nur noch ein Stündchen schlafen.

Nach dem Frühstück marschieren wir los. Oliver und ich sind die letzten der Gruppe und haben Mühe, Schritt zu halten, da wir ununterbrochen mit Herumturteln beschäftigt sind.

„Mein Vater steigt übrigens aus der Firma aus", erzählt er nun freimütig. „Stefans Homosexualität war zwar ein Schock für ihn, aber es hat ihn nicht so hart getroffen wie befürchtet."

„Das ist doch sehr erfreulich. Und wer bekommt die Firma nun?"

„Stefan und ich sind gleichberechtigt. Jeder erhält den gleichen Anteil."

„Das ist ja wunderbar!" Ich bleibe stehen und nehme Oliver in den Arm. „Es wäre dir gegenüber nicht fair gewesen, wenn Stefan alles bekommen hätte. Und das wollte er auch nicht. Somit ist doch alles gut gelaufen."

Oliver lächelt und wickelt seine Arme fest um mich herum.

„Ja, jetzt fehlt mir nur noch eins zum Glück."

„Und das wäre?"

„Heiraten und viele Kinder zeugen."

Herausfordernd zwinkert er mir zu, aber ich ziehe es vor, auf diese Bemerkung hin zu schweigen.

In meiner Fantasie sehe ich mich mit einer Handvoll kleiner schreiender Monster, die mir den letzten Nerv rauben und mir auf der Nase herumtanzen. Oliver kommt ausgesprochen gut erholt von der Arbeit nach Hause, während ich, vom Hausfrauenalltag gestresst, Selbsttötungsabsichten hege.

Ich kneife die Augen zusammen und schüttele meinen Kopf, um mich auf diese Art der überzogenen Hirngespinste zu entledigen. Oliver wartet immer noch gespannt darauf, dass ich etwas auf seine Bemerkung erwidere. Doch ich lächle nur und wir setzen unseren Spaziergang fort.

Am späten Nachmittag treffen wir wieder in unserer Pension ein. Vom Fenster meines Zimmers aus beobachte ich, wie ein roter Golf auf den Hof fährt. Eine junge Frau steigt aus dem Wagen und betritt das Haus. Kurz überlege ich, wer diese dunkelblonde Person sein könnte, bis mir einfällt, dass es sich sicher um Veronica Seiler, das neue weibliche Mitglied unseres Vereins, handeln muss. Mit ihr sind wir nun schon drei Frauen in unserem Verein.

Ich sehe Oliver vor meinem geistigen Auge und nun verstehe ich meine Panik nicht mehr, die mich packte, als er vom Heiraten sprach. Grundsätzlich ist gegen eine spätere Heirat mit dem richtigen Mann nichts einzuwenden. Auch Kinder könnte ich mir vorstellen. Aber es ist noch zu früh, darüber nachzudenken. Wir kennen uns kaum und wir sollten uns Zeit geben. Ich spüre das Bedürfnis, mit ihm noch einmal darüber zu reden, und verlasse mein Zimmer. Doch auf dem Gang sehe ich Oliver umschlungen mit einer Frau vor seiner Zimmertür. Es ist Veronica. Mein Gott, jetzt begreife ich! Das neue weibliche Mitglied ist Veronica, die Veronica – Olivers graue Maus! Oliver wird auf mich aufmerksam und löst sich aus der Umarmung.

„Claudia, bitte versteh das nicht falsch. Das ist alles harmlos", beteuert er und läuft mir entgegen. Mir schießt eine unbändige Wut in den Bauch und am liebsten hätte ich Oliver die Treppe hinuntergestoßen oder ihn an einen Marterpfahl gebunden und mit vergifteten Pfeilen auf ihn geschossen. Warum passiert immer mir so etwas? Wäre ich Oliver hier bloß nicht begegnet.

Ich wollte Frieden und Zeit zum Nachdenken finden. Stattdessen finde ich Oliver mit einer anderen Frau vor. Jetzt habe ich lediglich noch einen Wunsch: weit weg von hier zu sein. Daher laufe ich aufgebracht davon. Draußen auf dem Hof verschafft mir die kalte Luft einen klaren Kopf. Habe ich überreagiert? Was, wenn die Umarmung wirklich nur rein freundschaftlich war?

„Hier bist du!", stellt Oliver fest, als er aus dem Haus tritt. „Komm wieder rein, es ist hier draußen zu kalt." Ich rühre mich nicht von der Stelle. „Du darfst bitte keine falschen Schlüsse ziehen, Claudia. Veronica und ich kennen uns sehr lange, aber es ist nichts mehr zwischen uns, das musst du mir glauben." Oliver lächelt flüchtig und schließt mich in seine Arme. „Lass uns das schnell vergessen", bittet er und drückt mich fest. Bei der Kälte kommt mir seine Körperwärme sehr gelegen. Doch bin ich noch nicht sicher, ob die Zeit zum Schmollen angemessen lang genug war. Es soll ja nicht so aussehen, als ließe ich mich im Handumdrehen überzeugen. Ein bisschen Mühe soll es ihn schon kosten. – Also schön, vergessen wir's!

Nach dem Abendessen stellen wir nochmals unsere Teleskope auf, denn die Sicht ist auch heute perfekt. Klare Luft und kein Wölkchen am Nachthimmel. An diesem Abend möchte ich ein paar fotografische Schnappschüsse vom Orionnebel machen, der im April nur noch bis Mitternacht zu sehen ist, daher justiere ich mein Teleskop. Das Ausrichten des Fernrohres klappt reibungslos, sodass ich nach kurzer Zeit fertig bin. Oliver bemüht sich nach wie vor angestrengt, sein Teleskop penibel genau zu justieren.

„Kann ich dir helfen?", frage ich ihn schmunzelnd.

„Wie? Nein, nein, das krieg ich hin. Bin gleich soweit", antwortet er. Dreißig Minuten später ist er fertig und scheint mit seinem Ergebnis alles andere als zufrieden.

Mit wachsender Faszination bin ich mit der fotografischen Verewigung der Himmelsobjekte beschäftigt und vergesse Oliver und alles um mich herum.

„Hey, was fotografierst du da gerade?"

„Den Orionnebel", gebe ich knapp zur Antwort und richte meinen Blick weiterhin auf die Stoppuhr, mit der ich die Dauer der Belichtung überprüfe. In der anderen Hand halte ich den Drahtauslöser der Kamera, deren Finger mir allerdings langsam abfrieren. Ich drücke den Knopf bereits seit zwanzig Minuten.

„Den Orionnebel? Der ist doch was für blutige Anfänger. Den findet jeder am Himmel. Warum suchst du dir nicht interessantere Objekte?", erwidert Oliver und sorgt mit seiner Bemerkung für ein Dahinscheiden meiner Entspannung.

„Ich finde den Orionnebel sogar sehr interessant und könnte ihn mir ständig ansehen."

„Entschuldige, ich wollte dich nicht kränken, aber du solltest dich weiterentwickeln und dir Objekte ansehen, die anspruchsvoller sind.

„Dann wäre es wohl besser, wenn ich dich auch nicht mehr ansehe!" Wütend ziehe ich am Drahtauslöser meiner Kamera und verwackle meine zwanzigminütige Aufnahme. Das waren dann wohl zwanzig Minuten für die Tonne.

„Herrgott, warum seid ihr Frauen nur immer so furchtbar kompliziert?"

Warum bist du bloß so ein Macho? Ich erwidere nichts auf Olivers Bemerkung und bereite die nächste Aufnahme vor. Er läuft ins Haus und kommt mit zwei Bechern heißem Tee zurück.

„Lass uns nicht streiten. Ich hab's nicht so gemeint, okay?"

Er reicht mir einen Becher und ich schlucke meinen Ärger hinunter. Also schön, dann will ich mal vergessen, dass du dich hier aufführst wie ein Großmaul.

„Frieden?", fragt er mit unschuldiger Miene.

„Frieden", antworte ich und nehme dankbar den Tee entgegen. Meine Finger sind vor Kälte steif.

Diesmal beginne ich, noch vor Mitternacht mein Teleskop abzubauen. Mir gehen einfach zu viele Dinge durch den Kopf. Das Beobachten macht mir daher keinen Spaß. Veronica schaut

167

ständig zu Oliver und mir herüber und macht mich ganz nervös. Sie ist eifersüchtig auf mich, daran gibt es keinen Zweifel. Das macht mich stutzig. Wenn zwischen Oliver und ihr tatsächlich nichts mehr ist, warum verhält sie sich dann so?

„Weshalb baust du ab?", fragt er mich enttäuscht.

„Ich hab keine Lust mehr."

„Gut, dann mache ich auch Schluss."

„Nein, das brauchst du nicht."

Oliver schüttelt den Kopf und stoppt mich bei meiner Arbeit.

„Dass ihr Frauen immer widersprechen müsst. Wenn ich sage, ich mache auch Schluss, dann habe ich mich entschieden."

„Okay, ich hindere dich nicht daran", erwidere ich befremdet. Sicherlich bilde ich es mir nur ein, aber manchmal verhält er sich nach meinem Geschmack etwas zu aufdringlich.

Nachdem wir die Teleskope im Haus verstaut haben, bringt mich Oliver zu meinem Zimmer. Vor der Tür legt er seine Arme fest um mich herum und lächelt mich vielsagend an.

„Ich möchte mit dir schlafen", flüstert er mir ins Ohr, „du willst es doch auch."

Seine forsche Art schreckt mich ab. Möglicherweise hätte ich es sogar gewollt, aber im Grunde hatte ich mir erhofft, die Stimmung würde etwas romantischer sein. Stattdessen fühlt es sich so an, als hätte Oliver seit Stunden nichts anderes im Sinn und nur darauf hingearbeitet.

„Ja, schon, aber wollen wir uns denn vorher nicht ein bisschen besser kennenlernen?"

Oliver lacht und legt seine Hände auf meinen Po.

„Wir sind doch dabei, uns kennenzulernen."

Er drückt mich gegen die Tür und küsst mich ungeduldig. Mit einem geschickten Griff fischt er die Zimmerschlüssel aus meiner Jacke und schließt auf.

„Eigentlich geht es mir ein bisschen zu schnell", versuche ich erneut, meine Bedenken zu verdeutlichen, als wir über die Türschwelle treten. Oliver antwortet nicht mehr, sondern streift mir die Jacke herunter und küsst meinen Hals. Ich schließe die Augen und genieße diese neuen Berührungen. Mit Ullrich war der Sex rein mechanisch geworden, es gab keine Überraschungen mehr und alles war wie einstudiert. Ich gebe zu, dass es auch irgendwie aufregend ist, Hände zu spüren, die meinen Körper auf unvertraute Weise erforschen. Aber ist es nur die Neugierde auf das Unbekannte oder bin ich in Oliver verliebt? Wir ziehen uns gegenseitig die Pullover über den Kopf und für einen Augenblick vergesse ich, darüber nachzudenken, ob dies hier richtig ist. Es ist dunkel im Zimmer, aber der Schein einer Laterne, die vorm Fenster steht, lässt die Konturen seines Oberkörpers deutlich sichtbar werden. Er ist gut gebaut und ich frage mich, wann Oliver sich die Zeit nimmt, seinen Körper so zu trainieren. Offensichtlich ist es hier mit ein paar Sit-ups nicht getan. Um dieses Ergebnis zu erzielen, ist konsequentes Training nötig. Ich wüsste sicher Besseres mit meiner Zeit anzufangen. Oliver nestelt an dem Verschluss meines BHs herum und stellt sich dabei an wie ein unerfahrener Teenager.

„Wer hat bloß diese Dinger erfunden? Kannst du mir mal verraten, wie das aufgeht?"

Natürlich könnte ich es ihm verraten, aber das nimmt ja die ganze Romantik. So gesehen hat sie sich bereits verflüchtigt, denn Oliver wird zunehmend ungehaltener, weil er dem Verschluss gerade den Krieg erklärt hat.

„Vermutlich sollten wir uns noch ein bisschen Zeit geben, Oliver. Es muss ja auch nicht heute passieren.

„Sagst du das jetzt, weil du findest, dass ich ein alberner Trottel bin oder weil ich dir leidtue?"

Ich muss lachen, denn mich amüsiert seine Bemerkung und ich nehme an, dass sie ein Scherz war. Doch Oliver zieht sich von mir zurück und begibt sich im Dunkeln auf die Suche nach seinem Pullover.

„Deswegen musst du dich doch nicht sofort anziehen. Komm zu mir, wir könnten ein wenig zusammen kuscheln."

Als hätte er mich nicht gehört, zieht er sich in Windeseile den Pulli über und geht zur Tür.

„Es freut mich, wenn ich dich gut unterhalten habe. Wenn du wieder einen Clown brauchst, dann such dir bitte jemand anderen."

„Aber ..."

Die Tür knallt ins Schloss und ich bleibe allein in meinem dunklen Zimmer zurück.

Die Nacht habe ich nur mäßig gut geschlafen. Ständig musste ich an Oliver denken und daran, dass er offensichtlich ziemlich schnell gekränkt ist. Ich finde es schade, dass wir uns missverstanden haben. Eigentlich war es doch gar nicht so schlimm. Er hat meinen BH nicht aufbekommen, na und! Ich habe mir erlaubt, mich darüber zu amüsieren, aber begründet das sein eingeschnapptes Verhalten?

Diesmal stehe ich früher auf, als ich wollte, denn an Schlafen ist nicht mehr zu denken. Die Grübelmaschine arbeitet pausenlos. Wahrscheinlich bin ich die Erste, die heute beim Frühstück anzutreffen ist. Alle anderen haben mit ihren Teleskopen sicher bis in die frühen Morgenstunden den Himmel durchkämmt und schlafen heute aus, während ich todmüde stundenlang über Olivers seltsamen Abgang nachgedacht habe und hellwach bin. Somit verlasse ich an diesem Sonntag bereits um acht Uhr mein Zimmer, um mir ein Frühstück zu genehmigen, auf das ich wenig Appetit verspüre. Als ich auf den Flur hinaustrete, beobachte ich eine Situation, die mir spanisch vorkommt. Eine junge Frau schleicht sich aus einer Tür heraus, die unverkennbar nicht ihre sein kann, sonst würde sie nicht im Negligee herumstromern, sondern in straßentauglicher Bekleidung. Als ich genauer hinsehe, trifft mich der Schlag. Es ist Veronica, die eindeutig bloß ein Zimmer verlassen haben kann: Olivers. Fassungslos stehe ich da und führe meine Beobachtungen zu Ende. Zu mehr bin ich ohnehin gerade nicht fähig, da meine Motorik versagt. Ich stehe da wie festzementiert. Sie tippelt auf Zehenspitzen über den Flur, als Olivers Tür sich noch einmal öffnet und ein Arm ihr einen Morgenmantel hinterherwirft. So, ich habe genug gesehen. Das schlägt ja wohl dem Fass den Boden aus. Wenn er also bei der einen nicht landen kann, dann poliert er sein Ego mit der anderen wieder auf. Da kann ich ja dankbar sein, dass ich Oliver nicht auf den Leim gegangen bin. Ich habe sein falsches Spiel aufgedeckt und bin wirklich froh darüber. Ja, sogar sehr! Wutschnaubend laufe ich zu meinem Zimmer zurück. Als wäre der Kleiderschrank mein Feind, reiße ich die Schranktüren auf und rupfe meine Kleidung vom Bügel. Ich erspare mir, sie fein säuberlich zusammenzulegen, und stopfe sie so gewaltsam in meine Reisetasche, als würde ich damit ein leckgeschlagenes Rohr flicken wollen. Eine Rückreise in Anjas Wagen kommt für mich unter diesen Umständen nicht mehr infrage. Ihr Gelaber könnte ich nicht ertragen. Wozu gibt es Züge?

Ich bestelle mir ein Taxi und verlasse die Pension, ohne mich von irgendjemandem zu verabschieden.

Das Gefühlschaos ist perfekt

Der Montagmorgen entpuppt sich als erbarmungslos. Mein Schreibtisch droht, unter der Menge der Aktenberge zusammenzubrechen, und das Telefon klingelt pausenlos. Ich friere entsetzlich und das Kratzen im Hals kündigt eine einsetzende Erkältung an. Das hat mir gerade noch gefehlt. Und ich habe noch die gesamte Woche vor mir. Das letzte Wochenende war alles andere als eine Erholung und in jeglicher Hinsicht eine Enttäuschung. Weder hatte ich Zeit für mich noch konnte ich meinem Hobby uneingeschränkt und in Ruhe nachgehen. Und daran ist einzig und allein Oliver schuld.

Am Abend ist meine Nase so rot wie der Hintern eines Pavians. Christian kann mein Leiden nicht mehr mit ansehen und bietet mir an, ein paar Tage zu Hause zu bleiben.

„Du siehst wirklich schlecht aus, Claudia. Es ist besser, wenn du dich schonst. So krank nützt du mir hier gar nichts."

„Ich muss mich wohl verkühlt haben am Wochenende. Ausgerechnet jetzt, wo so viel zu tun ist."

Christian schmunzelt und streicht mir durch die Locken. Seine freundschaftliche Geste löst etwas in mir aus, was nicht sein sollte. Ich versuche, darüber nicht weiter nachzudenken. Schließlich habe ich gerade genug Altlasten an der Backe. Da kann ich ein weiteres Gefühlsdurcheinander nicht gebrauchen.

„Nun fahr erst mal heim und kuriere deine Erkältung aus", sagt er verständnisvoll und verlässt mein Büro.

Dankbar nehme ich seinen Vorschlag an und räume meinen Schreibtisch so gut wie möglich auf. Die Papiere schaffe ich nicht mehr zu sortieren, es sind einfach zu viele. Somit bleiben sie ungeordnet liegen und geben mir das Gefühl, ich hätte nichts geschafft an diesem Tag. Unmöglich, dass ich ein paar Tage frei nehme. Es würde alles unbearbeitet liegen bleiben. Ich muss noch einmal mit Christian sprechen. Mit einigen Belegen in der Hand betrete ich sein Büro und höre unfreiwillig ein Telefonat mit, dessen Inhalt sicher nicht für meine Ohren bestimmt ist. Ich sollte wieder gehen, aber ich kann es nicht. Wie durch eine dicke Nebelwand erreichen mich die Worte. Worte der Liebe, innig und gefühlvoll gesprochen. Sie durchbohren mein Herz und verursachen große Schmerzen in mir. Meine in Wallung geratenen Gefühle sind mir unerklärlich und ergeben keinen Sinn. Es sollte keine Rolle spielen, mit wem Christian telefoniert oder was er dabei sagt. Dennoch ist es mir wichtig. So wichtig, das ich dabei seine Intimsphäre verletze und ein Gespräch belausche, dass mich nichts angeht. Nie wäre mir so etwas in der Vergangenheit eingefallen. Jetzt stehe ich wie ein Spion in seinem Zimmer und beobachte ihn beim Telefonieren, während er mir den Rücken zukehrt. Wenn ich nicht sofort gehe, riskiere ich, von ihm entdeckt zu werden. Nur es gelingt mir nicht, mich von der Stelle zu bewegen. Mit wem mag er gerade sprechen? Mit einer neuen Frau, die in sein Leben getreten ist, nachdem ich ihm die Tür vor der Nase zugeschlagen habe? Weshalb möchte ich das wissen? Ich hatte einen Entschluss getroffen: nämlich Christian nicht in mein Herz zu lassen. Sollte er etwa einen Weg hineingefunden haben, ohne dass es mir bewusst wurde? Ich kann nicht anders: Ich muss dieses Telefonat auf der Stelle stoppen. Er kann diese Gefühlsduselei auch ein andermal von sich geben. Aber nicht, wenn ich in seinem Büro stehe! Das geht eindeutig zu weit!

Vorschnell lasse ich meine Gefühle sprechen und stampfe eifersüchtig auf seinen Schreibtisch zu und werfe ihm die Papiere entgegen. Die Blätter segeln wie welkes Laub in alle Richtungen und verteilen sich um seinen Schreibtisch herum. Das war ja eine prima Aktion! Es geht mir nicht besser, aber Christian dreht sich in seinem Stuhl herum und schaut mich entsetzt an. Immerhin habe ich schon mal seine volle Aufmerksamkeit erlangt. Wütend beendet er sein Gespräch und knallt das schnurlose Telefon unsanft auf die Schreibtischplatte. So, das wäre auch geschafft. Das Telefonat ist beendet! Doch er sagt nichts und sitzt da wie auf einem Schleudersitz, der jeden Augenblick in die Luft saust. Ich könnte ja

176

was sagen, aber ich bin derartig von mir selbst überrascht und kann kaum glauben, was ich hier gerade getan habe, dass ich kein Wort herausbringe. So irrational habe ich mich bisher nie verhalten. Eventuell bin ich an einer Form von Sumpffieber erkrankt, die in den Bergen vorkommt und den Menschen unberechenbar macht. Ja, so muss es sein. Wahrscheinlich bin ich gar nicht Ich, sondern eine ganz andere. Ich bin in den Bergen geblieben und die andere steht nun hier und bringt mein Leben durcheinander. Wie tausche ich die beiden wieder gegeneinander aus? Um dieser unliebsamen Situation zu entkommen, gibt es nur eine Lösung: Ich muss hier auf der Stelle verschwinden. Kaum habe ich meinen Entschluss gefasst, renne ich aus dem Zimmer und lande in meinem Büro. Außer Atem schließe ich die Tür und lehne mich dagegen. Ich brauche auf der Stelle einen Sandhaufen, in den ich meinen Kopf stecken kann. Wie komme ich hier raus, ohne Christian noch einmal zu begegnen? Er wird mich für komplett verwirrt eingestuft haben und darüber nachdenken, ein Netz über mich zu werfen, um mich einzufangen. Ich gehöre in die Geschlossene. Das muss ihm auch gerade klar geworden sein.

Eilig packe ich mein Hab und Gut zusammen und stürme über die Schwelle meiner Bürotür. Doch Christian steht mir im Weg und ich stoße mit ihm zusammen. Die Venusfliegenfalle hat zugeschnappt, er hält mich am Handgelenk fest und ich zapple wie ein Wurm am Angelhaken. Gib mir meine Freiheit zurück! Ich verlange einen Anwalt! Bin ich nun überführt?

„Halt!", ruft er in dem Augenblick, als er mich aufhält. „Erst möchte ich eine Erklärung für dein abstruses Verhalten. Was ist bloß in dich gefahren?"

Ja, das wüsste ich auch gern, nur leider hab ich keine Erklärung dafür. Wie soll ich ihm etwas begreiflich machen, was mir selbst äußerst zweifelhaft vorkommt.

„Lass mich los, ich möchte jetzt gehen", sage ich stattdessen trotzig.

„Ich denke nicht daran. Du hast in meinem Büro gerade ein Chaos angerichtet und ich möchte wissen, warum."

„Es gibt nichts, was ich dir erklären müsste."

„Oh doch! Und zwar so einiges."

„Das ist Freiheitsberaubung. Du kannst mich hier nicht festhalten!"

Christian lacht bitter und zieht mich am Arm in sein Büro zurück. Dann verschließt er die Tür, dreht den Schlüssel herum und steckt ihn sich in die Hosentasche. Das ist ja wohl der Gipfel an Unverfrorenheit! Will er etwa die Nacht mit mir in seinem Büro verbringen? Das kann er haben. Ich werde kein Wort mehr sagen und es mir auf seinem Sofa gemütlich machen. Morgen werden mich meine Kollegen befreien und ich werde ihn wegen Kidnappings verklagen.

„So, jetzt sind wir ungestört. Was hältst du davon, wenn du erst mal mit mir diese Unordnung beseitigst?"

„Ich denke nicht daran!"

Beleidigt schaue ich aus dem Fenster in die Dunkelheit. Es ist kurz nach acht und mein Magen knurrt heftig. Ich habe mir mittags nur einen Müsliriegel gegönnt, weil keine Zeit für eine längere Mahlzeit blieb. Nun könnte ich einen Dönerladen überfallen oder mir eine komplette Kuh einverleiben. Hauptsache große Mengen.

„Wie du willst. Wir würden allerdings schneller vorankommen, wenn du etwas einsichtiger wärst."

Was sollte ich einsehen? Dass du kurze Zeit, nachdem du mit mir geflirtet hast, schon wieder eine Neue an der Angel hast? Dass du offenbar keine Zeit verlierst und dich von einem Abenteuer ins nächste begibst? Ich verachte dich! Jawohl! Gegen dich ist Oliver ein Heiliger! Der hat es wenigstens heimlich gemacht. Du hintergehst mich, während ich in deinem Büro stehe. Das ist impertinent!

Christian führt mich an der Hand zum Sofa. Wir setzen uns und endlich sehe ich ihn an.

„So ist es besser", behauptet er und lächelt versöhnlich. „Jetzt erzähl doch mal in Ruhe, was dich bedrückt."

Sitze ich gerade auf der Couch eines Psychiaters oder meines Chefs? Ich muss mal kurz meine Gedanken sortieren. Womöglich beurteile ich

179

meine Lage ja falsch. Es könnte nämlich gut sein, dass ich eine Bewusstseinsspaltung durchlebe und alles, was mir hier widerfährt, gar nicht stattfindet; sich also bloß in meiner Fantasie abspielt. So was soll schon mal vorkommen. Kein Grund zur Sorge. Unter diesen Umständen könnte ich natürlich alles sagen, es wäre ja nicht echt. Niemand hört es, nur ich selbst. Red deinen Frust doch einfach mal von der Seele. Vielleicht hilft's.

„Ich habe ein grauenvolles Wochenende hinter mir. Eigentlich wollte ich mich erholen, abschalten, auf andere Gedanken kommen. Jetzt fällt meine kleine Welt zusammen wie ein Kartenhäuschen. Ich mache alles falsch und niemand meint es ernst mit mir."

Den letzten Satz bringe ich lediglich mühevoll hervor, bevor ich zusammensacke wie ein nasser Sack. Christian nimmt mich in den Arm und streichelt mir sanft über den Kopf.

„Du bist ein bisschen durch den Wind. Die Trennung von deinem Freund und nun noch die Erkältung. Das ist wohl alles ein bisschen zu viel für dich."

Ja, und dann noch Olivers und dein Betrug. Drei Männer, die mit meinen Gefühlen spielen. Kein Wunder, dass ich völlig aus dem Häuschen bin.

Selbstbetrügerisch lasse ich außer Acht, dass ich kein Anrecht auf Christian habe und erst recht nicht auf seine Treue. Er kann turteln, mit wem er will. Aber das will ich jetzt nicht mehr wahrhaben.

„Christian, ich ..." Na fein, da habe ich mal wieder einen Satz begonnen, ohne zu wissen, wie ich ihn beenden soll. Oder weiß ich es, bin jedoch blockiert, weil ich mir selbst im Weg stehe? Los, aus dem Weg, ich brauche Platz für meinen Satz! „... ich glaube, ich habe einen Fehler gemacht."

„Das macht doch nichts. Mein Gott, ich decke täglich ein Dutzend Fehler der Mitarbeiter auf, die ich ausbügeln muss. Glaubst du, ich reiße dir den Kopf dafür ab?"

Hab ich mich eben nicht richtig ausgedrückt oder will er mich nicht verstehen? Seit wann mache ich Fehler im Job? Wenn ich privat auch nur annähernd so geschickt wäre wie bei meiner Arbeit, dann hätte ich keine Probleme. Bloß diese türmen sich gerade zu einer gewaltigen Lawine auf und wenn ich nicht aufpasse, dann überrollen sie mich.

„Nein, so meine ich das nicht. Ich hätte dich nicht ..."

Das Telefon klingelt. Ein wirklich passender Moment. Ist das Büro verwanzt? Sollte ich bei meinen Ausführungen etwa von einer höheren Macht gestoppt werden?

„Bianca, schön, dass du dich meldest ..."

Die höhere Macht heißt also Bianca. Ich bin ja bisher nicht oft zu einer Killerin mutiert. Genau genommen noch nie. Möglicherweise könnte sich das ab sofort ändern. Zu Hause werde ich mir das Telefonbuch schnappen, alle Frauen Namens Bianca auf einer Liste erfassen und diese der Reihe nach abarbeiten. Dass dabei auch unschuldige Biancas ihr Leben lassen müssen, ist zwar bedauerlich, aber darauf kann ich leider keine Rücksicht nehmen. Er hält sein Gespräch kurz. Wahrscheinlich, weil ich noch auf seinem Sofa sitze. Ich würde ja gehen, aber die Tür ist verschlossen. Wie dumm, dass du dein Geplänkel jetzt verschieben musst.

„Entschuldige, das war meine …"

„Ist gut, du brauchst mir nichts zu erklären. Ich habe schon verstanden."

Wütend erhebe ich mich von der Couch und beginne, die losen Zettel vom Boden zu sammeln.

„Das freut mich. Doch du kannst es gar nicht verstehen, weil du mich nämlich nicht ausreden lässt." Er bückt sich und hilft mir bei der Beseitigung der Zettelwirtschaft. „Ich wüsste zu gern, was in dir vorgeht. So habe ich dich bislang nie erlebt."

Ja, ich mich auch nicht. Da sieht man mal, wie man sich in sich selbst täuschen kann. Wer bin ich überhaupt?

„So, bitte sehr!" Ich drücke ihm meinen Stapel in die Hand. „Kann ich jetzt gehen?"

„Wenn du es so eilig hast, von hier wegzukommen, kann ich dich wohl nicht mehr daran hindern. Aber ich hätte mich gefreut, wenn du mit mir geredet hättest."

182

Und ich hätte mich gefreut, wenn Bianca uns nicht gestört hätte. Doch im Grunde kann ich ihr dankbar sein. Beinahe hätte ich mich zum Löffel gemacht. Sie hat mich unbeabsichtigt davor bewahrt, einen großen Fehler zu begehen. Ich bin mir nicht sicher, aber es hörte sich so an, als wollte ich gerade mit meinen Gefühlen herausplatzen, die ich mir neuerdings einbilde. Gut so. Danke, Bianca. Deshalb verschone ich dein Leben trotzdem nicht.

Stur begebe ich mich zur Tür und sage nichts mehr auf Christians Bemerkung. Bin ich dazu verpflichtet, alles zu kommentieren? Ich muss hier raus. Sonst gehe ich hoch wie 'ne Bombe. Christian schließt endlich die Tür auf und ich kann es kaum abwarten, die Klinke herunterzudrücken. Eine Hand hindert mich an dieser Absicht und legt sich fest auf meine.

„Claudia, sag mir, was los ist."

„Es gibt nichts zu sagen. Entschuldige mein dummes Verhalten. Das hatte nichts mit dir zu tun."

Oh doch! Das hatte es!

„Also schön, du willst nicht reden."

„Ich sagte doch, dass es nichts zu sagen gibt!"

Plötzlich packt mich Christian an den Oberarmen und zieht mich von der Tür zurück.

„Glaubst du etwa, dass ich nicht weiß, weshalb du dich so aufführst?!" Das kannst du gar nicht wissen, ich weiß es ja selbst nicht mal. „Du solltest dir erst mal in Ruhe über deine Gefühle klar werden."

„Aber ich bin mir im Klaren darüber. Das war ich von Anfang an."

„Ach ja, dann schau dich mal an. Du führst dich auf wie ein törichter Teenager."

„Quatsch, du übertreibst maßlos. Ich bin nur ein bisschen neben der Spur wegen dieser dämlichen Erkältung." Ich nicke ein paar Mal, um meine Worte damit zu bekräftigen. Doch Christian scheint es nicht zu überzeugen.

„Dann kannst du mir sicher erklären, weshalb du mein Telefonat vorhin belauscht hast."

Ich zeige mit dem Finger auf mich selbst.

„Iiich – niemals!" Verdammt, wie konnte er das sehen? Sind hier Kameras installiert? Ich schaue mich inspizierend um. Dann nehme ich die Glastür seines Büroschrankes wahr. Das hätte mir auffallen müssen. Christian lächelt ein überlegenes Lächeln, eines, das mich in Grund und Boden lächelt. Gut, du hast gewonnen. Aber hör mit diesem Lächeln auf. Das ist reinste Barbarei. „Also schön, ich habe dich belauscht. Doch nicht lange. Es war reine Neugierde – mehr nicht." Christian sieht mich zweifelnd an. „Mehr nicht!" Wiederhole ich meine letzten Worte.

„Dann bitte ich dich, deine Neugierde in Zukunft zu zügeln. Mein Privatleben geht dich nichts an!"

Dieser Satz versetzt mir einen Stoß in die Rippen. Könnte sein, dass gerade ein Jumbojet auf mir gelandet ist? Ich fühle mich erschlagen. Falls ich noch lebe, sollte ich dringend Luft holen. Das Atmen habe ich nämlich gerade vergessen. Der Schock hat vorübergehend einige Körperfunktionen lahmgelegt.

„Keine Angst", sage ich nach einer längeren Pause, „dein Privatleben wird privat bleiben. Es war nur ein Ausrutscher. Ein Fehler. – Alles. – Ich muss jetzt gehen."

Mit gesenktem Kopf gehe ich zur Tür, sodass Christian meinen deprimierten Gesichtsausdruck nicht weiter analysieren kann. Darin würde er sicherlich meine Enttäuschung lesen. Ich reiße die Tür auf und eile hinaus. Der Fahrstuhl steht fahrbereit auf der Etage und scheint auf mich zu warten.

„Du hast etwas vergessen!", ruft mir Christian hinterher. Aber ich höre bloß seine Stimme, seine Worte fliegen bedeutungslos an mir vorbei.

Als ich aufgelöst Sandras Wohnung betrete, hoffe ich, dass sie da ist, um mich einfach nur mal kurz in den Arm zu nehmen. Ich brauche dringend Trost. Echten. Keinen per Telefon. Den fühlt man nicht. Doch die Wohnung ist leer. Verfluchter Mist, nie ist sie da, wenn man sie braucht!

Ich fühle mich einsam. Zum ersten Mal in meinem Leben habe ich das Gefühl, allein auf der Welt zu sein. Ich könnte einen Abschiedsbrief schreiben und die Regenrinne hinaufklettern, um mich vom Dach des Hauses in die Tiefe zu stürzen. Was soll ich hier noch? Ich bin verloren! Niemand liebt mich. Und ich bin nicht liebenswert. Das Leben ist ungerecht!

Ich denke darüber nach

Am nächsten Tag steht Oliver mit einem großen Blumenstrauß vor der Tür.

„Du klangst schrecklich am Telefon. Da dachte ich mir, ich schau mal vorbei." Hätte ich gewusst, dass er gleich vorbeikommt, hätte ich seinen Anruf auf meinem Handy nicht entgegengenommen. Als wäre nichts gewesen, nimmt er mich in den Arm und drückt mir einen Kuss auf. „Ich hab mich echt blöd verhalten, entschuldige." Du hast mit Veronica geschlafen. Das ist tatsächlich ziemlich blöd! „Lass uns das schnell vergessen." Seine Umarmung wird fester, wahrscheinlich will er auf diese Weise seinen Worten Nachdruck verleihen. Im Vergessen dürfte Oliver ein wahrer Meister sein. Leider kann ich diese Begabung mit ihm nicht teilen.

Auf einmal lässt er seine Hände unter meinen Pullover gleiten und streift über meine Brust. Wütend entziehe ich mich ihm und kann nicht fassen, dass er so plump vorgeht.

„Falls es dir noch nicht aufgefallen ist: Ich bin erkältet und daher für Intimitäten nicht in Stimmung."

Oliver wirkt beleidigt.

„Ist okay. Ich verstehe das", sagt er wenig überzeugend.

Ich sehe ihm in die Augen und suche nach dem Mann, in den ich mich im „Conrad" verliebt hatte. Mein Magen zieht sich zusammen bei dem Gedanken, jemals wieder intim mit ihm zu werden. Ich versuche, meine ablehnenden Gefühle zu übergehen, und beginne ein Gespräch mit ihm.

„Musst du heute nicht arbeiten?", frage ich ihn unverfänglich, obwohl mir eigentlich eine andere Frage auf der Zunge liegt. Lieber hätte ich ihn gefragt, ob Veronica ein guter Ersatz für mich war, aber ich verkneife mir jeglichen Kommentar dazu. Meine Gefühle für Oliver sind abgekühlt. Warum also sollte ich jetzt wegen seiner Untreue ein Fass aufmachen? Er würde es ohnehin abstreiten. Das tun doch alle untreuen Männer.

„Hör mal, Claudia, ich habe nachgedacht", bemerkt er nun, als hätte er meine Frage nicht gehört. „Was hältst du davon, wenn du in deiner Firma kündigst und bei uns anfängst? Wir suchen händeringend eine Assistentin. Außerdem wären wir so ständig zusammen. Du könntest zu mir ziehen und wir hätten den gleichen Arbeitsweg. Das spart eine Menge Benzinkosten."

Überrascht von diesem Vorschlag vergesse ich zu niesen und sehe wohl gerade aus wie ein Maiskorn in einer Popcornmaschine, das kurz davor ist aufzuplatzen.

„Was!? Du meinst, ich soll als ‚Tippse' bei euch arbeiten?", erwidere ich nasal.

„So würde ich das nicht ausdrücken. Das ist doch das, was du in deinem Versicherungsunternehmen machst, oder habe ich dich da falsch verstanden?"

Aber ja! Da hast du eine Menge falsch verstanden. Weder suche ich einen neuen Wirkungskreis noch arbeite ich als Assistentin. – Ich arbeite als Assistentin. Er hat Recht! Zwar als Chef-Assistentin, aber eben genau das! Das ist ja kaum zu fassen, dass er mir so einen Vorschlag macht. Ausgerechnet jetzt, wo Christian und ich kurz vor einem Zerwürfnis stehen. Ich sollte nicht zu vorschnell ablehnen. Möglicherweise wäre dies meine Chance zum Absprung.

„Darüber muss ich erst nachdenken."

„Na bitte. Du musst die Entscheidung ja nicht überstürzen. Ich dachte mir, wir gehen morgen Abend gemeinsam essen und dann besprechen wir dein zukünftiges Arbeitsgebiet." Oliver küsst mich auf die Stirn und zieht sich die Jacke wieder an, die er kurz zuvor über die Lehne des Sofas geworfen hat. „Ich hol dich morgen gegen neunzehn Uhr ab. Bis dahin wird's dir ja hoffentlich besser gehen."

Mit diesen Worten beendet er seinen Besuch bei mir und geht zur Tür. „Mein Gehaltsangebot wird dich überzeugen, da bin ich sicher."

Er winkt mir noch einmal zu und verschwindet durch die Tür. Ich blicke ihm starr hinterher. Ein bisschen überrumpelt komme ich mir vor. Eine Überlegung ist es jedoch wert.

Am Abend telefoniere ich mit Sandra und bin froh, ihre Stimme zu hören. Einsamkeit ist ja mal ganz schön, aber nicht, wenn man sich gerade mit einem Sack voller Sorgen abschleppt. Da braucht man Ablenkung und Menschen, die einem gute Ratschläge geben. Leider hilft sie mir nicht wirklich weiter. Sie rät mir genau das, was ich nur bedingt in Erwägung gezogen habe. Ich solle meinen Job bei Christian kündigen und Oliver eine Chance geben. Hat sie auch verstanden, was ich zu ihr gesagt habe? Oliver hat mit Veronica … als er eigentlich mit mir wollte ... Das ist doch unverzeihlich.

„Du solltest mit Oliver darüber sprechen. Sicher ist es bloß ein Missverständnis."

„Was gibt es denn daran falsch zu verstehen? Sie ist halb nackt aus seinem Zimmer geschlichen. Eindeutiger geht's doch kaum."

„Triff dich morgen mit Oliver und hör dir sein Angebot wenigstens an. Nein sagen kannst du immer noch."

Da ist was dran. Immerhin mag ich Stefan sehr gern und eine Zusammenarbeit mit ihm könnte ich mir vorstellen. Nur welche Rolle Oliver unter diesen Umständen zukünftig für mich spielen soll, weiß ich nicht so recht. Sicher könnte ein Gespräch zwischen uns Klarheit schaffen. Da muss ich Sandra zustimmen. Allerdings widerstrebt mir der Gedanke, Christian meine Kündigung unter die Nase halten zu müssen. Nach alledem, was er für mich getan hat, verdient er es nicht, so von mir abserviert zu werden. Obwohl ich zugeben muss, dass unser Arbeitsverhältnis neuerdings nicht mehr das Allerbeste ist, woran ich unglücklicherweise eine nicht geringe Mitschuld trage.

Nach dem Gespräch mit Sandra habe ich mich entschieden. Oliver wird mir morgen eine plausible Erklärung dafür liefern müssen, was Veronica in seinem Zimmer zu suchen hatte. Und möglicherweise könnte ich mich entschließen, für ihn und Stefan zu arbeiten. Aber solange mein Vertrauen in ihn nicht wieder hergestellt ist, kommt ein Arbeitsplatzwechsel nicht infrage.

Natürlich geht es mir am folgenden Abend nur unmerklich besser. Mein Schnupfen blüht in voller Pracht auf und ich fühle mich, als hätte mich ein Pferd getreten.

Gleichwohl ich weiß, dass Oliver mich zum Essen ausführen möchte, bin ich nicht in der Stimmung, mich in eine angemessene Garderobe zu werfen. Also schlüpfe ich in meine Jeans und ziehe mir einen schönen warmen Wollpulli über, dessen flauschiger Wollkragen sich mollig an meinen entzündeten Hals schmiegt.

Als ich Oliver die Tür öffne, mustert er mich in diesem Outfit.

„Findest du deine Kleidung nicht ein wenig unpassend für den heutigen Abend?"

Meine Gesichtszüge entgleiten mir, während sich mein Pulsschlag verdoppelt.

„Wirklich schade, aber meine gesamte Garderobe befindet sich noch bei Ullrich in der Wohnung. Ich hoffe, du nimmst mich auch so mit."

Oliver kratzt sich hinterm Ohr.

„Na gut, dann wollen wir mal", sagt er und verkneift sich jeden weiteren Kommentar.

Besser so. Ich hätte sonst den Abend ins Wasser fallen lassen. Viel fehlte nicht.

Oliver fährt mit mir zu einem exquisiten italienischen Restaurant, in dem er bereits einen Tisch reserviert hat. Der Kellner hilft mir aus meinem Mantel und übersieht höflich meine nicht standesgemäße Aufmachung. Oliver dagegen kann sich seinen wiederholt missgünstigen Blick nicht verkneifen. Unter anderen Umständen hätte mir dieser kleine Ausflug in dieses erstklassige Lokal bestimmt erhebliche Freude bereitet, aber diese will sich nicht so recht einstellen. Wahrscheinlich ist die Erkältung daran schuld – oder auch nicht. Wir nehmen unsere Plätze an einem sehr hübsch zurechtgemachten Tisch bei Kerzenschein ein. Kurz darauf serviert der Kellner Champagner und ich frage mich, ob es etwas zu feiern gibt. Oliver erhebt sein Glas und sieht mich auffordernd an, das Gleiche zu tun.

„Auf uns und unsere zukünftige berufliche und private Allianz."

Ich hätte eine Beziehung zwischen Mann und Frau nicht gerade als eine Allianz bezeichnet. Klingt alles andere als romantisch.

Ich erwidere nichts darauf, sondern stoße stumm mit ihm an. Kaum haben wir unsere Gläser abgestellt, zieht Oliver etwas aus der Innentasche seines Jacketts heraus. Als er seine Hand öffnet, sehe ich ein kleines schwarzes Kästchen und mir schwant Böses. Bin ich mit dem richtigen Mann hier? Ich wechsle meinen Blick zu Olivers Gesicht, aber es scheint eindeutig der Mann zu sein, mit dem ich heute verabredet bin. Er öffnet das Kästchen und ein wunderschöner Ring aus Weißgold mit einem großen Edelstein glitzert auf. Andächtig nimmt er ihn heraus und steckt ihn mir an den Ringfinger.

„Du könntest gleich nächste Woche bei uns anfangen und wenn du willst, gleich morgen bei mir einziehen. Und über unsere Heirat sprechen wir dann in aller Ruhe. Ich glaube, wir waren uns über die Anzahl unserer Kinder noch nicht einig", schließt er lächelnd seinen letzten Satz ab.

Es fühlt sich so an, als hätte er gerade eine Schlinge um meinen Hals gelegt. Ich erwidere sein Lächeln zögerlich und schaue auf meine linke Hand. Der Ring sitzt inzwischen verkehrt herum, weil er nicht richtig passt. Erleichtert schaue ich auf.

„Er ist zu groß", sage ich leise und kann noch nicht verstehen, was sich hier gerade abspielt.

„Ja, tatsächlich. Das ist doch aber kein Grund, so traurig zu sein. Ich werde ihn für dich verkleinern lassen. Gib mal her."

Schon bin ich den Ring wieder los. Ich muss ihm sagen, dass ich ihn nicht will. Ein Ring macht seine Untreue nicht ungeschehen. Außerdem passt er genauso wenig an meinen Finger wie all die Ringe zuvor. Entweder er passt von Anfang an oder nichts passt. Weder der Ring noch der Mann.

„Woran denkst du?", fragt Oliver auf einmal. Eine Frage, die in der Regel Frauen zu stellen pflegen.

„Ich dachte gerade, ob es wirklich gut wäre, wenn wir zusammen arbeiten."

„Natürlich wäre das gut. Glaubst du ernsthaft, ich lasse zu, dass du mit deinem Chef noch einmal ins Theater gehst?"

„Du willst, dass ich für dich arbeite, damit mich mein Chef nicht mehr ausführen kann?", frage ich verblüfft.

Oliver rückt mit seinem Stuhl näher an den Tisch heran und nimmt meine Hand.

„Claudia, ich müsste ein Narr sein, wenn mir nicht aufgefallen wäre, dass er sich Chancen bei dir ausrechnet. Es ist das Beste für uns, wenn du dort kündigst und bei Stefan und mir arbeitest."

„Für uns?"

Es hört sich eher so an, als wolle er mich unter Beobachtung stellen, damit mir kein anderer

Mann mehr zu nahe kommen kann. Unter diesen Umständen wäre es nur das Beste für ihn.

„Sicher. Natürlich bloß so lange, bis wir Kinder haben. Danach werden wir eine Ersatzkraft für dich suchen."

„Und was mache ich?", frage ich bestürzt.

„Na, für die Kinder da sein. Wir sind uns da doch einig, dass Kinder ihre Mutter brauchen."

Ich rutsche nervös auf meinem Stuhl herum und erwäge, das Lokal zu verlassen. Nur stehe ich gegenwärtig noch zu sehr unter Schock. Weiß Oliver, was er da sagt? Das kann bloß ein Scherz sein! Will er mich auf die Probe stellen?

„Und ihren Vater brauchen sie nicht?"

„Ich bitte dich, Claudia, einer muss doch das Geld verdienen."

„Das bist also du."

„Selbstverständlich. Wer denn sonst?"

Ich trinke den letzten Schluck Champagner in einem Zug aus und stelle das Glas laut hörbar auf den Tisch zurück. Wahrscheinlich wurde Oliver als Kind zu heiß gebadet. Wir kennen uns kaum und er hat schon unser gemeinsames Leben durchgeplant.

„Warum stehst du auf?", fragt Oliver beunruhigt, als ich mich von meinem Stuhl erhebe.

„Ich denke, es wäre der größte Fehler meines Lebens, wenn ich mich auf jemanden einließe, der mein Leben für mich plant. Du möchtest, dass ich für dich arbeite, du möchtest Kinder, die ich großziehe, und nebenbei soll ich darauf verzichten zu arbeiten, weil du findest, dass Frauen das Recht auf ein eigenständiges Leben verwirkt haben, wenn sie Kinder in die Welt setzen. Hast du einmal gefragt, ob ich mir das Gleiche wünsche? Hast du eine Sekunde darüber nachgedacht, wie ich mich fühle, wenn ich Veronica aus deinem Zimmer kommen sehe, nur weil du an diesem Abend bei mir keinen Treffer landen konntest? Glaubst du ernsthaft, ich ließe mich auf jemanden wie dich ein?"

Oliver sitzt niedergeschlagen auf seinem Stuhl und fällt in sich zusammen. So wie es aussieht, habe ich den Nagel auf den Kopf getroffen, denn unvermittelt verliert sich die Maskerade des überheblichen Aufschneiders.

„Dass mit Veronica war ein Fehler. Sie war plötzlich da. Ich war so enttäuscht und dann ist es einfach passiert. Es hat mir überhaupt nichts bedeutet."

„Aber mir hat es was bedeutet."

Ernüchtert durch sein Geständnis wende ich mich von ihm ab und verlasse das Restaurant.

Auf der Straße winke ich mir ein Taxi heran und rufe Sandra an. Wir beschließen, auf meine längst überfällige Entscheidung anzustoßen. Oliver habe ich soeben aus meinem Leben katapultiert, wenn das kein Grund zum Feiern ist! Das hätte ich viel eher machen sollen. Wir treffen uns im „Conrad" und ich freue mich, Sandra endlich wiederzusehen. Bei allem Verständnis für ihre neue Liebe Henry, aber die beiden brauchen mal eine Schaffenspause. Schließlich bin ich auch noch da. Seitdem Sandra mit ihm zusammen ist, habe ich sie kein einziges Mal gesehen. Wenn ich nicht die Pflanzen in ihrer Wohnung gießen würde, würden sie doch jämmerlich verdursten. Verliebte unterliegen der potenziellen Gefahr, sich und ihre Umwelt vollkommen zu vergessen. Dieses Phänomen werde ich niemals ganz verstehen. Zum Glück bin ich Herr meiner Sinne, sonst hätte ich Olivers falsches Spiel mit mir möglicherweise nicht erkannt. Meine Erkältung ist mit einem Mal wie weggeblasen. Ich fühle mich taufrisch und benötige jetzt dringend ein paar Cocktails.

Sandra und ich feiern bis in die frühen Morgenstunden. Gegen zwei Uhr in der Früh sitzen wir beschwipst und pausenlos kichernd in einem Taxi. Als wir im Bett liegen, ist es bereits drei Uhr.

Muss ich jetzt was sagen?

Mein Wecker klingelt mich unbarmherzig um sieben Uhr aus den Federn. Diesmal wäre ich nicht weiter böse gewesen, wenn er es schlicht vergessen hätte. Unausgeschlafen, aber gut gelaunt gehe ich ins Bad und werfe mich nach einer entspannenden Dusche in Schale. Aus irgendeinem Grund bin ich der Meinung, mich heute herausputzen zu müssen. Als ich die Wohnung verlasse, schläft Sandra noch und träumt wahrscheinlich von ihrem Henry.

Auf der Fahrt ins Büro bekomme ich wackelige Knie. Mir graust es vor dem Gedanken, Christian wieder gegenübertreten zu müssen. Was soll ich ihm sagen? Wäre nicht eine Entschuldigung angebracht? Schließlich habe ich mich gewaltig danebenbenommen. Wenn ich nur nicht so aufgeregt wäre. Ich werde einfach in sein Büro gehen und frei von der Leber weg sagen, was ich denke. Bloß was? Dass ich eine Idiotin bin und er froh sein kann, dass ich nicht noch Kleinholz aus seinen Büromöbeln gemacht habe? Da wäre er mir sicher dankbar.

Als ich ins Parkhaus einfahre, biegt Christian zur selben Zeit in die Tiefgarage ein. Ich muss an der Schranke halten, um mir eine Parkkarte zu ziehen, während sein Wagen direkt hinter meinem zum Stehen kommt. Sofort verkrampfe ich mich hinterm Steuer und befürchte, dass ich in dieser Verfassung nicht weiterfahren kann. Ich brauche einen Red Bull. Der verleiht doch Flügel. Die Schranke öffnet sich und ich fahre langsam weiter. So weit, so gut. Jetzt muss ich es nur noch schaffen, meine Parkbucht zu erreichen. Dann bin ich gerettet! Im Schneckentempo fahre ich weiter und freue mich, als mein Stellplatz endlich erscheint. Land in Sicht!

Christian parkt direkt neben mir ein, aber ich wage es nicht, zu ihm hinüberzusehen, als ich aussteige. Mit Bedacht und Ausdauer bemühe ich mich, meinen Wagen auf der Fahrerseite zu schließen. Dabei versuche ich, mir auf die Schnelle ein paar Sätze zurechtzulegen, die unverfänglich ein Gespräch einleiten könnten. Leider fällt mir nicht mal ein Wort ein. Kann ich überhaupt sprechen?

„Im Grunde brauchst du den Schlüssel lediglich einmal herumzudrehen, um die Tür zu verriegeln", bemerkt Christian amüsiert.

Meine Hände zittern. Wenn nicht gleich ein Wunder geschieht, dann bricht der Schlüssel ab. I want to go to RIU. So, jetzt müsste ich von hier fortgebeamt sein und in der Südsee am Strand liegen. In der Werbung klappt das doch auch. Leider stehe ich nach wie vor hier und blamiere mich bis auf die Knochen.

„Das ist eigentlich ganz leicht", Christian legt seine Hand auf meine und führt sie in die richtige Richtung. Es klackt und die Zentralverriegelung ist verschlossen. Ich gebe zu, das war ein

Kinderspiel. „Kann ich dir sonst noch irgendwie helfen?"

Ich antworte nicht, denn ich habe meine Sprache noch nicht zurückerlangt. Immerhin konnte ich mal „Mama" und „Papa" sagen, da wird sich der Rest auch bald finden.

Im Aufzug stehen wir uns schweigend gegenüber. Christian sieht mich lächelnd an und gibt mir somit das Gefühl, der Trottel des Tages zu sein. Ich sollte unter die Pfadfinder gehen. Mir gelingt es jeden Tag, einen Menschen zum Lachen zu bringen. Und nur deshalb, weil ich bin, wie ich bin. Das kann nicht jeder. Ich bin ein Naturtalent. Sollte ich jemals die Gelegenheit haben, mit Gott persönlich zu sprechen, werde ich ihn fragen, warum er aus mir einen Esel mit zwei Beinen gemacht hat. Wir erreichen die Etage und Christian lässt mir den Vortritt.

„Wenn du deine Sprache wiedergefunden hast, komm bitte in mein Büro", sagt er, als er nach mir den Fahrstuhl verlässt. Ich drehe mich um, doch er geht bereits den Flur hinab zu seinem Raum. Somit erübrigt sich eine Erwiderung. Ich hätte sowieso nichts sagen können.

In meinem Zimmer angekommen schmeiße ich meinen Mantel über die Garderobe und atme tief durch. So, die erste Begegnung habe ich hinter mich gebracht. Aber die zweite folgt auf dem Fuß und ist noch viel unangenehmer. Was sage ich denn nun? Entschuldige, ich war vor drei Tagen nicht ich selbst. Da war eine außerirdische

Schlange, die meinen Körper besetzt hielt. Ich hatte keine Kontrolle mehr über mich. Jetzt bin ich sie wieder los und ich bin die Alte. Das klingt zwar nur bedingt überzeugend, spielt aber keine Rolle.

Nach ein paar Lockerungsübungen richte ich meine Kleidung und begebe mich zur Höhle des Löwen. Kurz klopfe ich gegen den Höhleneingang und trete, ohne auf ein Zeichen zu warten, ein. Eigentlich dachte ich, ihn schwer beschäftigt an seinem Schreibtisch vorzufinden. Zu meiner Überraschung aber wartet er bereits, in bequemer Haltung an seinen Schreibtisch gelehnt, mit verschränkten Armen auf mich.

„So, dann leg mal los!", sagt er und wackelt entspannt mit einem Fuß.

Zögernd drehe ich mich um und hoffe, eine Person hinter mir könnte gemeint sein. Ich wäre schon sehr neugierig gewesen, was sie zu erzählen gehabt hätte. Dummerweise bin ich mit Christian die Einzige in diesem Raum. Und die Idee, mir über einen Knopf im Ohr Anweisungen geben zu lassen, was ich sagen soll, kommt mir erst jetzt.

„Es ist so, ich ... du ... ich meine ... ich ..."

„Sprich ruhig in ganzen Sätzen."

Jetzt hat er mich aus dem Konzept gebracht. Was wollte ich sagen? Nun fange ich wieder von vorne an.

„Ich weiß, dass ich dir eine Erklärung schuldig bin, aber mir fehlen die richtigen Worte. Du stehst da wie ein Henker. Fehlt nur noch, dass du jeden Augenblick ein Beil hervorholst."

Christian scheint seinen Humor verloren zu haben, er lächelt nicht einmal mehr.

„Gibt es wirklich nichts, was du mir sagen möchtest?", sagt er freudlos. Doch! Unendlich viel. Zum Beispiel … nun ja, es fällt mir gerade nicht ein. Wahrscheinlich liegt es an dem Brett, das jemand vor meinem Kopf abgestellt hat. „Hör zu, Claudia, so hat das keinen Zweck. Ich habe keine Lust, dir alles aus der Nase ziehen zu müssen. Ich denke, es wäre vernünftiger, wenn wir das Gespräch später führen."

Er geht um seinen Schreibtisch herum und setzt sich. Wenn du jetzt auch noch anfängst zu arbeiten, während ich hier wie Piksieben daste-he, dann hast du einen Feind mehr. Nämlich mich!

Entmutigt sehe ich zu ihm und kann nicht glauben, dass er mich so barsch abfertigt. Ich werde jetzt in mein Büro gehen, mir einen Whiskey einverleiben, eine Zigarette drehen und meine Füße auf den Tisch packen. Dann werde ich den Lauf meines Colts reinigen und auf ein paar Dosen schießen. Enttäuscht verlasse ich Christians Büro.

Der Vormittag vergeht mehr schlecht als recht und lässt mich immer nur an eines denken: wie ich Christian meine Gefühle offenbaren soll, ohne meine Gefühle zu offenbaren? Das ist nicht leicht. Vor allem, wenn einem die eigenen Gefühle selbst nicht klar sind. Trotzdem gibt es da mehr als ursprünglich vermutet.

Zur Mittagszeit habe ich einen Schlachtplan ausgearbeitet: Ich werde ein Gespräch mit Christian führen. Das ist mir zwar bereits einmal misslungen, aber es gibt keine andere Lösung. In Gedanken male ich mir aus, mit Christian in einem kleinen romantischen Restaurant zu sitzen und ihm mein Herz auszuschütten. Auch gehen mir schon ein paar passende Sätze durch den Kopf, die ich mir aber besser noch aufschreiben sollte. Improvisation war noch nie meine Stärke. Ich brauche einen durchgeplanten Dialog. Christian darf bloß nicht von seinem Text abweichen, den ich für ihn ausarbeiten werde. Ich sollte ihm eine Kopie des Skriptes zukommen lassen. Zufrieden mache ich mich auf den Weg zu seinem Büro, um ihn davon in Kenntnis zu setzen, dass ich mit ihm essen gehen möchte.

Ich klopfe kurz an die Tür und stemme sie im selben Augenblick auf. Verdutzt bleibe ich stehen, als ich Christian zusammen mit einer Frau am Fenster stehen sehe. Er hält sie umarmt und sie lächelt mir entgegen. In der Schule war ich mal in der Theater-AG. Die Schauspielerei ist quasi eines meiner großen Talente. Ich erwidere daher ihr Lächeln gekonnt und erwäge, ihr den Locher ins Gebiss zu drücken. Dann sehe ich sie mir genauer an und erschrecke über ihre Attraktivität. Sicher hat sie Schweißfüße oder Mundgeruch. Einen Makel muss sie doch haben.

Bevor sich eine Träne lösen kann, die gerade mein linkes Auge füllt, renne ich, ohne die Tür zu verschließen, den Gang zurück in mein Büro. Ich muss mich in der Vorstellung geirrt haben. Das war doch nicht mein Film! Hektisch packe ich meine Sachen zusammen. Unkoordiniert lege ich den Kugelschreiber nach links und den Stapel Papiere nach rechts und dann wieder alles andersherum. Den Anspitzer stelle ich auf den Stapel und die Büroklammern lege ich in die Schublade, um sie daraufhin erneut herauszuholen und in den Papierkorb zu werfen. Mein Handy wandert in den Köcher und das Tipp-Ex sowie der Anspitzer in meine Handtasche. Zerstreut greife ich nicht meinen Mantel, sondern den Kittel der Reinigungskraft von der Garderobe und drehe mich zur Tür. Christian steht auf der Türschwelle und beobachtet mich.

„Wo willst du denn so übereilt hin?", fragt er ruhig und versperrt mir den Weg.

Aus meinen Augen sind bereits einige Krokodilstränen geflossen, daher sehe ich andeutungsweise verweint aus.

„Weg!", antworte ich borstig.

„So, so. Und willst du mir nicht sagen, warum?"

„Nein!"

Christian kommt herein und schließt die Tür hinter sich. Dann zieht er einen Stuhl heran und deutet darauf.

„So, jetzt setzt du dich erst mal friedlich hin und dann will ich von dir wissen, was dich so aufwühlt."

Ich setze mich zu meinem eigenen Erstaunen bereitwillig und blicke auf meine Schuhe. Jetzt ist sowieso alles egal. Christian ist wieder in festen Händen und ich werde mir einen neuen Job suchen müssen. Unter diesen Umständen kann ich unmöglich weiterhin für ihn arbeiten. Mit einem gebrochenen Herzen kann man ja nicht mal leben, geschweige denn jeden Morgen in dieses Büro kommen und so tun, als wäre nichts. Dabei ist da so viel und ich Dussel erkenne das erst jetzt. Also kann ich ihm auch ohne Umschweife sagen, wie es um mich bestellt ist.

„Ich habe alles falsch gemacht", sage ich leise und zähle gleichzeitig in Gedanken die Kästchen im Teppichmuster. Es sind vier, aber diese Erkenntnis nützt mir nichts. „Jetzt, wo mir meine Gefühle klar werden, ist es zu spät." Widerstandslos lasse ich die Tränen kullern. „Als ich heute Morgen ins Büro gefahren bin, war ich entsetzlich aufgeregt. Ich hatte eine Heidenangst davor, dir gegenüberzutreten und dir zu erklären, wie es in mir aussieht." Endlich riskiere ich einen Blick in Christians Richtung. Er steht an die Wand gelehnt und hört mir aufmerksam zu. „So wie es scheint, gibt es nun wieder eine Frau an deiner Seite. Ich hab eben einfach zu lange gebraucht, um herauszufinden, was ich wirklich will."

„Was willst du denn?", fragt Christian interessiert und verblüfft mich mit dieser Frage. Habe ich nicht eben ziemlich deutlich über mein Innenleben geplaudert? Was will er denn noch hören?

„Das spielt doch jetzt keine Rolle mehr", quake ich.

Christian löst sich von der Wand und stellt sich vor meinen Stuhl, auf dem ich immer noch angespannt sitze.

„Woher willst du das wissen?"

„Ich hab doch Augen im Kopf." Will er mich testen? Frau Sander, wie viele Finger sehen Sie? – Zwei! Einer links, der andere rechts. Macht ein Paar! Ich muss jetzt gehen. Gequält erhebe ich mich vom Stuhl und verlasse den Raum. Auf einmal höre ich Christian hinter mir rufen.

„Ach, Frau Sander, Ihr Handy klingelt in Ihrer Stiftablage."

Ich bleibe stehen und wundere mich über diese unlogische Bemerkung. Mein Handy ist in meiner Tasche – da, wo es hingehört. Zweifelnd überprüfe ich den Inhalt meiner Handtasche und stoße dabei auf Tipp-Ex und einen Anspitzer. Wie kommt das denn hier rein? Nur mein Smartphone ist nicht darin.

Ich drehe mich um und gehe zurück. Tatsächlich liegt es im Köcher bei den Stiften. Da ich es unmöglich da reingelegt haben kann (denn warum sollte ich das tun?), bleibt die Frage, wer es war. Das Telefon zeigt keine Mitteilung im Display. Es hat also nicht geklingelt. Clevere Masche!

Christian drückt die Tür ins Schloss und ich bin erneut seine Gefangene.

„So, jetzt führen wir unsere kleine Unterhaltung in aller Ruhe fort. Du warst gerade dabei, mir zu erklären, was du denn nun willst."

„Du kannst mich nicht zwingen, mit dir eine Unterredung zu führen, die ohnehin keinen Zweck mehr hat."

Er quetscht mich aus wie eine Zahnpastatube. Nur dass die Pasta bereits verbraucht ist. Kannst deine Zahnbürste wieder einpacken.

„Wer sagt denn, dass es zwecklos wäre? Sprich einfach mal offen über deine Gefühle!" Hilflos sehe ich ihn an und hoffe, dass er mir die Worte in den Mund legt. Stattdessen legt er seine Arme um mich und überrumpelt mich damit. „Du bist eifersüchtig, soviel ist klar!", behauptet er und grinst so provokant wie ein Dressman auf der Titelseite eines Modemagazins.

„Das bin ich nicht!", widerspreche ich sofort, obwohl das durchaus in Erwägung zu ziehen wäre.

Christian schmunzelt wissend und das ärgert mich. Macht er sich jetzt einen Spaß daraus, dass er zwei Frauen für sich gewonnen hat? Ich werde jedenfalls nicht zu seinem Harem gehören. In unserem Land herrscht immer noch das Gesetz der Monogamie. Und ich bin eine absolute Verfechterin dieser Lebensart.

Sylvia platzt überraschend herein und meine Gesichtsfarbe wechselt zu einem Purpurrot. Christians Umarmung findet nun ihren Höhepunkt, denn anstatt sich von mir zu lösen, drückt er mich noch fester an sich. Sylvia steht wie gelähmt in der Tür und bekommt kein Wort heraus. Wahrscheinlich denkt sie, dass unser Chef zu neuen Verhörmethoden übergegangen ist. Ich fühle mich wie eine Presswurst. Er drückt so fest, dass ich jeden Augenblick zu platzen drohe.

„Frau Müller, würden Sie die Tür bitte von außen schließen."

Er will wohl keine Zeugen, falls seine Methode mein Leben vorzeitig verkürzt.

„Entschuldigung!" Sie geht rückwärts zur Tür und stolpert über die Schwelle. „Entschuldigung!", kann sie noch ein zweites Mal sagen, bevor sie die Tür ungewohnt leise verschließt. Plötzlich rumpelt es im Flur. Sylvia ist offenbar mit dem Faxgerät zusammengestoßen. Ich kann das Ding auch nicht leiden. Ständig piept es.

„Um es kurz zu machen", bemerkt Christian auf einmal und übergeht den Tumult, der im Flur gerade entsteht, „du wirst heute Abend zu mir kommen. Es ist eine Menge Arbeit liegen geblieben in den letzten drei Tagen. Wir haben viel zu tun."

„Du willst, dass ich meine Arbeit bei dir zu Hause erledige? Das kann ich hier im Büro viel besser!", erwidere ich verwundert.

„Keine Widerrede! Es wird so gemacht!"

Erneut rührt sich etwas an der Tür. Es klopft und Christians neue Freundin kommt herein. Sofort gibt er mich frei und ich scheine wieder abgemeldet zu sein.

„Ich muss leider gehen. Wir sehen uns dann übermorgen Abend bei dir", sagt sie zu ihm, küsst ihn auf die Wange und verlässt lächelnd den Raum. Christian schaut ihr hinterher wie ein gerupfter Truthahn. Ist das jetzt ein liebestoller Blick oder interpretiere ich da zu viel hinein?

Auf keinen Fall werde ich Christian heute Abend zu Hause aufsuchen. Ich lass mich doch nicht zu seiner Zweitfrau machen. Da bin ich zweifellos überflüssig.

„Gut, wann fahren wir zu dir?"

Habe ich das eben gefragt? Christian lächelt, als hätte er beim Roulette gewonnen.

„Wir fahren gegen achtzehn Uhr."

Arbeit geht vor Leidenschaft, oder umgekehrt?

Zur vereinbarten Zeit verlassen wir gemeinsam die Büroräume. Ich staune immer noch, dass ich zugestimmt habe, Christian nach Hause zu begleiten. Bin ich eine Masochistin und will die beiden unbedingt zusammen sehen? – Sie wird heute Abend nicht da sein. Ich habe also nichts zu befürchten.

Stumm sitzen wir in seinem Wagen, während Christian uns immer weiter aus der Stadt herausführt. Ich wusste gar nicht, dass er ein Landei ist. Kurz vor der Stadtgrenze biegt er in eine kleine ruhige Sackgasse ein. Am Ende der Straße kann ich in der Abenddämmerung ein malerisches Einfamilienhaus erkennen, auf das er zusteuert. Dahinter erstreckt sich scheinbar unendliches Weideland. Ich gebe zu, sein Haus ist traumhaft gelegen. Mein Teleskop und ich hätten hier das reinste Beobachtungsvergnügen. Kaum störende Lichtquellen und der Himmel erscheint grenzenlos. Christian fährt den Wagen in eine Doppelgarage.

„So, da sind wir."

Ja, das habe ich auch bemerkt.

Staunend trete ich aus der Garage und blicke auf ein gepflegtes Grundstück.

„Kümmerst du dich allein um den Garten?"

Christian lächelt und verschließt den Wagen.

„Nein. Dafür bleibt kaum Zeit."

„Du solltest nicht so viel arbeiten."

„Liebend gern. Eventuell möchtest du ja meine Teilhaberin werden. Dann könnte ich mich aus dem Geschäft zurückziehen."

Will er mich jetzt veräppeln? Ich folge ihm durch den Vorgarten zur Haustür und erwidere nichts auf seine sonderbare Bemerkung. Christian schließt auf und betritt vor mir das Haus. Ich weiß wirklich nicht, was ich hier mache. Trotzdem folge ich ihm. Als die Tür ins Schloss fällt, bereue ich es schon wieder, hereingekommen zu sein. Für einen Augenblick erwäge ich eine planlose Flucht. Aber wohin sollte ich laufen? Diese Gegend ist mir so fremd wie die Innentasche meines Mantels. Christian nimmt mir meine Sachen ab und hängt sie über einen Stuhl.

„Was möchtest du trinken?", fragt er und begibt sich in die Küche. Ich gehe ihm hinterher und erspare mir, einen genauen Blick auf die Inneneinrichtung des Hauses zu werfen. Zwar bin ich in der Regel äußerst interessiert daran, wie andere Leute sich einrichten, aber Christians Leben geht mich ab sofort nichts mehr an. Ich könnte etwas zum Runterspülen gebrauchen. Vielleicht einen Whiskey oder reinen Alkohol.

„Hast du Mineralwasser?"

Wieso sage ich das Gegenteil von dem, was ich denke? Hoffentlich wird das nicht zur Gewohnheit. Es könnte sonst schwierig werden,

Anspruch auf die Erfüllung meiner Wünsche zu erheben, wenn ich sie niemals richtig äußere.

„Wir sollten es uns in meinem Arbeitszimmer gemütlich machen. Da haben wir alle Unterlagen, die wir benötigen."

Wie du wünschst. Hauptsache, wir sind schnell fertig.

In seinem Arbeitszimmer steht ein großer dunkler Schreibtisch einem modernen geschmacklosen Ledersofa gegenüber. Offenbar hat er bei der Einrichtung dieses Raumes keinen Wert auf die Feinheiten gelegt. Alles ist zusammengewürfelt. Auch die Regale passen lediglich bedingt zum Rest der Möbel. Wir sitzen zusammen auf der Couch und gehen ein paar Akten durch. Christian hat sich die Krawatte abgenommen und den obersten Knopf seines Hemdes geöffnet. Kann ich jetzt auch meine Schuhe ausziehen? Durch die lockere Atmosphäre in seinem Arbeitszimmer lasse ich mich dazu hinreißen, Christian ein wenig näher zu rücken. Ich bemerke erst nicht, dass sich unsere Knie berühren. Ich genieße die Nähe zu ihm und wünschte, er würde seine Arme um mich legen und mich wild küssen. Doch unser Arbeitsgespräch holt mich immer wieder aus meinen Fantasien zurück, in denen ich Christian sein Hemd herunterreiße und mich hemmungslos auf ihn stürze. Bald hat meine Konzentration den absoluten Nullpunkt erreicht, denn irgendwann sehe ich bloß noch, wie Christian und ich uns über den Teppich wälzen. Gott, ich muss hier unbedingt weg, sonst schnappe ich noch über. Nach zwei Stunden bin ich froh, als Christian unsere Arbeit für beendet erklärt.

„So, das reicht für heute. Und ich bin mir sicher, dass ich dich dadurch auf andere Gedanken gebracht habe."

„Ja, in der Tat, das hast du, aber es wäre nicht nötig gewesen."

Was bildet er sich ein? Er muss nicht den Samariter spielen, nur weil ich seinetwegen ein bisschen Liebeskummer habe.

„Ich denke doch", widerspricht er mir und bekräftigt somit seine soeben getroffene Aussage. Wenn er darauf besteht, verleihe ich ihm gern das Bundesverdienstkreuz für seine selbstlose Tat, sich um mich zu kümmern. Jedoch sollte er sich lieber um seine neue Angebetete sorgen. Schließlich ist sie heute nicht hier. Stattdessen sitze ich auf seiner Couch. Wer weiß, wo sie sich rumtreibt? Möglicherweise tanzt sie in einer Gogo-Bar und versetzt dort alle Männer in Ekstase.

„Ich weiß deine Bemühungen zu schätzen, aber ich habe schon viel zu viel Zeit hier verbracht. Daher ist es besser, wenn ich jetzt gehe." Ich nehme den letzten Schluck Mineralwasser aus meinem Glas und stehe auf.

„Bitte bleib", fleht Christian mich unerwartet an und zieht mich am Arm zurück auf das Sofa. Er rückt mir so nahe, dass sein Gesicht vor meinen Augen verschwimmt. Bloß die dunkle Farbe seiner Augen kann ich noch erkennen. Sein weißes Hemd ist leger am Hemdkragen geöffnet und gibt den Blick auf ein Stück Haut seines Oberkörpers frei. Einige dunkle Haare linsen hervor und lassen erahnen, was einen erwartet. Für einen Augenblick erwäge ich, die Knopfleiste zu sprengen, indem ich das Hemd einfach aufreiße, um einen unversperrten Blick auf seine behaarte Brust zu erhaschen. Doch die Vernunft siegt und ich bemühe mich, einen klaren Kopf zu behalten. Christian hat eine Freundin, ist also für mich eine Verpackung, die nicht geöffnet werden darf. Auch wenn ich zu gerne mal unverfänglich hineinschauen würde.

„Christian, es ist besser für uns beide, wenn du mich gehen lässt." Warum macht er es mir so schwer? Hat er sich doch noch nicht entschieden? Besteht eine geringfügige Chance, dass er an seiner Wahl zweifelt?

„Wieso glaubst du das?", fragt er mich und bringt mich mit dieser Frage durcheinander. Ich weiß nicht, was ich denken soll. Die Nähe zu seinem Gesicht, sein Duft – ich habe das Gefühl in einer Zentrifuge zu sein, die mehr und mehr beschleunigt. Meine Gedanken verlieren sich in der Schwerelosigkeit und ich habe nur noch einen Wunsch: ihn Zug um Zug auszuziehen und meine Hände über seinen Körper wandern zu lassen. Ich muss ihn einfach fühlen – Freundin hin oder her. Sie ist jetzt nicht da! Morgen kann ich mir immer noch darüber den Kopf zerbrechen, was ich angestellt habe. Aber das ist noch lange hin.

Ich lasse meine Hand über seine Schulter gleiten und fahre seinen Arm hinab. Als ich seine Hand mit meinen Fingern berühre, greift er nach ihnen und hält sie fest. Wir sind so dicht beieinander, dass ich seinen Atem auf meiner Wange spüren kann. Mit meiner anderen Hand beginne ich nun, Knopf für Knopf sein Oberhemd zu öffnen. Er schaut mir reglos dabei zu und sieht verblüfft aus. Als das Hemd bis zum Gürtel geöffnet ist, streife ich es ihm über die Schultern, sodass sein Oberkörper endlich enthüllt ist. Ich verspüre die Lust, meine Finger durch die schwarzen Haare gleiten zu lassen, die seine Brust bedecken. Nur werde ich plötzlich von ihm gestoppt. Er hält meine Hände fest und rückt unmerklich von mir ab.

„Bist du dir sicher bei dem, was du tust?", will er wissen und scheint nach Luft zu ringen. Seine Atmung ist schneller geworden und er strahlt so viel Hitze aus wie ein Kohleofen. Wäre ich mir sicher, hätte ich mir nicht so viel Zeit gelassen. Aber ich will alles von ihm! Jede seiner Körperzellen soll mir gehören. Wenigstens für diese eine Nacht. Ich antworte mit einem Nicken und hoffe, dass er meine Unsicherheit nicht erkennt. Denn eines ist klar: Morgen ist er wieder mein Chef und ich lediglich die Erinnerung an eine feurige Nacht. Doch meine Zweifel bleiben unentdeckt, denn sein warmer Körper drückt sich an mich. Er küsst sich meinen Hals hinab, bis er von den Knöpfen meiner Bluse aufgehalten wird. Ich nehme seinen Kopf zwischen meine Hände und genieße das Spiel seiner Zunge auf meiner Haut.

„Claudia, du bist unglaublich. Du fühlst dich so gut an. Ich will, dass du mir alles von dir gibst."

Nimm dir einfach, was du brauchst. Ich bin eh willenlos. Wenn du es jetzt nicht tust, dann nie. Also tu's!

Ich versuche den Gürtel seiner Hose zu öffnen und klemme mir dabei den Finger ein.

„Autsch!", schreie ich kurz auf und überprüfe, ob der Finger unversehrt ist. Er ist noch dran, aber bevor ich mit meinem Vorhaben fortfahren kann, nimmt Christian meinen Finger sanft in den Mund. Mir läuft es heiß und kalt über den Rücken. Kann es sein, dass mein Finger eine erogene Zone ist? Bevor ich das in Erfahrung bringen kann, rutschen wir von der Couch auf den Teppich. Gut so. Hier ist ja viel mehr Platz. Christian zieht mir den Rock hoch und für einen Moment nehme ich an, es würde direkt zum Äußersten kommen. Dabei habe ich mir seinen Körper noch gar nicht genau angesehen. Er fährt mit seinen Fingern zärtlich an meinen Beinen hoch und haucht mir seinen erhitzten Atem auf die Brust. Ich gebe zu, auf dem Boden ist es etwas ungemütlich, aber ich wage nicht, die Stimmung zu ruinieren, indem ich um ein kuschelig weiches Bett bitte.

„Lass uns ins Schlafzimmer gehen", beschließt Christian unverhofft, als hätte er meine Gedanken erraten. War das jetzt Zufall oder sind wir durch einen unsichtbaren Draht miteinander verbunden? Nichts lieber als das! Ich will gerade aufstehen und fragen, wo es langgeht, als Christian mich an den Armen hochzieht und festhält.

„Warte, ich will dich tragen!", sagt er und schmunzelt wie ein kleiner Junge. Darum lasse ich mich natürlich nicht zweimal bitten. Ich wollte immer mal über eine Türschwelle getragen werden. Wir kichern wie zwei Kinder, als Christian mich auf seine Arme hebt. Er trägt mich durch den Flur in ein dunkles Zimmer und lässt sich mit mir auf einem großen Bett nieder. Ich knipse eine gläserne Lampe an, die neben dem Bett steht.

„Ich will dich sehen!", sage ich berauscht und endlich streifen wir uns die Kleidung ab.

Müde, aber glücklich liege ich in Christians Armen und kann noch nicht verstehen, was gerade zwischen uns geschehen ist. Es war unbeschreiblich! Ullrich war dagegen ein Bummelzug. Was habe ich bloß die letzten Jahre versäumt! Leider wird diese Nacht die einzige sein, die ich mit Christian erleben darf. Wenn ich nur eher meine Gefühle für ihn erkannt hätte. Ich könnte den Rest meines Lebens solchen Sex haben. Das wäre fantastisch! Christian scheint von seinem Sekundenschlaf wieder erwacht zu sein und zieht mich zufrieden dichter an sich heran.

„Hey, bist du noch wach?", fragt er mich und streichelt mir durchs Haar. Soll das ein Witz sein? Wie könnte ich jetzt schlafen? Ich möchte jede Minute auskosten, die uns bleibt. Morgen wird ihm einfallen, dass er eine Freundin hat, die leider nicht Claudia heißt. Ich richte mich auf und schaue in sein stoppeliges Gesicht. Bei dem Bartwuchs könnte er sich gut dreimal am Tag rasieren.

„Du bist das Beste, was mir jemals passiert ist", behauptet er, ohne mit der Wimper zu zucken. Wahrscheinlich ist sein Rausch noch nicht verflogen, sonst wüsste er, dass das nicht sein kann. Oder hat er das der anderen auch erzählt? Egal, es klingt jedenfalls sehr schön. Sprich doch weiter! „Ich habe schrecklichen Hunger, du auch?"

Mein Gott, jetzt, wo er es sagt. Mein Magen knurrt seit Stunden.

„Ja, ich sterbe vor Hunger."

Wir gehen in die Küche und plündern den Kühlschrank. Leider gibt er nicht viel her. Nur ein wenig Butter, Milch und ein paar Eier. Es sieht nicht danach aus, als wäre hier eine weibliche Hand am Werk. Das ist der Kühlschrank eines Junggesellen. Seltsam!

„Was hältst du davon, wenn ich uns ein paar Pfannkuchen zubereite?", schlage ich vor und schaue mich nach einem Handrührgerät um.

„Ich liebe Pfannkuchen", flüstert mir Christian ins Ohr und streift das Oberhemd hoch, das ich von ihm trage. „Du siehst aber auch zu verführerisch aus in diesem Fummel. Ich glaube, wir müssen das Essen noch ein wenig aufschieben."

Er nimmt mich fester an sich heran und schiebt mir sein Knie in den Schritt. Unmöglich, so an Essen zu denken. Ich brauche unbedingt noch einmal Sex, soviel ist sicher.

Zufrieden mixe ich den Teig für die Pfannkuchen an dem Tisch, der gerade einiges durchmachen musste. Ich bin erstaunt, dass dieses klapprige Ding über eine durchaus ernst zu nehmende Statik verfügt und uns den Spaß bei der Sache nicht durch seine Unvollkommenheit verdorben hat. Wäre er zusammengebrochen, hätten wir schmerzvolle Verletzungen davontragen können.

Christian steht hinter mir und führt meine Hand mit dem Mixer. Der Teig wird unbestreitbar der Feinste sein, der jemals in einer Pfanne zubereitet wurde. Wir mixen ihn nämlich seit einer Viertelstunde.

Plötzlich klingelt mein Smartphone. Zum ersten Mal verdonnere ich den Menschen, der es erfunden hat. Es liegt noch auf dem Stuhl, auf dem Christian meine Sachen abgelegt hatte, und ich bitte ihn, es auszustellen. Er nimmt es an sich und schaut auf das Display.

„Es sind deine Eltern. Die solltest du nicht wegdrücken."

„Ich werde sie morgen zurückrufen."

„Das geht doch nicht. Bitte geh ran!"

Es ärgert mich, dass Christian mir Vorschriften machen möchte. Schließlich geht es hier nicht mehr um berufliche Belange, sondern um mein Privatleben. Meine Eltern werden es verschmerzen. Sie rufen ständig zu unpassenden Zeiten an. Das haben sie im Urin. Ich antworte Christian nicht und mache auch keine Anstalten, das Telefon entgegenzunehmen. Warum musste ich die Nummer meiner Eltern auch einprogrammieren? Woher hätte Christian sonst wissen sollen, wer mich anruft?

„Gut, dann geh ich für dich ran", sagt er auf einmal und nimmt den Anruf entgegen. Ich kann nicht fassen, dass er das tut! Spielt er jetzt den Moralapostel oder was? Ich stelle das Handrührgerät aus und lausche dem Gespräch.

Offensichtlich ist meine Mutter am anderen Ende der Leitung. Sie scheint entzückt von Christian zu sein, denn sie lässt ihn kaum zu Wort kommen. Christian nimmt das gelassen hin und stimmt sich voll auf sie ein. Empört nehme ich zur Kenntnis, dass sie ungeniert über mich sprechen. Sie glaubt doch nicht etwa, dass Christian mein neuer Freund ist? Sie soll aufhören, ihm Geschichten von mir zu erzählen!

„Danke für die Einladung, Frau Sander. Wir kommen gern. Morgen um neunzehn Uhr? Das passt ausgezeichnet. Ich freu mich." Christian beendet das Gespräch und schiebt mir das Telefon über den Tisch zu. „Sie haben uns zum Essen eingeladen. Das finde ich sehr nett."

Meine Finger bohren sich ins Tischtuch.

„Sie haben was?!", frage ich verärgert und würde Christian am liebsten die Ohren lang ziehen. „Das sind meine Eltern!", stelle ich richtig fest. „Du kannst dich doch nicht einfach von ihnen zum Essen einladen lassen."

„Soll ich etwa ablehnen, wenn sie mich so höflich fragen?"

„Du solltest überhaupt nicht rangehen! Ich habe dich nur gebeten, das Handy auszuschalten. Weshalb hast du das getan?"

Christian schiebt die Rührschüssel beiseite und setzt sich vor mich auf den Tisch. Na hoffentlich hält der das noch aus.

„Es waren deine Eltern, Claudia. Du kannst sie nicht vor den Kopf stoßen. Sie sorgen sich um dich und möchten wissen, ob es dir gut geht."

„Das möchten sie ständig wissen."

Steh ich nun unter Anklage?

„Warum verschließt du dich vor allen Menschen?"

„Spielst du jetzt meinen Psychiater? Warte, ich leg mich nur kurz auf deine Couch!" Ich spüre, wie meine Emotionen in mir hochkochen. „Warum fragst du nicht meine Eltern? Die wissen nämlich auch nicht, wie man über Gefühle spricht. Ja, sie sorgen sich um mich. Eins zu null für dich! Aber sie sind steif wie Eischnee."

Ich stochere mit dem Löffel im Teig herum und frage mich, weshalb sich Christian so engagiert auf ihre Seite schlägt.

„Dann wird es höchste Zeit, dass sich das ändert."

„Christian, du kannst nicht einfach in meine Welt platzen und mir vorschreiben, wie ich leben soll. Meine Eltern und ich haben schon immer ein distanziertes Verhältnis zueinander gehabt. Das kann man nicht von heut auf morgen ändern. Glaubst du nicht, dass ich das längst getan hätte, wenn ich wüsste, wie?"

Christian legt seine Arme auf meine Hüften, doch ich wehre mich trotzig gegen diese Berührung, denn ich habe keine Lust mehr auf Vertrautheiten, die ich ab morgen ohnehin nicht mehr haben kann.

„Ich wäre froh, wenn ich noch Eltern hätte, die sich um mich sorgen. Jedoch habe ich sie bereits verloren. Nimm deine so, wie sie sind, und erkenne es an, wenn sie sich nach dir erkundigen."

„Es ist sicher nicht leicht für dich, dass du keine Eltern mehr hast." Das wäre dann das erste Mal, dass ich etwas Persönliches von ihm erfahre. Ich musste also erst mit ihm schlafen, damit er mal was von sich preisgibt. „Doch du hast nicht das Recht, dich deswegen in meine Angelegenheiten einzumischen."

„Verzeih, aber ich hatte das Gefühl, dass es nötig sei. Meine Eltern …"

„Wenn du wieder mal dieses Gefühl hast, dann sprich es bitte vorher mit mir ab! Es ist nämlich nicht so, dass ich nicht frei meine eigenen Entscheidungen treffen könnte. Und das lass ich mir von dir nicht nehmen!"

Ich gehe aus der Küche zurück ins Schlafzimmer, um mir meine Kleidung vom Boden zu picken. Alles liegt verstreut im Zimmer herum und es dauert eine Weile, bis ich alle Teile zusammenhabe. Ich ziehe mich an und laufe nach unten, um den Rest einzusammeln.

„Es wird höchste Zeit, dass ich jetzt gehe. In ein paar Stunden ist die Nacht vorbei und ich brauche meinen Schlaf."

Ich weiß nicht, warum ich auf einmal so schnell wie möglich von Christian weg möchte. Doch die Ernüchterung bringt auch die Erinnerungen zurück. Nämlich dass ich nur ein kleines Abenteuer für Christian war und seine Freundin übermorgen wieder das Bett mit ihm teilen wird. Kaum zu glauben, dass er mich morgen zu meinen Eltern begleitet.

„Ich möchte, dass du bleibst, Claudia."

Christian sieht mich an, als hätte ich gerade gesagt, dass ich mich von einer Brücke stürzen möchte. Keine Angst, so lebensmüde bin ich noch nicht. Jetzt möchte ich bloß noch eins: mein

Seelenleiden verkürzen, indem ich den Abend vorzeitig beende. Das wird das Beste für mich sein.

„Tut mir leid, aber so geht das nicht."

Langsam gehe ich zur Tür und wünschte, ich hätte mich nicht auf ihn eingelassen. Ich werde Wochen, gar Monate brauchen, bis ich vollständig über ihn hinweg bin.

„Wie dann, verdammt noch mal?!", erwidert Christian mit wütender Stimme. „Was muss ich tun, damit du nicht ständig vor mir davonläufst?"

Erstaunt bleibe ich stehen und drehe mich um.

„Ich laufe nicht vor dir davon."

„Weshalb willst du dann gehen?"

Christian steht im Türrahmen seiner Küche und wirkt wie ein verlorenes Schaf. Sein kurzes Haar steht frech vom Kopf ab und seine braunen Augen sind in dem schummrigen Licht kaum zu sehen. Ich verspüre plötzlich den Wunsch, ihn in den Arm zu nehmen. Ich möchte ihn fest an mich drücken und ihm sagen, dass er der Mann ist, nach dem ich so lange auf der Suche war. Stattdessen öffne ich die Tür und gehe, ohne ihm zu antworten.

Kündigung vor dem Abendessen?

Es ist Freitagmorgen und den Rest der Nacht habe ich kein Auge zu bekommen. Das Taxi hatte mich gegen Mitternacht vor Sandras Wohnung abgesetzt. Danach weiß ich nur noch lückenhaft, wie ich in die Wohnung kam und in mein Bett. Meine Gedanken kreisten wie durch Watte immer bloß um dasselbe Thema: Christian.

Als ich mich deprimiert in Richtung Badezimmer bewege, erblicke ich dort einen knackigen Männerpopo.

„Hoppla, Entschuldigung", rufe ich und verschließe die Tür schleunigst wieder, bevor sich der Po umdrehen kann. Sandra steht hinter mir und grinst wie ein Breitmaulfrosch.

„Wem gehört dieser Po?", frage ich sie fassungslos.

„Das ist Henry", sagt sie freudestrahlend und folgt ihm ins Bad.

Na wunderbar! Liebestolle Pärchen kann ich gerade gut gebrauchen.

Ich fahre mit dem Taxi zur Arbeit, denn mein Wagen steht dort immer noch in der Tiefgarage. Aus dem Auto rufe ich Ullrich an und frage ihn, ob ich noch ein paar Sachen aus der Wohnung holen dürfte. Ich hätte vor, am Nachmittag bei ihm vorbeizukommen. Ullrich teilt mir mit, dass er dieses Wochenende verreist sein wird und ich gerne jederzeit die Wohnung betreten könne, um mir zu holen, was ich bräuchte.

Das nenne ich eine komplikationslose Trennung. Schön, dass wir inzwischen so entkrampft miteinander umgehen können.

Freudlos komme ich in der Firma an und gehe als Erstes in mein Büro. Mir fällt ein Umschlag ins Auge, der einsam auf meinem Tisch liegt. Es steht mein Name auf dem Couvert, daher gehe ich davon aus, dass er für mich bestimmt ist. Ich nehme ihn in die Hand und reiße ihn auf. Meine Neugierde ist viel zu groß, als dass ich mir dafür Zeit lassen könnte.

Ich entfalte das Papier und lese fassungslos die Zeilen. Es handelt sich um meine fristlose Kündigung. Wie betäubt stehe ich in meinem Raum und lese mir das Schreiben immer wieder durch. Das kann unmöglich wahr sein! Was denkt sich Christian nur dabei? Will er mein Leben ruinieren? Erst stielt er mir mein Herz, dann zieht er mir den Boden unter den Füßen weg!

Sylvia kommt herein und sieht aus, als wäre ihr gerade die Madonna persönlich erschienen.

„Guten Morgen, Claudia. Ich hoffe, wir bleiben Freunde und du sagst Herrn Ruhland trotzdem nichts von meinem kleinen Ausrutscher, jetzt, wo du ...“

„Was redest du da, Sylvia?“

„Herr Ruhland hat bereits heute Morgen mit uns gesprochen und uns davon unterrichtet.“

Christian hat ihnen von meiner Kündigung schon erzählt? Warum hat er es so eilig?

„Was hat er gesagt?"

In diesem Augenblick platzt Christian herein und sorgt so dafür, dass mir die Details entgehen, die mir Sylvia sicher gleich erzählt hätte.

„Lassen Sie Frau Sander und mich bitte einen Augenblick allein, Frau Müller", fordert er Sylvia auf, die sogleich ergeben davonläuft. Sie hätte sich wenigstens schützend vor mich werfen können. Christian will mich martern, da hat sie die verdammte Pflicht, mein Leben zu retten.

„Was hat das zu bedeuten?", fahre ich ihn sofort an. „Warum willst du mich mit einmal Knall auf Fall rausschmeißen?"

„Setz dich erst mal, Claudia."

„Ich habe keine Lust, mich zu setzen", wüte ich ihn an. „Du hast kein Recht, mich fristlos zu kündigen. Ich habe mir nichts zuschulden kommen lassen. Wenn deine männliche Eitelkeit jetzt gekränkt ist, ist das nicht mein Problem."

So, das musste mal raus. Ich lass mich doch nicht von ihm auf die Straße setzen.

„Hör zu, Claudia, ich habe seit Längerem über etwas nachgedacht und seit gestern bin ich mir nun sicher."

„Na, das freut mich aber, dass du deine Entscheidung ausgerechnet gestern getroffen hast. Das hättest du mir auch sagen können, bevor du mit mir geschlafen hast."

Christian drückt die Tür zu, die noch einen Spalt geöffnet war und packt mich an den Oberarmen.

„Verflixt noch mal, geht das nicht ein bisschen leiser! Es muss ja nicht die gesamte Belegschaft mitbekommen."

„Entschuldige, sie sollen deine Doppelgleisigkeit natürlich nicht erfahren. Es könnte sich schließlich herumsprechen, dass der Chef ein Herzensbrecher ist und gern mit zwei Frauen schläft."

Jetzt steht er nicht mal zu seiner Bigamie, die zugegeben keine ist, aber immerhin hat er sich an zwei Frauen zugleich herangemacht. Da könnte man schon davon sprechen.

„Wovon redest du eigentlich?", will Christian nun wissen und tut so, als könnte er kein Wässerchen trüben. „Hör mir bitte mal zu, Claudia. Ich ..."

„Du brauchst mir nichts mehr zu sagen. Es ist alles gesagt worden." Ich reiße mich von ihm los und stecke den Umschlag mit der Kündigung in meine Tasche.

„Wenn du meinst", sagt Christian verstimmt. „Dann lass uns darüber sprechen, wann wir zu deinen Eltern fahren wollen."

Das ist ja unglaublich! Er besitzt tatsächlich noch die Frechheit, mich zu meinen Eltern begleiten zu wollen! Nach allem, was passiert ist!

„Ich fahre allein."

„Das kommt nicht infrage. Sie haben uns beide eingeladen und ich werde sie nicht enttäuschen."

„Schade, dass du dir nicht dasselbe Ziel für mich gesteckt hast. Denn mich hast du gleich zweimal enttäuscht."

Christian schüttelt den Kopf, was mich rasend macht. Er hat kein Recht dazu. Glaubt er etwa ernsthaft, er hätte alles richtig gemacht?

„Also gut. Ich hol dich dann um achtzehn Uhr ab", schlägt er vor und erwidert nichts weiter auf meine letzten Worte.

„Bitte schön! Wenn du darauf bestehst. Aber danach will ich dich nie wiedersehen!"

Ich stürme aus den Büroräumen und fahre zu Ullrichs Wohnung. Auf der Fahrt verebbt die größte Wut allmählich und ich versuche, mir einzureden, dass ich Christian hassen würde. Doch das tue ich nicht! Der gestrige Abend wird mir ein Leben lang in Erinnerung bleiben.

Wahrscheinlich ist es meine Bestimmung, niemals richtig glücklich zu sein. Das Schicksal meint es nicht gut mit mir.

Als ich die Wohnung betrete, die Ullrich und ich einmal zusammen bewohnten, gehe ich nachdenklich durch die Räume und versuche, mich an gemeinsame Erlebnisse mit ihm zu erinnern. Mir fällt auf, wie sehr dieses Leben schon in meiner Erinnerung verblasst ist. Es ist, als läge alles bereits Jahre zurück. Ich ziehe meinen Koffer unterm Bett hervor und nehme meine restlichen Kleidungsstücke aus dem Kleiderschrank. Ich verstaue alle übrigen Gegenstände, die mir wichtig sind, den Rest überlasse ich Ullrich. Ich lege keinen Wert mehr auf Einzelstücke. Dann ziehe ich den Wohnungsschlüssel von meinem Schlüsselbund ab und lege ihn auf die Kommode im Schlafzimmer. Aus meiner Handtasche krame ich den Ring, den mir Ullrich zurückgab und lege ihn dazu.

So. Das war's dann. Leb wohl, altes Leben. Leb wohl, Ullrich.

Anschließend fahre ich zu Sandra und gönne mir eine heiße Dusche. Den Rest des Tages gammle ich herum und stelle fest, dass ein Leben ohne Arbeit nichts für mich ist. Ich brauche eine Aufgabe, etwas, das mich ausfüllt. Vielleicht hätte ich Olivers Angebot nicht zu voreilig ablehnen sollen. Für einen Augenblick erwäge ich, ihn anzurufen, verwerfe den Gedanken aber sogleich wieder. Das ist nicht das, was ich mir vorstelle. Die Zusammenarbeit mit Christian hat mir immer Spaß gemacht. Und ich möchte genau das! Jetzt, wo ich es nicht mehr habe, weiß ich es genau. Eventuell könnte ich mich daran gewöhnen, dass Christian eine andere Frau liebt. Nur eine Arbeit ohne ihn ist völlig ausgeschlossen.

Christian erscheint pünktlich um achtzehn Uhr. Ich habe es nicht anders erwartet. Zittrig greife ich nach den Schlüsseln und verlasse die Wohnung. Das wird bestimmt kein leichter Abend. Das Treppenhaus ist dunkel, der Hausmeister hat heute Morgen an der Elektrik herumgespielt. Stufe für Stufe schleiche ich mich im Dunkeln nach unten und halte mich verkrampft am Geländer fest. Oder ist es die Angst, Christian gleich zu begegnen?

„Hallo", sage ich leise, als ich aus der Haustür trete. Christian lächelt müde und führt mich zu seinem Wagen. Während der Fahrt sprechen wir kein einziges Wort miteinander. Mir wäre wohler gewesen, wenn wir uns wenigstens übers Wetter unterhalten hätten. Kurz bevor wir das Haus meiner Eltern erreichen, bremst Christian und lenkt den Wagen in eine Parkbucht.

„Findest du nicht, dass du mir die Gelegenheit geben solltest, dir einiges zu erklären!", platzt es aus ihm heraus.

Aber er hatte doch Gelegenheit genug!

„Ich wüsste nicht, was wir noch zu bereden hätten", erwidere ich garstig. Natürlich hätte ich seine Erklärung gern gehört, bloß mein Stolz lässt es gerade nicht zu. „Meine Eltern warten."

„Gut, dann wollen wir sie mal nicht länger warten lassen", erwidert er strapaziert und zieht den Zündschlüssel ab.

Das letzte Stück gehen wir zu Fuß, wobei mir nicht klar ist, warum wir nicht auf dem Grundstück meiner Eltern geparkt haben. Der Vorgarten des Hauses ist mit Hunderten von Stiefmütterchen bepflanzt. Für Blumen hatte meine Mutter immer ein Händchen. Die Stufe zur Haustür ist mit dunkelgrünem Linoleum aus der Zopfzeit ausgelegt. Ich habe meine Eltern mehrmals gebeten, diesen grasgrünen Belag auszutauschen, doch sie hängen an diesem altbewährten Überzug. Scheußlich! Hoffentlich fällt es Christian nicht auf. Als ich den Klingelknopf drücken möchte, hindert mich Christian daran.

„Claudia, wir müssen da etwas aus der Welt schaffen. Ich ...“

Doch in diesem Augenblick wird die Haustür geöffnet und meine Mutter begrüßt uns freudig.

„Ich habe ein Geräusch an der Tür gehört und angenommen, unsere Klingel sei defekt. Schön, dass ihr da seid.“

Sie begrüßt mich ungewohnt impulsiv und nimmt mich in den Arm. Hat sie Drogen genommen?

„Und Sie müssen Claudias Freund sein“, stellt sie begeistert fest und reicht ihm die Hand.

„Christian Ruhland ist mein Name.“

„Oh, sehr erfreut. Bitte treten Sie ein.“

Mein Vater kommt dazu und stellt sich Christian vor. Mir nickt er verhalten zu, was so viel heißt, wie: Da bist du ja!

Wir werden ins Speisezimmer geführt, wo der Tisch mit dem feinsten Geschirr eingedeckt ist, das meine Eltern besitzen. Kann es sein, dass wir noch Besuch erwarten oder haben sie eigens für Christian und mich diesen Aufwand betrieben? Ich bin überrascht. Meine Mutter bietet uns einen Portwein an, den ich dankend ablehne. Ich habe das Zeug noch nie gemocht, doch bei jeder Feier oder jedem Besuch wird eine Flasche geöffnet. Eine Tradition, mit der ich nichts anfangen kann.

Mein Vater beginnt ein unverfängliches Gespräch mit Christian. Sie brauchen nicht lange, um herauszufinden, dass sie dieselbe Leidenschaft teilen: Fußball.

Schon sind meine Mutter und ich abgeschrieben und alles dreht sich nur noch um dieses Thema. Das ist für mich nicht weiter tragisch. Kann ich mich doch so stumm zurücklehnen und anderen die Gesprächsführung überlassen. Ich habe eh keine Lust auf eine Unterhaltung.

Während des Essens wird Christian von meinen Eltern regelrecht verhört. Sie möchten alles über sein Versicherungsunternehmen wissen und fragen ihn nach seinem beruflichen Werdegang aus. Haben sie sich eine Liste mit Fragen angefertigt, die sie auswendig gelernt haben? Zum Dessert sind sie unlängst darüber informiert, dass Christian einmal geschieden ist, was ich noch nicht mal wusste. Langsam gehen mir die Recherchen meiner Eltern gehörig auf die Nerven. Christian allerdings scheinen sie nicht das Geringste auszumachen. Bereitwillig beantwortet er eine Frage nach der anderen.

Nach dem Essen lehnt sich Christian in seinem Stuhl bequem zurück und legt seinen Arm auf meiner Stuhllehne ab. Diese intime Geste ist mir vor meinen Eltern unangenehm. Sie sind es nicht gewohnt, dass Vertraulichkeiten im Beisein anderer ausgetauscht werden. Ein Kuss oder eine liebevolle Berührung wäre für sie undenkbar. Darum bin ich auf einen entrüsteten Blick meiner Eltern vorbereitet. Aber Christian scheint sie derartig zu beeindrucken, dass sie ihm alles verzeihen würden.

Mit einem Gläschen Wein in der Hand setzen wir uns ins Wohnzimmer. Im Kamin prasselt das Feuer und der Schein der vielen Kerzen taucht den Raum in ein samtiges Licht. Dieses Zimmer habe ich bereits zu meiner Kindheit geliebt. Hier war ich Prinzessin und konnte von meinem Märchenprinzen träumen. Christian setzt sich auf dem Sofa so dicht neben mich, dass ich kaum Platz zum Atmen finde. Sein Bein überschlägt er in meine Richtung, während er seinen Arm um meine Schultern legt. Ich fühle mich quasi umzingelt von ihm. Meine Eltern sehen diskret darüber hinweg.

„Wissen Sie, Herr Ruhland", sagt meine Mutter nun, „wir sind sehr froh, dass wir Sie einmal kennenlernen durften. Unsere Tochter enthält uns ihre Bekanntschaften in der Regel vor."

„Mama!"

Peinlich berührt fangen meine Ohren an zu glühen. Jedoch lässt sie sich nicht unterbrechen.

„Sie ist erwachsen geworden und wir sind sehr stolz auf sie. Leider hat sie nicht den Weg eingeschlagen, den wir uns für sie vorgestellt haben." Meine Mutter zieht sich ein Taschentuch hervor und tupft über ihre Augen. „Sie sollte es einmal leichter haben als wir, doch sie wehrte sich partout gegen ein Studium. Heutzutage kann man doch ohne Studium überhaupt nichts werden, nicht wahr, Herr Ruhland?"

Wenn ich gewusst hätte, dass meine Mutter heute Abend zu Höchstformen aufläuft, hätte ich ihr vorher einen Maulkorb verpasst. Unerhört, was sie hier von sich gibt.

„Aber, Frau Sander, Claudia weiß sehr genau, was sie will", beruhigt Christian sie, obwohl ich mich frage, weshalb er sich dazu berufen fühlt. Und seit wann, weiß ich, was ich will? Das ist ja interessant! „Ich schätze ihre Arbeit sehr und bin davon überzeugt, dass sie zu weitaus mehr fähig ist, wenn sie nur die Gelegenheit dazu bekäme."

Er braucht gar nicht versuchen, meine Eltern zu überzeugen. Für sie bin ich ein Loser, weil ich mich gegen ihren Willen dazu entschlossen hatte, meinen eigenen Weg zu gehen. Ich entschied mich gegen ein Studium und begann eine Lehre als Versicherungskauffrau. Wie verantwortungslos von mir. Vor allem, weil ich deswegen schneller auf eigenen Beinen stand und mich somit der elterlichen Fürsorge entzog.

„Ach ja?", bemerkt meine Mutter zweifelnd und sieht mich an, als wäre sie gerade zu unerreichter Erleuchtung gelangt. „Es ist sehr bedauerlich, dass wir es niemals geschafft haben, zu Claudias Kern vorzudringen", fährt sie fort. „Meinem Mann und mir ist durchaus bewusst, dass wir bei Claudias Erziehung große Fehler gemacht haben. Sie war schon immer sehr eigensinnig und ließ sich nichts sagen."

„Was redest du da?", mische ich mich empört in diese abwegige Unterhaltung ein. „Ihr wolltet mich doch nie. Für euch war ich immer bloß eine Last und das habt ihr mich jeden Tag spüren lassen. Nicht ich habe euch nicht an mich herangelassen, sondern umgekehrt. Ihr seid kaltherzig und gefühllos, habt mich in die Hände eines Kindermädchens gegeben und mich ins Internat abgeschoben."

Mein Vater bekommt einen hochroten Kopf, während meine Mutter auf ihre Art versucht, ihn zu beruhigen.

„Lass nur, sie weiß es doch nicht."

„Was soll das heißen?", frage ich verwirrt. Mit solch einer seltsamen Reaktion habe ich nicht gerechnet. Das erste Mal in meinem Leben konfrontiere ich meine Eltern mit meinem Unmut über eine verkorkste Kindheit und es kommt heraus, dass sie mir etwas vorenthalten haben. „Jetzt bin ich aber neugierig. Vielleicht ist es an der Zeit, mal Klartext zu reden. Wovon weiß ich nichts?"

Die Bemerkung meiner Eltern wühlt mich derartig auf, dass ich Christian völlig vergesse.

Meine Mutter schüttelt mit dem Kopf, doch mein Vater rudert zurück.

„Irgendwann muss sie es erfahren."

„Aber nicht jetzt", widerspricht meine Mutter.

„Wir haben es viel zu lange vor uns hergeschoben. Herr Ruhland ist mit unserer Tochter befreundet. Es spricht nichts dagegen, dass er mithört, was wir Claudia zu sagen haben."

Das sehe ich zwar anders, aber ich kann Christian ja schlecht vor die Tür schicken. Und außerdem will ich nun auf der Stelle wissen, worum hier so ein Geheimnis gemacht wird!

„Du bist nicht unser leibliches Kind." Fassungslos starre ich meinen Vater an. „Deine Mutter und ich konnten keine eigenen Kinder bekommen. Daher haben wir dich adoptiert."

„Wir haben dich immer geliebt wie unser eigenes Kind", fährt meine Mutter fort. Das musst du uns glauben." Sie tupft sich weitere Tränen aus dem Gesicht. „Wir hatten es immer schwer, an dich heranzukommen. Als wir dich bekamen, warst du drei Jahre alt. Deine leiblichen Eltern sind bei einem Unfall ums Leben gekommen. Du hast viel durchgemacht in diesem zarten Alter."

Meine Augen werden feucht und es lösen sich ein paar Tränen. Wie soll ich mit diesem Geständnis umgehen? Ich habe gerade erfahren, dass ich alleine auf der Welt bin. Meine Eltern sind nicht meine Eltern, sondern lediglich ein unvollkommener Ersatz. Ihre Unnahbarkeit mir gegenüber schreiben sie nun mir zu und der Tatsache, dass ich adoptiert bin. Das finde ich ungeheuerlich. Machen sie es sich nicht ein bisschen zu einfach?

Für mich ist der Abend gelaufen. Das muss ich erst mal verdauen und dafür brauche ich Zeit.

„Warum habt ihr so viele Jahre gebraucht, mir das zu sagen?", frage ich sie, doch die Antwort warte ich nicht ab. Ich renne aus dem Zimmer und verlasse verstört das Haus. Dabei vergesse ich, mir zuvor meinen Mantel überzuziehen und nach meiner Handtasche zu greifen. Darum stehe ich nun frierend und ohne Geld in meinem dünnen Kleidchen auf der Straße vor dem Haus meiner Eltern.

Langsam gehe ich den Weg hinab und denke darüber nach, was ich gerade erfahren habe. Die Kälte zieht mir durch Mark und Bein und ich zittere am ganzen Körper.

Ich höre schnelle Schritte hinter mir und bin froh, dass es Christian ist, der mir meinen Mantel über die Schultern legt.

„Claudia! Wo willst du denn hin in diesem Aufzug? Du holst dir noch den Tod."

Er legt seine Arme wärmend um mich herum und führt mich zum Auto. Während der Fahrt starre ich bewegungslos aus dem Fenster und bemerke nicht, wie Christian seinen Wagen zu sich nach Hause lenkt. Er fährt in die Garage ein, steigt aus und geht ums Auto, um die Beifahrertür zu öffnen. Ich sitze immer noch wie erstarrt im Wagen und versuche, meine Gedanken zu ordnen.

„Komm", sagt Christian und hilft mir heraus. Als wir sein Haus betreten, nehme ich endlich wahr, wo ich mich befinde.

Christian entzündet den Kamin und setzt Teewasser auf. Ich sitze in eine Decke gehüllt auf dem Sofa seines Wohnzimmers, das nur durch das Feuer des Kamins beleuchtet wird. Wenn ich's mir recht überlege, bin ich hier am falschen Platz. Ich sollte nicht bei Christian sein. Schon gar nicht nach all dem, was ich gerade erfahren habe. Allein in Sandras Wohnung möchte ich aber auch nicht sitzen. Wahrscheinlich wäre eine Bar angemessen. Ich könnte mich betrinken und dem Barkeeper von meinen Sorgen erzählen. Das ist doch sein Job! Jeder, der was auf sich hält, ertränkt seinen Kummer in Alkohol und lässt sich vom Wirt therapieren.

Christian kommt mit zwei Tassen Tee zurück und setzt sich neben mich. Er stellt die dampfenden Tassen auf den kleinen Tisch vor uns und nimmt mich wortlos in den Arm. Das fühlt sich gut an, auch wenn ich natürlich weiß, dass es mehr als eine Umarmung zwischen uns nicht mehr geben wird. Er wiegt mich wie ein Baby und anstatt mich gegen diese befremdliche Handlung zu wehren, laufen mir Tränen übers

Gesicht. Ich fühle mich wie ein kleines Kind, das gerade seine Eltern verloren hat.

Nach unendlich langer Zeit sind die Tränen versiegt und ich brauche dringend Flüssigkeitsnachschub. Daher schlürfe ich ein paar Schlucke von meinem Tee und starre aufs Kaminfeuer.

„Du musst euch Zeit geben, Claudia. Sicher ist es nicht leicht für dich, von deiner Adoption nach so langer Zeit zu erfahren. Deine Eltern hätten eher etwas sagen müssen. Doch jetzt, wo das Geheimnis gelüftet ist, habt ihr eine Chance erhalten, alles hinter euch zu lassen und neu anzufangen. Das wird schon wieder."

Ich erwidere nichts auf Christians Bemerkung. Er kann doch nicht wissen, ob das wieder wird. Hat er etwa eine derartige Situation durchgemacht? Seine Eltern sind verstorben; ich muss zugeben, das kommt meiner Situation recht nah. Aber immerhin waren sie seine leiblichen Eltern und haben ihn nicht sein halbes Leben belogen. Damit muss ich erst mal klarkommen und ich habe keine Ahnung, ob das geht. Kann man so etwas verzeihen?

Ich stelle meine Teetasse zurück auf den Tisch und mustere Christians Gesicht. Er sieht erschöpft aus und trotz des schummrigen Lichts kann ich seine Augenringe erkennen. Die letzte Nacht muss auch für ihn recht kurz gewesen sein. Hat ihm unser Streit genauso zugesetzt wir mir? Wenn er in meiner Nähe ist, vergesse ich sofort jeden Krieg mit ihm. Plötzlich ist es nicht mehr wichtig, was vorher war. Dass er eine Freundin hat und mit mir schläft, müsste mich eigentlich an ihm zweifeln lassen und doch bleibt ein Quäntchen Hoffnung, dass er nicht der Schuft ist, für den ich ihn unter diesen Umständen halten müsste. Ich kuschle mich näher an ihn, so nah, dass ich sein Herz deutlich pochen höre. Mir kommen seltsame Gedanken, die ich mir nach allem, was passiert ist, nicht erklären kann. Ich möchte, dass er mich jetzt aus der Wolldecke pellt und seine Hände über meinen Körper streichen lässt. Mein Verlangen nach ihm ist nach wie vor ungebrochen. Trotz aller Geschehnisse. Ich schäme mich dafür. Immerhin hat er mich gerade aus seinem Unternehmen gekickt. Wie kann man solch einen Menschen lieben? Ich muss verrückt sein!

„Christian, ich danke dir dafür, dass du für mich da bist, aber ich sollte besser gehen."

Sonst vergesse ich mich noch, denn ich bin dir mit Haut und Haaren verfallen.

Der Kamin hat das Wohnzimmer angenehm aufgeheizt und ich bin mir nicht sicher, ob mir nur deshalb so warm wird. Doch Christian erwidert nichts und streift mir die Wolldecke von den Schultern. Ich sollte jetzt aufstehen und seine Handlungen stoppen, aber ich kann nicht. Stattdessen streiche ich ihm über die Bartstoppeln und ziehe mit dem Zeigefinger die kleinen Fältchen in seinem Gesicht nach. Ich zeichne eine Linie von seiner Nase zu seinem Kinn und mache dann einen Abstecher in sein leicht geöffnetes Hemd, um seinen warmen Oberkörper zu fühlen. Christian senkt seinen Kopf und berührt mit seinen Lippen meine Nasenspitze. Mir ist klar, dass ich es verhindern muss, aber das möchte ich nicht. Mein Mund sucht seinen und wir küssen uns berauscht von dem Moment. Ich könnte ihn ewig so weiterküssen, doch er löst sich von mir und nimmt meine Hände in seine.

„Claudia, ich möchte mit dir zusammen sein. Beruflich und privat. Ich möchte jeden Morgen mit dir aufwachen, in dein hübsches Gesicht blicken und wissen, dass du zu mir gehörst."

Dass ich genauso zu ihm gehöre wie die andere? Wo wird sie schlafen? Zwischen uns? Und wieso kündigt er mir dann, wenn er auch beruflich mit mir zusammen bleiben will? Kann mir mal jemand den Knoten im Kopf lösen, ich komm nicht drauf, was seine Worte zu bedeuten haben!

Wie eine Taubstumme erwidere ich seinen Blick, als hätte ich nichts von dem verstanden, was er gerade zu mir sagte. Hab ich eigentlich auch nicht.

„Und was wird aus deiner Freundin? Welchen Platz hast du ihr zugestanden oder besser, welchen mir?", entgegne ich ihm voller Skepsis. „Hast du vergessen, dass du mir heute meine fristlose Kündigung auf den Tisch gelegt hast?"

Christian sieht aus, als hätte er gerade erfahren, dass er enterbt wird. Aber ich sehe wahrscheinlich nicht anders aus, zumal mich etwas Derartiges tatsächlich noch erwarten könnte.

„Herrgott noch mal, du glaubst doch wohl nicht, dass ich ..." Plötzlich klingelt das Telefon und reißt ihn aus seinem Satz heraus, den er nicht gerade freundlich eröffnete. „Warte, ich bin gleich zurück."

Ja, ich warte, was sollte ich auch sonst tun? Ich könnte ihm zum Beispiel folgen und heimlich mithören. Das ist jedoch nicht nötig, denn ich höre auch aus dem Wohnzimmer recht gut, was Christian in die Sprechmuschel gurrt.

„Bianca, wie schön, von dir zu hören." Oh bitte, kühl dich wieder ab. Dieser Freudenausbruch ist ja kaum zu ertragen. Warum lebt sie überhaupt noch? Ach ja, ich hatte vergessen, sie zu ermorden. Dafür fehlte mir bislang die Zeit. „Sicher bleibt es dabei. Morgen Nachmittag. Ich freu mich auf dich." Dann freu dich mal fein. So ein Zufall, ich plane für morgen Nachmittag auch ein Rendezvous. Vielleicht rufe ich Stefan an und bekehre ihn zur Heterosexualität. Das sollte mir doch gelingen.

Christian hat sein Gespräch beendet und kehrt zu mir zurück. Ich warte nicht so lange, bis er sich wieder setzt und stehe auf.

„Ich habe vergessen, dass ich heute noch einen Termin habe. Das fällt mir gerade ein."

Das hätte mir viel eher einfallen sollen.

„Jetzt? Um diese Uhrzeit? Es ist halb elf!"

Er kann die Uhr richtig lesen. Ich bin ja selbst überrascht, dass ich noch einen Termin habe, aber was soll ich machen?

„Ja, das war mir völlig entfallen. Ich muss dringend los."

„Du kannst jetzt nicht einfach so gehen." Warum nicht? „Ich gestehe dir meine Gefühle, offenbare mich dir und du willst wieder einmal davonrennen."

„Ich laufe nicht davon, ich …"

„Verstehst du es wirklich nicht oder willst du es nicht verstehen?"

Also da hat er den Nagel mal auf den Kopf getroffen. Ich verstehe in der Tat nur Bahnhof.

„Du sagst, du offenbarst dich mir! Warum weiß ich dann nichts von dir? Meine Eltern wissen inzwischen mehr aus deinem Leben als ich. Ich wusste ja nicht mal, dass du bereits verheiratet warst."

„Siehst du, und genau das ist der Punkt", geht er wütend dazwischen. „Du gibst mir überhaupt keine Gelegenheit, dir was von mir zu erzählen, weil du es vorziehst, dich immer gleich aus dem Staub zu machen."

Natürlich, jetzt bin ich mal wieder schuld. Wer hat mir denn heute in den Allerwertesten getreten und mich hochkant aus der Firma geworfen? Soll ich mich da etwa noch ruhig verhalten und ein langes Gespräch unter Freunden mit ihm führen?

„Dann frag dich mal, warum!"

Eine kleine Denksportaufgabe am Abend kann ja nicht schaden.

„Also schön, es hat keinen Sinn. Meine Worte erreichen dich anscheinend nicht", stellt er nun fest und reibt sich verzweifelnd die Augen. Er tut ja fast so, als wäre er derjenige, der heute rausgeschmissen wurde. „Tu mir bitte den Gefallen und komm morgen Abend noch einmal hierher."

„Ich denke nicht daran. Morgen ist deine Bianca hier, da will ich nicht im Weg sein."

Glaubt er, ich lass mich auch noch bei vollem Bewusstsein demütigen? Nicht mal, wenn er mich mit dem Bajonett bedrohen würde, würde ich morgen hier aufkreuzen.

Christian sieht aus, als koste ihn diese Diskussion viel Kraft. Er reibt sich die Augen und schüttelt den Kopf. Doch seine scheinbare Hilflosigkeit hält nicht an. Auf einmal bündelt er seine Energien und schießt wie ein Pfeil auf mich zu.

„Verflucht noch mal, dann bitte ich dich nicht darum, sondern ich verlange es! Wenn du dann nach wie vor der gleichen Meinung bist wie heute Abend, dann vermag ich deine Zweifel wohl nicht mehr auszuräumen. Aber diese eine Chance solltest du mir schon geben – uns geben!"

Ich bin überwältigt von seinem Auftritt. Wo hat er bloß gelernt, sich so melodramatisch auszudrücken? War er mal beim Theater? Mir tun meine Arme weh und ich hätte nichts dagegen, wenn er sie wieder loslassen würde.

„Gut, wenn du so darauf bestehst, komme ich, wenngleich ich nicht weiß, was das ändern wird."

Erleichtert über meine Worte löst er seinen harten Griff und steht nun vor mir, als hätte er gerade einen Eimer Wasser über den Kopf bekommen.

„Gut, dann will ich dich nicht länger aufhalten", sagt er gequält und ich könnte schwören, einen Schweißtropfen auf seiner Stirn gesehen zu haben. Doch ich schaue nicht mehr so genau hin und entscheide mich, sofort zu gehen. Auf einmal bin ich mir nämlich unsicher, ob es richtig ist, ihn morgen noch einmal aufzusuchen. Gleichzeitig bin ich mir aber im Unklaren darüber, ob es richtig ist, jetzt zu gehen. Dieser Widerspruch beunruhigt mich. Habe ich womöglich eine Psychose?

„Dann bis morgen!", bestätige ich mein Versprechen und verlasse mit gemischten Gefühlen das Haus. Ich gehe ein paar Schritte durch die Dunkelheit, bevor ich mir mit dem Mobiltelefon ein Taxi rufe.

Das hatte ich mir gleich gedacht – jedenfalls beinahe

Ich verbringe den folgenden Tag in der gleichen Weise, wie ich den letzten verbracht habe: mit der Erkenntnis, dass ich ohne Arbeit unzufrieden bin. Auch wenn ich immerzu in Betracht ziehe, Oliver und Stefan meine Arbeitskraft doch noch anzubieten, entscheide ich mich aber gleichzeitig dazu, ein paar Bewerbungen zu schreiben. Es kann nicht schaden, sich nach allen Seiten hin abzusichern. Denn erstens möchte ich überhaupt nicht für Oliver arbeiten und zweitens könnte es sein, dass er es jetzt ablehnt. Drittens möchte ich auch nicht für jemand anderen arbeiten, sondern einzig und allein für Christian. Himmel, ich dreh mich im Kreis. Am Abend habe ich ganze zwanzig Bewerbungen fertiggestellt, die ich der Reihe nach eintüte. Ich habe vor, sie auf dem Weg zu Christian in einen Briefkasten einzuwerfen. Irgendeiner wird auf meinem Weg ja wohl stehen.

Unterwegs bekomme ich im Auto Beklemmungen. Ist es die Angst vor Christian und dieser Bianca oder blüht meine neu erworbene Psychose gerade auf? Ich öffne das Fenster und sauge den Fahrtwind tief in mich hinein. Das tut gut. Was wird mich gleich erwarten? Weshalb hat Christian darauf bestanden, dass ich heute zu ihm komme? Ich kann einfach nicht glauben, dass ihm daran gelegen ist, mich zu verspotten. Nur darum habe ich zugestimmt. Aber was will er dann damit bezwecken, mir Bianca vorzustellen?

Ich stelle meinen Wagen in der Einfahrt ab und sehe die Bewerbungen auf dem Beifahrersitz liegen. Gut, dann muss ich sie halt auf dem Rückweg einwerfen. Vor lauter Grübelei hab ich wahrscheinlich ein Dutzend Briefkästen übersehen. Ich steige aus und gehe langsam auf die Haustür zu. Meine Knie zittern, als hätte ich jeden Augenblick einen Auftritt vor Publikum. Wo bleibt mein Applaus? Ohne den geht nichts. In diesem Augenblick öffnet sich die Tür und Frau „Makellos" steht auf der Schwelle. Ich hab doch noch nicht mal geklingelt! Können wir das nachholen? Die Zeit brauche ich zur Vorbereitung.

„Du musst sicher Claudia sein", spricht sie mich an. Habe ich ihr etwa das „Du" angeboten? „Christian hat mir schon von dir erzählt." Ach ja? „Ich bin Bianca."

Sie schüttelt energisch meine Hand und zieht mich ins Haus. Sofort nimmt sie mir den Mantel ab und ich komme mir dabei ziemlich blöd vor. Soll ich ihr gleich erzählen, dass ich nackt in ihrem Bett neben ihrem Freund gelegen habe? Christian ist nicht zu sehen, Bianca und ich sind allein. Fürchtet er nicht, dass wir uns durch den Fleischwolf drehen? Ich bin jedenfalls kurz davor. Was für eine Hinterlist, mich mit meiner Widersacherin alleine zu lassen.

Leckere Gerüche steigen mir in die Nase. Bianca kocht offenbar und der Tisch ist für zwei Personen gedeckt. Da wir aber drei Personen sind, kann ich davon ausgehen, dass meine Wenigkeit nicht mit eingeplant wurde. Warum bin ich dann hier?

Bianca geht in die Küche und lässt mich allein zurück. Holt sie jetzt das Nudelholz, mit dem sie meinen Schädel zertrümmern wird? Zum ersten Mal sehe ich die Einrichtung bei vollem Bewusstsein. Alles ist hell und freundlich aufeinander abgestimmt und die Möbel des offenen Essbereiches passen perfekt zum Wohnzimmerinventar. Ganz anders als Christians Arbeitszimmer, das trotz des alten Mobiliars gemütlich ist. Ich gehe zum Kamin, der noch nicht lange brennt. Die Flamme hat einige Holzscheide verschont, auf die das Feuer aber sicher bald überspringen wird. Auf dem Kaminsims sehe ich ein paar Fotos aufgereiht stehen und lasse einen neugierigen Blick über die Bilder wandern. Auf einem der Bilder erkenne ich Christian, als er deutlich jünger war. Neben ihm ein Mädchen in seinem Alter. Als ich genauer hinschaue, trifft mich der Schlag. Sehe ich jetzt überall Bianca? Wahrscheinlich verfolgt sie mich noch in den Schlaf.

Sie steht auf einmal neben mir und reißt mich aus meinen Gedanken. Hat sie sich hergebeamt? Sie war doch eben noch in der Küche.

„Da waren Christian und ich gerade mit dem Studium fertig. Das Bild entstand direkt vor der Uni. Ich habe Jura studiert und Christian Betriebswirtschaft."

Freut mich für euch. Und wann wollt ihr heiraten?

Sie zeigt mit dem Finger auf ein anderes Bild, auf dem zwei kleine Kinder abgebildet sind. Das sind wohl eure gemeinsamen Gören.

„Hier waren wir noch Kinder. Unsere Eltern wollten immer, dass wir die gleiche Kleidung tragen, aber Christian und ich haben das gehasst."

Warte mal! Ich muss mal kurz eins und eins zusammenzählen. Christian und Bianca sind gar kein Liebespaar! Ach, du heiliger Bimbam! Sie sind Geschwister! Ich brauch Morphium, sonst krieg ich einen Herzkasper. Beruhig dich, Claudia, das hast du dir doch längst gedacht. Lass dir bloß nichts anmerken. Du bist ein echter Hornochse! Wenn ich hier weg bin, stürze ich mich in die Spree.

„Ihr habt auf diesem Bild eine erstaunliche Ähnlichkeit", bemerke ich so unberührt wie möglich, als hätte ich nicht eine Sekunde daran gezweifelt, dass sie Geschwister sind.

„Kein Wunder", vernehme ich Christians Stimme aus dem Hintergrund. „Wir sind ja auch Zwillinge."

Erstaunt drehe ich mich um und sehe Christian auf der Treppe stehen. Das erste Mal sehe ich ihn in Jeans und muss einen Augenblick überlegen, ob er es wirklich ist. Keine Frage, das legere Outfit steht ihm ausgesprochen gut.

„Ja, jetzt wo du's sagst", flüstere ich leise. Gebt mir ein Gewehr! Ich wähle den Freitod.

Bianca lacht und führt mich in die Küche.

„Hast du Lust, mir ein wenig zu helfen?"

„Gern", gebe ich ehrlich zur Antwort. Alles ist mir lieber, als in Christians Nähe zu sein.

„Du wusstest nicht, dass ich Christians Zwillingsschwester bin?", fragt sie mich schmunzelnd und rührt dabei die Soße an. Es duftet unverschämt lecker.

„Ehrlich gesagt wusste ich nicht mal, dass ihr überhaupt verwandt seid", kläre ich Bianca auf.

„Hoffentlich hast du keinen falschen Eindruck gewonnen, als du uns in seinem Büro überrascht hast."

Nicht doch. Die Heulerei war nur Show.

„Vielleicht ein wenig", schwindele ich. „Wohnst du hier in Berlin?", erkundige ich mich schnell, um vom Thema abzulenken.

„Nein, ich lebe in Hamburg. Ich bin lediglich hier, weil ich Christian juristisch vertrete. Seine Exfrau klagt eine höhere Unterhaltszahlung ein. Aber ich denke, dass du das sicher schon weißt."

Klar, das habe ich wohl nur vergessen. Gibt es etwas, was ich von Christian weiß? Allerdings kann ich mir jetzt einiges zusammenreimen. Das Telefonat, bei dem Christian so aufgebracht war, könnte er mit seiner Exfrau geführt haben. Das passt. Wahrscheinlich hatte sie ihm gerade eröffnet, dass sie auf mehr Unterhalt bestehen wird, und just in diesem Augenblick platzte ich in Christians Büro. Das war mein Pech!

Bianca zieht einen leckeren Braten aus dem Ofen und tranchiert ihn gekonnt. Bewundernd sehe ich ihr dabei zu.

„Ich koche sehr gern", klärt sie mich auf. „Als Christian sagte, dass du zu Besuch kommst, habe ich ihm sofort angeboten, für euch zu kochen."

„Isst du denn nicht mit?", frage ich verwundert.

„Oh nein, ich habe gleich noch eine Verabredung mit einem alten Schulfreund. Er müsste eigentlich jeden Augenblick hier sein."

Sie drückt mir eine Schüssel in die Hand, die randvoll mit Soße gefüllt ist.

„Kannst du das mal auf den Tisch stellen?"

Ich nicke und laufe wie auf rohen Eiern, um nichts zu verschütten. Auf halbem Wege kommt mir Christian entgegen und nimmt mir die Schüssel ab.

„Das gib mal lieber mir. Wir wollen ja schließlich noch was davon essen."

Bevor ich protestieren kann, klingelt es an der Haustür. Bianca stürzt aus der Küche und zieht sich ihren Mantel über.

„Das ist sicher Max. Ich bin dann weg."

Die Haustür fällt zu und es herrscht eine unangenehme Stille im Haus. Hätte sie nicht noch länger bleiben können? Vor einer Stunde hätte ich nicht gedacht, dass ich mir das wünschen würde. Wie schnell sich alles ändern kann.

„Du hast eine nette Schwester", sage ich, als wir endlich unsere Plätze am Tisch eingenommen haben.

„Nicht wahr!", entgegnet er mir schmunzelnd.

„Es tut mir leid, dass ich deine Schwester für deine Freundin gehalten habe."

Christian lacht und lehnt sich lässig zurück.

„Mir nicht", bemerkt er und ich könnte wetten, ein verschmitztes Lächeln auf seinem Gesicht zu erkennen. „Dein eifersüchtiges Verhalten hat mir immerhin einiges verdeutlicht." Nämlich? „Du mochtest mich offenbar mehr, als du zuzugeben bereit warst."

Ich senke verlegen meinen Blick und bemerke, dass Gabel und Messer vertauscht sind.

„Nein, so war es nicht", berichtige ich ihn. „Ich habe es nur nicht gleich erkannt. Das ist ein Unterschied."

Ich nehme das Messer in die Hand und lege es auf die rechte Seite des Tellers.

Christian lacht und erhebt sich von seinem Stuhl. Wir haben doch noch nichts gegessen! Wir sollten zumindest mal etwas davon probieren. Er geht um den Tisch herum und reicht mir seine Hand.

„Komm, ich will dir etwas zeigen", fordert er mich auf und macht mich ausgesprochen neugierig. Ich lege meine Hand in seine und lasse mich von ihm in sein Arbeitszimmer führen. Mir kommt unser erster Abend wieder in Erinnerung, als ich einen Blick auf den Teppich werfe. Aber deshalb sind wir sicher nicht hier. Obwohl ich mir einen erneuten Zwischenfall dieser Art gerade gut vorstellen könnte. Er zieht ein Schubfach seines Schreibtisches auf und nimmt einen Umschlag heraus.

„Claudia, du bemängelst, dass du von mir zu wenig erfährst. Ich habe mich in der Tat die letzte Zeit sehr bedeckt gehalten, weil ich bereits eine schlechte Erfahrung hinter mir habe."

„Spielst du auf deine Scheidung an?"

Christian nickt und zieht lächelnd ein paar Dokumente aus dem Couvert.

„Was du vermutlich erst jetzt erkannt hast, weiß ich viel länger." Nun sehe ich sicher nicht weniger verblüfft aus, als der ausgestopfte Uhu auf seinem Schreibtisch. Christian hat schon früher ein Auge auf mich geworfen? Und ich hab nie etwas gemerkt! Dank Ullrich hatte ich die letzten Monate das Gespür einer Brotmaschine. „Sicher überrascht dich mein Bekenntnis, aber ich wusste ja, dass du einen Freund hast. Somit musste ich also akzeptieren, dass ich dich über die Bürozeit hinaus nicht sehen konnte. Auch wenn ich es mir gern anders gewünscht hätte." Ich bin gerührt von seinem Geständnis und wünschte, ich hätte früher davon erfahren. Womöglich hätte ich Ullrich für ihn verlassen. Das ist eher unwahrscheinlich, denn ich habe ja während der Zeit mit Ullrich ohne Gehirn existiert. „An dem Abend im Theater, als wir auf diesen Oliver trafen, dachte ich für einen Moment, er wäre dein neuer Freund." Oh je, ich dachte immer Männer hätten keine Antennen für so etwas. Doch auch Oliver war ja davon überzeugt, dass Christian mehr für mich sein könnte.

„Das war er auch beinahe. Zum Glück habe ich schnell erkannt, dass er nicht zu mir passt." Christian atmet schwer, als er meine Worte vernimmt. Hätte ich das verschweigen sollen? „Es ist mir wichtig, dass wir ehrlich miteinander sind. Ich möchte dich nicht belügen."

„Du hast Recht, so ist es besser. Daher möchte ich die Gelegenheit nutzen und etwas richtigstellen."

Beunruhigt stehe ich vor ihm und hoffe, dass ihm nicht ein ähnliches Bekenntnis auf den Lippen liegt. Biancas Existenz war schwer genug zu verkraften und ich bin heilfroh, dass sie seine Schwester ist.

„Ich hatte niemals vor, dich zu entlassen, Claudia. – Nicht eine Sekunde wäre mir das in den Sinn gekommen."

„Weshalb dann die Kündigung?", frage ich erstaunt.

„Sie hatte nur einen symbolischen Charakter. Mein Gott, ich konnte nicht glauben, dass du mir das tatsächlich zutraust." Christian reicht mir schmunzelnd die Dokumente, die er immer noch in der Hand hält. „Ich möchte dir eine Teilhaberschaft anbieten."

Ich greife daneben und die Blätter fallen zu Boden. Was hat Christian da gesagt?

„Du meintest es also ernst, als du es mir neulich angeboten hast. Es war kein Witz?"

„Nein!", antwortet Christian und bückt sich nach den Papieren. „Ich habe die Verträge länger hier zu liegen. Als ich dich seinerzeit bat, mit mir essen zu gehen, da wollte ich es dir vorschlagen. Ich konnte ja nicht ahnen, dass du gerade genug andere Sorgen hast, weil sich dein Freund von dir getrennt hat."

Seine Worte erstaunen mich. Das Essen mit ihm war also kein Rendezvous, er wollte mir diese Teilhaberschaft anbieten.

„Und ich habe dir den ganzen Abend die Ohren über Ullrich vollgeheult."

„Nun ja, ich kann nicht behaupten, dass der Abend ein Misserfolg war. Immerhin habe ich so von der Trennung erfahren, von der du mir unter anderen Umständen wohl nichts erzählt hättest."

Da ist was dran. Bestimmt hätte Christian davon nichts erfahren, denn es spielte sich ja alles bloß auf der geschäftlichen Ebene ab.

„Ich erwarte nicht, dass du mir sofort zustimmend um den Hals fällst, aber schau dir die Verträge doch mal in Ruhe an." Er drückt sie mir in die Hand und wedelt kurz darauf tadelnd mit dem Finger. „Eines möchte ich noch klarstellen:

Ich habe selbstverständlich nicht unter der Belegschaft das Gerücht deiner Kündigung verbreitet. Meinst du nicht, dass ich für diesen Fall erst mal das Gespräch mit dir gesucht hätte?" Beschämt nicke ich. Wie hatte ich das nur denken können? Christian ist immer fair zu mir gewesen. Aber die Situation war ja auch eine andere. Das muss ich zu meiner Entschuldigung einräumen. „Ich habe sie lediglich darüber informiert, dass sie einen zweiten Chef bekommen werden, falls du dich dazu entschließen kannst."

„Christian, ich weiß nicht, was ich sagen soll. Ich bin überwältigt." Und das ist nicht gelogen. Ich halte diese Verträge in der Hand und bin noch benommen. „Danke für das Vertrauen, dass du in mich setzt. Ich werde darüber nachdenken."

„Das ist doch schon ein Anfang", sagt er erfreut und legt seinen Arm um meine Schultern. „Und morgen fahren wir zu deinen Eltern und du versöhnst dich mit ihnen."

Der letzte Satz versetzt mir einen Stich. Ich habe auch längst darüber nachgedacht, mit ihnen noch einmal über alles zu reden. Jetzt, wo etwas Zeit vergangen ist, habe ich die Nachricht der Adoption größtenteils verdaut. Es ist mir sehr daran gelegen, dass wir wieder zueinanderfinden. Immerhin haben sie mich großgezogen und im Grunde meines Herzens weiß ich, dass sie mich lieben, so wie auch ich sie liebe. Auch wenn ich ihr jahrelanges Schweigen nicht gutheiße. Es gab Augenblicke genug, in denen sie mich hätten aufklären können. Doch umso schöner ist es nun, dass die Wahrheit endlich ans Licht gekommen ist und meine Eltern und auch ich einen neuen Anfang machen können. Ich bin bereit dazu und meine Eltern hoffentlich auch.

„Ja, das ist eine gute Idee", sage ich und umarme Christian. „So viel gute Neuigkeiten auf einmal. Fehlt nur noch, dass du mir einen Heiratsantrag machst." Also schön, das ist mir eben so rausgerutscht und ziemlich unpassend. Oder? Jedenfalls ist es mir peinlich, so was Dummes gesagt zu haben. Zum Glück hat Christian Humor und lacht. Er hätte mir auch vor lauter Schreck die Verträge aus der Hand reißen und mich vor die Tür setzen können. Vielleicht macht er das ja noch!

„Ich wollte mir zwar noch ein wenig Zeit lassen damit, aber wenn du es so eilig hast, hätte ich kein Problem damit, es jetzt zu tun."

Seine Reaktion haut mich aus den Schuhen. Bei Christian ist wirklich mit allem zu rechnen.

„Du versetzt mich in Erstaunen. Das meinst du doch nicht ernst!"

Mit einem spitzbübischen Lächeln holt er einen kleinen Schlüsselbund aus seiner Hosentasche und zieht die Schlüssel vom Schlüsselring ab. Dann nimmt er ihn zwischen Daumen und Zeigefinger und drückt ihn auf einen kleineren Umfang zusammen. „So, das müsste reichen." Mir wird schwindelig. Dafür bin ich nicht gerüstet. Ich müsste mal eben schnell ein paar Tage in die Wüste Gobi fahren und einen Selbstfindungstrip machen. Danach wäre ich dann bereit für seine Verrücktheiten. Aber jetzt stecke ich in einer spontanen Realitäts-Krise. Ich weiß nicht, ob ich dies hier leibhaftig erlebe oder ob ich träume. Christian nimmt meine linke Hand und steckt mir dieses ausgefallene Schmuckstück, das bis eben noch einen anderen Nutzen hatte, an den Ringfinger. Und was soll ich sagen: Das Ding passt!

„Na bitte! Ich hoffe, du bist mit dieser vorübergehenden Lösung einverstanden. Natürlich bekommst du noch einen neuen, schöneren Ring." Eigentlich will ich keinen anderen. „Diese frohe Botschaft könnten wir morgen gleich deinen Eltern mitteilen. Und bei dieser Gelegenheit könntest du dich mit ihnen versöhnen. Was meinst du?"

Ich bin im Moment nicht so recht in der Lage, seinen Worten zu folgen. Erst mal bin ich damit beschäftigt, mir diesen Übergangs-Ring anzusehen, und kann kaum glauben, dass Christian es schaffte, ihn perfekt auf die richtige Größe zu formen. Ist das jetzt ein Zeichen? Da arbeiten Christian und ich so lange zusammen und die ganze Zeit war der richtige Mann so nah.

„Möchtest du mich nicht erst einmal fragen, ob ich überhaupt möchte?"

„Nein …", antwortet Christian gelassen auf meine Frage und schmunzelt siegessicher.

**

Ich versöhnte mich mit meinen Eltern am folgenden Tag. Inzwischen sind wir uns viel näher als früher, was sicher auch daran liegt, dass sie durch das überfällige Geständnis meiner Adoption unverkrampfter geworden sind. Ich sehe meine Eltern in einem neuen Licht und bin heute sehr dankbar, dass ich sie habe. Christian und ich heirateten ein paar Monate später, sehr zur Freude meiner Eltern. Er ist ihr Traumschwiegersohn und Christian gelingt es immer wieder aufs Neue, sie etwas mehr aufzulockern. Somit lerne auch ich sie von einer neuen Seite kennen, die mir gut gefällt. Auch als Großeltern sind sie unersetzlich. Jan, unser kleiner Sohn, liebt sie sehr und lässt sich gern von ihnen verhätscheln und mit Geschenken überschütten. Christian ist ein toller Vater und erfreut sich an seinem freien Leben als Hausmann. Ich gewährte ihm ein paar Monate Vaterschaftsurlaub, den er allerdings schon um zwei Jahre überzogen hat und in vollen Zügen genießt. Für den Fall, dass er noch einmal in seinem Unternehmen aktiv mitwirken möchte, wird er sich wohl auf einige Änderungen einstellen müssen. Ich habe den Laden komplett umgekrempelt. Eine kleine Umstrukturierung war nötig. Sein Büro ist jetzt meins. Es ist größer, denn ich brauche viel Platz für mich und mein Teleskop, dass ich mir ans Fenster gestellt habe und gelegentlich für einen Ausflug in den Weltraum beanspruche. Auch wenn Christian nun mehr im Hintergrund agiert, wir sind ein unschlagbares Team.

Sandra heiratete ihren Henry, der sein Medizinstudium mit großem Eifer und gutem Erfolg abschloss und sich zu einem aufstrebenden Medizinmann entwickelte. Stefan lernte seine große Liebe kennen, einen Masseur mit goldenen Fingern. Ich wurde Stefans Trauzeugin und habe inzwischen die Vorzüge einer klassischen Fußreflexzonenmassage zu schätzen gelernt, die ich mir einmal die Woche gönne. Oliver verliebte sich kurze Zeit nach meiner Abfuhr neu und plant das Unternehmen „Großfamilie". Mit der neuen Frau an seiner Seite wird er sich diesen Traum zweifellos erfüllen können. Sie passt zu ihm und hat zum Glück mit Veronica nicht allzu viel gemeinsam.

Ach, und Ullrich? Er verschenkte meinen Ring wieder weiter. Keine Ahnung, wie oft. Wahrscheinlich so lange, bis er an irgendeinen Finger passte.

Leseprobe:

„Im Jenseits schmeckt die Liebe süßer"
von
Sabine Richling

1

Ich heiße Lina und bin siebzehn Jahre alt. Meine Hobbys sind mein Smartphone, Freunde treffen und Geisterbeschwörungen. Im Grunde bin ich ein ganz normaler Teenager, der es liebt, vieles auszuprobieren. Gerade tingle ich mit meiner Freundin Ronja durch die Drogerie, um mich mit neuen Mittelchen einzudecken für eine flotte Kriegsbemalung. Aber ich paniere mich nicht mit dem Zeug, ich benutze nur ein bisschen Wimperntusche und versuche, mich zu pflegen. So wie es alle tun in meinem Alter. Ich gehe in die elfte Klasse eines Gymnasiums und wechsle diesen Sommer in die zwölfte. Nach meinem Abitur möchte ich studieren, aber bis dahin ist noch Zeit. Solange werde ich das Leben genießen und mir nicht so viele Gedanken machen.

„Schau mal", sagt Ronja zu mir. „Der Nagellack hat ja 'ne geile Farbe. Findest du nicht auch?"

„Wow, lila. Der letzte Versuch", gebe ich zurück. „Passt gut zu deinen dunklen Haaren."

Ronja lacht und stellt das Fläschchen wieder ins Regal.

Wir suchen uns ein paar Sachen aus und gehen zur Kasse.

„Mist, ich glaube, mein Geld reicht nicht", stellt Ronja fest, als sie in ihr kleines Portemonnaie sieht. „Kannst du mir aushelfen?"

„Kein Problem", entgegne ich und reiche ihr einen Zehneuroschein. „Reicht das?"

„Locker. Danke."

Ronjas Geldprobleme sind mir vertraut. Ihre Eltern verdienen nicht so viel, daher fällt ihr Taschengeld geringer aus und mich stört es nicht, meiner besten Freundin ab und zu ein paar Taler zuzustecken.

„Wollen wir nachher wieder pendeln?", fragt sie mich mit glänzenden Augen.

„Ja, komm doch um vier bei mir vorbei."

„Super! Dann können wir mal auspendeln, wie deine Chancen bei Flori stehen."

„Glaub mir, das habe ich schon", entgegne ich gefrustet. „Obwohl mir das Pendel immer wieder eine positive Antwort gibt, schaut er mich nicht mal an, wenn er an mir vorbeigeht."

Womöglich bin ich es auch, die ihn vor Nervosität nicht anschaut, aber das lasse ich jetzt mal unter den Tisch fallen.

Ich bin verknallt in Florian, einen Mitschüler aus der Oberstufe. Als ich ihn das erste Mal sah, blieb mir die Luft weg. Er hat kurzes braunes Haar und Wimpern, die jedes Mädchen vor Neid erblassen lassen. Seine dunklen Augen sind zum Wegschmelzen und sein Lächeln ist so süß, dass beinahe alle Mädels auf ihn abfahren. Wahrscheinlich sind meine Chancen gleich null. Daher habe ich mir verboten, ihn weiterhin anzuschmachten.

„Ach, das ist nur Unsicherheit", weiß Ronja und grinst. „Wir können ihn ja zu meiner Party einladen nächsten Samstag."

„Das würdest du für mich tun?"

„Dämliche Frage! Natürlich."

Pünktlich um sechzehn Uhr schlägt Ronja bei mir auf. Ich habe schon alles vorbereitet: das Pendel und die Tarot-Karten liegen auf dem Tisch. Ich bin ein Medium – seit ich denken kann. Bereits als Kind habe ich Verstorbene gesehen und gedacht, das wäre normal. Ich konnte schließlich nicht ahnen, dass nicht alle Menschen solch eine Gabe besitzen und bin immer davon ausgegangen, jeder hätte diese Erscheinungen. Bis ich eines Tages meiner Mutter davon erzählte und ihr eine höllische Angst damit eingejagt habe. Ich sagte ihr, dass Oma Helga – die vor zehn Jahren verstorben ist – mich manchmal besuchen käme und mir Geschichten erzählte. Erst nahm meine Mum mein Gerede nicht ernst. Als ich aber von Erlebnissen berichtete, die vor meiner Geburt stattgefunden haben und von denen ich absolut nichts wissen konnte, lief ihr der Schauer über den Rücken. Seitdem bin ich vorsichtiger geworden mit dem, was ich erzähle. Ich begriff, dass nicht jeder bereit ist, an eine Parallelwelt und demzufolge an ein Leben nach dem Tod zu glauben.

Meine Freundin Ronja ist ganz scharf auf den überirdischen Kram und kann nicht genug davon bekommen. Wenn wir uns treffen, pendeln wir oft oder legen die Karten. Das Gläserrücken haben wir auch einige Male ausprobiert, allerdings ist mir dabei nicht so wohl. Manchmal kommen die Seelen vorbei, die wir rufen. Hin und wieder aber mischen sich andere ein und wollen uns ärgern. Sie lassen das Glas bloß sinnlos über den Tisch tanzen und geben keine richtigen Antworten. Deshalb habe ich Ronja darum gebeten, dass wir damit vorerst aufhören und nur einen Geist rufen, wenn wir etwas Wichtiges wissen wollen.

Ronja und ich gehen in mein Zimmer und machen es uns auf der Couch gemütlich. Wir quatschen über den Tag und kichern – wie zwei Teenager eben. Wir ahnen nichts Böses, als sich eines unserer Wassergläser auf dem Tisch von allein zu bewegen beginnt.

„Warst du das?", fragt Ronja erschrocken.

„Nein, wie hätte ich das tun sollen?", gebe ich ebenso verwundert zurück und fahre mir nervös durch die blonden Locken.

„Bestimmt ist da ein Geist, der auf sich aufmerksam machen will", nimmt meine

Freundin an und fängt Feuer. Sobald es um dieses Thema geht, ist sie voll dabei.

„Eigentlich ist das nicht möglich", erkläre ich ihr. „Es funktioniert doch lediglich, wenn wir unsere Finger darauf legen."

„Bist du sicher?", fragt sie mich.

„Hm … nein."

„Na bitte. Dann lass uns gleich mal nachfragen, wer da ist."

„Da ist niemand, Ronja. Wäre es so, würde ich das merken."

„Du könntest dich irren."

„Nein, bestimmt nicht."

Plötzlich fängt Ronja schallend an zu lachen.

„Du miese Schlange", entfährt es mir. Ich sehe den Faden, den sie in der Hand hält und der mit dem Glas verbunden ist.

„Reingelegt", amüsiert sie sich und rauft sich mit mir auf dem Sofa. Als wir uns wieder gefangen haben, steht sie auf und setzt sich an meinen Tisch. „Komm, lass uns die Tarot-Karten mischen und fragen, wann du mit Flori zusammenkommst."

„Okay", erwidere ich und setze mich beschwingt dazu. Solche Spiele finde ich lustig. Sie sind harmlos und machen Spaß. Sie reicht mir den Stapel und ich mische die Karten. Danach breite ich sie auf dem Tisch aus. Ich überlege ein bisschen und kann mich nicht entscheiden. Auf einmal bekomme ich Beklemmungen, mein Magen zieht sich zusammen. Ich könnte schwören, jemand steht neben mir und haucht mir eine Warnung ins Ohr.

„Nun zieh schon eine Karte!", fordert mich Ronja auf. „Warum überlegst du so lang? Die Dinger beißen nicht."

„Vielleicht machen wir was anderes", schlage ich vor. „Wir können ja pendeln."

„Hä? Was ist los?"

„Ich weiß nicht. Irgendwas Seltsames geht hier vor. Ich habe das Gefühl, dass ich keine Karte ziehen sollte."

„Aber wir haben doch eine harmlose Frage gestellt! Was kann daran verkehrt sein? Jetzt zieh eine, sonst mache ich es für dich!" Ronja nimmt meine Hand und hält sie über den ausgebreiteten Kartenstapel. „Du hast ja bloß Angst zu erfahren, dein Schwarm könnte eine andere lieben."

„Ja, wahrscheinlich ist es das", beruhige ich mich selbst und entscheide mich endlich für eine Karte. Ich sehe sie nicht an und reiche sie an Ronja weiter.

„Was ist es für eine?", frage ich und blicke sie unsicher an.

Sie starrt auf die Karte und gibt mir keine Antwort. Ihre Augen weiten sich und ihre Pupillen werden zusehends größer.

„Ach, nichts", sagt sie und will das Spiel neu mischen. Ich halte sie auf und entreiße ihr die Karte.

„Der Tod", stelle ich fest. „Es ist die Todeskarte. Na und! Wo ist dein Problem? Sie sagt nur aus, dass das Alte vergehen muss, damit etwas Neues wiedergeboren werden kann."

„Na, wenn alles harmlos ist, verstehe ich nicht, warum du so ein komisches Gefühl bei der Sache hattest? Und was hat das Ganze mit Flori zu tun? Lina, auf deine Gefühle konnten wir uns bisher immer verlassen. Warum ziehst du die Todeskarte, wenn wir wissen wollen, wann er sich endlich in dich verliebt?"

„Tja, womöglich habe ich zu lange überlegt und mich vergriffen. Ich könnte die Frage wiederholen und noch mal ziehen."

„Los!", bestimmt Ronja und sieht mich auffordernd an.

Ich vermische das Blatt neu und breite die Tarot-Karten im Halbmond auf der

Tischplatte aus. Diesmal warte ich nicht so lange und greife eine Karte, die mich regelrecht anspringt. Als ich sie aufdecke, erbleiche ich.

„Wieder die Todeskarte!", ruft Ronja aus. „Lina, das ist gruselig."

„Lass uns damit aufhören, ja?", bitte ich meine Freundin.

„Ich habe eine bessere Idee", entgegnet Ronja. „Wir fragen die Karten einfach, warum wir so eine Antwort bekommen haben."

„Das wäre ja so, als würdest du den lieben Gott fragen, warum er der liebe Gott ist. Das ist unlogisch."

„Ich werde für dich fragen und die nächste Karte ziehen", entscheidet sie und ignoriert meinen Einspruch. Sie verteilt die Karten wahllos auf der Tischplatte und wühlt mit beiden Händen solange darin herum, bis alles gut vermischt ist. „So, liebes Tarot-Spiel, warum hast du Lina die Todeskarte geschickt?", fragt sie und zieht mit geschlossenen Augen eine Karte aus dem Stapel. Sie dreht sie um und sieht mit offenem Mund auf das Bild.

„Ja, und?", halte ich die Anspannung nicht mehr aus. „Was ist das für ein Motiv?"

„Der Gehängte", antwortet sie aufgewühlt. „Was heißt das?"

„Das heißt, dass ich meine Lage akzeptieren muss.

„Welche Lage?", fragt Ronja.

„Vermutlich habe ich keine Chancen bei Florian. Außerdem besagt sie, dass ich eine große Veränderung erleben werde. Der Gehängte ist vom Licht erfüllt und erwartet das Kommen großer Dinge."

„Könnte es also bedeuten, dass du Flori mit ein bisschen Geduld für dich gewinnen wirst?"

„Könnte es", gebe ich zur Antwort, obwohl ich spüre, dass die Aussage der Karten in eine andere Richtung abzielt. Welche, kann ich allerdings nicht sagen.

2

Die Schule will am folgenden Tag nicht enden. Ich denke unentwegt an den gestrigen Abend zurück, diese seltsamen Tarot-Karten, die mich durcheinandergebracht haben. In der großen Pause stehe ich mit Ronja und ein paar anderen Klassenkameradinnen auf dem Schulhof herum, als Florian mit zwei Mitschülern auf uns zukommt. Ich halte mich bei Ronja fest. Meine Aufregung, ihn zu sehen, bringt mich fast um den Verstand. Gott, wie ist das möglich, dass er so gut aussieht? Heute trägt er hellblaue Jeans mit modisch aufgeribbelten Säumen und Löchern. Dazu ein helles enges Shirt und weiße Sneakers. Ich bin tot, wenn er nicht sofort aufhört, mich anzusehen. Das hat er noch nie gemacht! Jedenfalls nicht so intensiv. Warum jetzt?

„Er kommt!", stellt Ronja richtig fest und boxt mich in die Seite.

„Wer?", fragt Toni, die ihre Ohren natürlich überall haben muss.

„Ich muss weg!", sage ich und will mich gerade davonmachen, als Ronja mich am Arm festhält.

„Hey, Mädels", sagt Max, der neben Florian und Hendrik auf uns zugestapft kommt.

„Hey, ihr Süßen", sagt Lilly und legt ihr pretty face auf.

Ich möchte auf der Stelle weglaufen, aber Ronja zerdrückt mir fast das Handgelenk.

„Wir haben gehört, dass du eine Party am Samstag schmeißt, Ronja", sagt Max, als er uns mit Hendrik und Florian erreicht hat. Sie bleiben bei Lilly stehen und heften ihren Blick auf Ronja und mich – schließlich stehe ich direkt neben ihr.

„Ja, habt ihr Lust zu kommen?", fragt sie hocherfreut, von den attraktivsten Jungs der Schule angesprochen zu werden.

„Bist du auch dabei?", spricht mich Florian plötzlich an, als würden wir uns seit Jahren kennen. Dabei haben wir noch nie ein Wort miteinander gewechselt.

„Ich denke schon", antworte ich mit feuerroten Wangen.

„Klar, ist sie dabei", geht Ronja dazwischen. „Die Party geht um fünf los."

„Stimmt es, dass du mit Verstorbenen in Kontakt treten kannst?", will Hendrik von mir wissen. „Unser Flo hätte da ein kleines Anliegen an dich." Er klopft Florian auf die Schulter. „Sein Vater ist vor Kurzem gestorben. Meinst du, da ließe sich etwas machen?"

Florian sieht beklommen auf den Boden. Offenbar ist ihm der Vorstoß seines Freundes unangenehm. Er hätte es wohl lieber auf seine Art geregelt, ohne großes Aufsehen.

„Äh …", entfährt es mir und nun bin ich ebenso sprachlos wie Florian.

„Sie kann das", übernimmt Ronja für mich das Wort.

Herrje, muss sie das jetzt so sagen? Ich hatte nicht vor, mit meiner Gabe zu hausieren. Bloß einige wenige wissen davon. Die anderen halten mich doch sonst für einen Freak.

„Echt?", fragt Lilly. „Das ist ja abgefahren! Davon wusste ich noch nichts. Bist du eine Hexe? Wie machst du das?"

Ja, genau das meine ich.

„Nun ja", gebe ich leise von mir. *Ronja, ich könnte dich erwürgen! Warum musst du das so rausposaunen?*

„Das gelingt ihr fast immer", prahlt sie herum.

„Irre!", staunt Lilly. „Könntest du auch mit meinem Opa sprechen? Der ist letztes Jahr verstorben."

„So was ist doch total schräg", geht Toni dazwischen. „Seit wann glaubt ihr so einen Unsinn? Tot ist tot. Es gibt kein Danach. Wie soll das auch gehen ohne Körper?"

Ich hätte ihr jetzt natürlich erklären können, dass das Leben danach nicht in körperlicher Form weitergeht, dass unser Bewusstsein weiterexistiert als reine Energie – feinstofflich, ohne feste Gestalt, nebenan in einer weiteren Dimension. Aber das hätte sie mir genauso wenig geglaubt. Außerdem ist es nicht meine Absicht, jemanden zu bekehren. Jeder soll das glauben, was er möchte – was ihm guttut. Ich würde ihr keinen Gefallen damit tun, ihr Weltbild zu zerstören.

„Natürlich gibt es ein Leben nach dem Tod!", haut Ronja raus. „Ihr habt alle keine Ahnung!"

„Hör bitte auf damit!", stoppe ich meine Freundin. Ich reiße meine Hand los, die sie nach wie vor umklammert hielt, um mich an einer Flucht zu hindern. Jetzt aber bin ich energischer, denn ich habe nicht vor, dieses Gespräch länger zu befeuern. Ich bin verärgert, so bloßgestellt worden zu sein. Wer hat dieses Gerücht nur in Umlauf gebracht? Wenn das die Runde macht, bin ich erledigt. Niemand wird mich mehr ernst nehmen und ich kann sehen, wie ich auf die Schnelle eine neue Schule finde. Ich mache mich vom Acker und will zurück in den Klassenraum.

„Hey, warte!", ruft mir Florian hinterher. Ich drehe mich nicht nach ihm um und gehe einfach weiter, obwohl ich ihn gehört habe. Er folgt mir mit schnellem Schritt, überholt mich und stellt sich mir in den Weg. „Warte bitte, Lina", beschwört er mich und sieht peinlich berührt aus. „Es tut mir leid! Ich wollte nicht, dass Hendrik es vor allen anderen anspricht. Eigentlich hatte ich vor, dich auf der Party danach zu fragen. Jetzt wissen es alle, und das hast du bestimmt nicht gewollt."

„Richtig, das habe ich nicht gewollt", sage ich bloß und gehe an ihm vorbei.

Er kommt mir nach und passt sich meinem Gang an.

„Hör zu, ich möchte nicht, dass du sauer auf mich bist."

„Warum nicht?", frage ich erstaunt. „Wir kennen uns überhaupt nicht. Kann dir doch egal sein."

„Ich wollte dir nicht schaden. Ehrlich!"

„Na schön, lass uns das vergessen, ja?", schlage ich vor, kurz bevor wir den Eingang erreichen.

„Können wir uns treffen?", fragt mich Florian allen Ernstes. Ich bin platt und bleibe stehen.

„Wie bitte?", kann ich es kaum glauben.

„Ich weiß, ich falle mit der Tür ins Haus. Sorry! Aber ich möchte unbedingt noch einmal mit meinem Vater sprechen."

„Florian …"

„Bitte sag Flo zu mir. Alle nennen mich so."

„Okay, Flo. Das ist kein Spiel. Wir können die Verstorbenen nicht einfach aus Spaß rufen, weil wir mal testen wollen, ob das funktioniert. Ich bin ein Medium, ja! Das heißt jedoch nicht, dass ich mich für niedere Beweggründe zur Verfügung stelle. Eine solche Sitzung mache ich nur, wenn der Trauernde daran glaubt und er seinen Kummer nicht auf normalem Wege bewältigen kann. Ich helfe einem Hinterbliebenen gern, aber ich biete keine Spielchen zur Belustigung an."

„Tut mir leid, falls das so rübergekommen ist", sagt Florian mit gedämpfter Stimme. Er sieht auf seine Füße und eine kurze

Haarsträhne fällt ihm in die Stirn. „Ich meine es ernst, Lina. Bitte weise mich nicht ab!"

Mein Herz erweicht, als ich ihn so sehe. Er scheint ehrlich um seinen Vater zu trauern. So hart bin ich noch nie mit einem Betroffenen umgegangen. Ich schäme mich für meine frostigen Worte. Offenbar hat mir mein unfreiwilliges Outing stärker zugesetzt, als mir lieb ist.

„Wenn du willst, können wir uns heute Nachmittag treffen", schlage ich vor. „Du kannst zu mir kommen."

Florian schaut auf und sieht mich erleichtert an.

„Danke. Das weiß ich zu schätzen."

Wir tauschen unsere Adressen aus und Knall auf Fall bin ich mit dem Jungen meiner Träume verabredet. Auch wenn ich mir das irgendwie anders vorgestellt hatte.

„Im Jenseits schmeckt die Liebe süßer"
von
Sabine Richling
Erschienen bei BoD als Taschenbuch und
E-Book

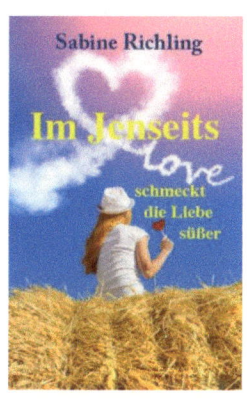

Die siebzehnjährige Lina ist in der Lage, mit Verstorbenen zu reden. Welch verrückte Gabe, die Segen und Fluch zugleich ist!
Dabei will sie nur eines: ein normales Leben führen und den attraktiven Florian näher kennenlernen. Und tatsächlich spricht er sie eines Tages in der Schule an. Er weiß von ihrem Talent und bittet sie um Hilfe. Lina möchte ablehnen, denn so hat sie sich die erste Verabredung mit ihrem Schwarm nicht vorgestellt. Aber sein Charme ist verboten sexy und auch er besitzt eine geheime Begabung.

Als Lina ein rätselhaftes Zeichen aus dem Jenseits erhält, ist sie zutiefst verunsichert. Sie befürchtet, sterben zu müssen. Oder versteht sie alles ganz falsch?

Eine spannende Liebesgeschichte voller emotionaler Momente. Eine Erzählung mit Herz und Humor, die sich der Frage widmet:
Gibt es ein Leben nach dem Tod?

Witzig, romantisch und übersinnlich.

„Kein Sex mit einem Millionär"
von
Sabine Richling
Erschienen bei BoD als Taschenbuch und
E-Book

Das Leben könnte so schön sein. Wäre Leonie
nur nicht mit dem falschen Mann verheiratet.
Seit zwanzig Jahren klebt sie an ihrem Angetrau-
ten, der sich zu einem Millionär und überheblichen Patriarchen gemausert hat. Leonie ist Geld
nicht wichtig, darum will sie ihr Luxusdasein an
den Nagel hängen und endlich wieder „normal"
leben – ohne Mann. Doch dann lernt sie Leon,
den vermögenden Immobilienhändler, kennen
und es knistert gewaltig. Sie wehrt sich gegen
ihre Gefühle, doch Leon ist ein exzellenter Ver-
führer …

„Liebe braucht keine Hexerei"

von
Sabine Richling
Erschienen beim AAVAA Verlag als Taschenbuch und E-Book.

Wie ist Jenny das nur gelungen? Von der Tätigkeit auf einem Gutshof hat sie keinen blassen Schimmer. Trotzdem überzeugt sie den vermögenden David Barclay mit einer ungewöhnlichen Aktion, ihr einen Job zu geben. Von nun an wirbelt sie die Gefühle des attraktiven Großgrundbesitzers kräftig durcheinander und es gelingt ihr, den Choleriker in ihm zu bändigen. Wie dumm nur, dass sie sich unplanmäßig in ihn verliebt, denn er hat eine Verlobte und ist somit für sie unerreichbar. Doch Jennys Tante hat bereits einen Plan, wie ihre Nichte den Auserwählten für sich gewinnen kann …

„Ein Iglu für zwei"
von
Sabine Richling
Erschienen beim AAVAA Verlag als Taschenbuch, E-Book, Hörbuch und in Englisch

Was passiert, wenn man mit einem berühmten Musiker gesehen wird?
Genau in diese Lage gerät Malina. Denn alle Welt schaut jetzt auf sie und denkt, sie wäre mit ihm zusammen – weshalb sie sich am liebsten an den Nordpol verkriechen würde. Um der allgemeinen Aufmerksamkeit zu entgehen, zieht sie sich zurück.

Doch dann begegnet sie dem aufgeblasenen Schürzenjäger erneut …

„Die Macht der schwarzen Perlen"
Romantik-Fantasy-Roman
von
Sabine Richling und Christina Lelewell

Erschienen bei BoD als Taschenbuch, E-Book und
in gebundener Ausgabe

Als Fotografin in einem Hamburger Verlag
ist die sechsundzwanzigjährige Annika einiges
gewohnt und lässt sich von niemandem beirren.
Nur in der Liebe übt sie sich in Zurückhaltung.
Doch dann lernt sie James auf der Party ihrer
Freundin Cilly kennen und kann nicht glauben,
was er ihr für eine Lüge auftischt. Er behauptet,
ein Außerirdischer zu sein, und flugs von diesem
Moment an ereignen sich seltsame Dinge. Die
sonst kritische Annika sieht sich mit unerklärba-
ren Phänomenen konfrontiert. Woher kommt
James und wer ist er?

„Dach der Hölle"
Romantischer Zukunftsthriller
von
Sabine Richling
Erschienen bei BoD als Taschenbuch und E-Book

In der Hölle der Verdammnis trifft Arun auf die schöne Untergründlerin Sharie. Wie kann es sein, dass dieses zarte Geschöpf in der Rohheit der Unterwelt überlebt? Durch sie wird er auf die Missstände unter der Erde aufmerksam und nimmt sie kurzentschlossen mit. Doch seine Macht reicht nicht aus, um die junge Frau zu schützen. Der machthungrige General Ley erteilt ihm den Befehl, Sharie zurückzubringen. Arun fügt sich widerwillig, aber seine Leidenschaft für das Mädchen ist entfacht. Hat er jemals so gefühlt? Umgeben von einem dunklen Geheimnis zieht Sharie ihn in ihren Bann.

Sabine Richling ist 1968 in Berlin geboren und aufgewachsen. Nach Abschluss einer kaufmännischen Ausbildung arbeitete sie viele Jahre in einem Handelsunternehmen. Später wechselte sie zu einem Hamburger Verlag. Inspiriert durch die Verlagsluft schrieb sie die ersten Entwürfe einiger Kurzgeschichten. Eine Erkrankung riss sie aus dem Berufsleben, daher widmete sie sich verstärkt dem Schreiben.

Heute schreibt sie am liebsten Beziehungskomödien und unterhaltsame Kurzgeschichten. Im Dezember 2012 veröffentlichte sie den romantischen und humorvollen Roman „Ein Iglu für zwei", der aufgrund seines Erfolges anschließend als Hörbuch und in englischer Sprache erschien. Es folgte im März 2013 die amüsante Liebeskomödie „Gefühlschaos inklusive", die heute unter dem Titel „Verlieben ist Chefsache" neu aufgelegt wurde. Etwas später entstand die

Romantikkomödie „Liebe braucht keine He-xerei", die im Oktober 2013 erschien.

Bald entdeckte sie ihre Leidenschaft für Fantasy und Mystik. Es blieb unausweichlich, einen Roman zu schreiben, der alles vereint: Liebe, Romantik, Fantasy und Science-Fiction. Also holte sie sich Schützenhilfe und kreierte mit ihrer Freundin Christina Lelewell den Fantasy-Romantik-Roman „Die Macht der schwarzen Perlen", der im Dezember 2015 in zweiter Auflage erschien und ein Genre bedient, das es in dieser Form noch nicht gab. Zur gleichen Zeit arbeitete sie an dem Fantasy-Romantik-Thriller „Dach der Hölle", der inzwischen ebenfalls in zweiter Auflage erschienen ist.

Im Oktober 2016 ging ihr neuer humorvoller Liebesroman „Kein Sex mit einem Millionär" an den Start für Fans der knisternden Romantik.

Und für Liebhaber des Übersinnlichen schrieb sie den Liebesroman „Im Jenseits schmeckt die Liebe süßer", den es seit September 2017 zu kaufen gibt.

Buch-Trailer:

„Kein Sex mit einem Millionär"

www.youtube.com/watch?v=NMK2-WsSBPg

„Ein Iglu für zwei"

www.youtube.com/watch?v=_jKT2W6pLPU

„Liebe braucht keine Hexerei"

www.youtube.com/watch?v=KPLmUgmj3fA

„Im Jenseits schmeckt die Liebe süßer"

www.youtube.com/watch?v=SrsaLOM1M0E

„Die Macht der schwarzen Perlen"

www.youtube.com/watch?v=v-fTGEmmsk4

„Dach der Hölle"

www.youtube.com/watch?v=7aGjHWP-VMM